I0629462

WILDE IRISCHE GRACE

GEHEIMNISVOLLE BUCHT: BUCH 7

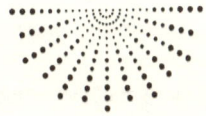

TRICIA O'MALLEY

LOVEWRITE PUBLISHING

Wilde irische Grace

Geheimnisvolle Bucht: Buch 7

Copyright © der englischen Originalausgabe unter dem Titel „Wild Irish
Grace" 2018 Tricia O'Malley
Copyright © der deutschsprachigen Ausgabe 2024 Tricia O'Malley

Alle Rechte vorbehalten

Buchumschlag: Victoria Cooper
Übersetzung: Ulrike Bartz
Deutsches Korrekturlektorat: Annette Glahn

Alle Rechte vorbehalten. Kein Teil dieses Buches darf in irgendeiner
Weise ohne ausdrückliche Erlaubnis der Autorin kopiert werden. Dies gilt
für Nachdruck, Auszüge, Fotokopien, Tonaufnahmen, oder jede andere
Art der Vervielfältigung.

Sollten Sie eine Vervielfältigung wie oben aufgeführt wünschen,
schreiben Sie bitte vorab an die Autorin: info@triciaomalley.com, um die
Erlaubnis einzuholen.

Lovewrite Publishing: 382 NE 191st, st#24553, Miami, FL, USA, 33179-
3899

Dieses Buch ist den schwierigen Frauen dieser Welt
gewidmet. Auf dass wir euch brüllen hören.

„Brave Frauen schreiben selten Geschichte."
– Laurel Thatcher Ulrich

KAPITEL EINS

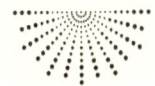

E r war ihr wieder in ihren Träumen erschienen, wie
immer, seit sie volljährig geworden war. Ein Mann,
den sie über Jahrhunderte geliebt hatte und von dem sie
doch im wirklichen Leben so wenig gewusst hatte. Ihre
Liebe für ihn war wie ein Stern, der ihre Seele jeden
Abend mit seiner Hitze versengte, Nacht für Nacht, bis sie
nur noch hoffen konnte, dass der Stern eines Tages implo-
dieren würde, damit ihre Träume endlich befreit wären von
dem einen Mann, an dem sie alle anderen maß.

Dillon Keagan.

Frustriert und mit unerfüllten Bedürfnissen seufzte
Grace und zog sich ein Kissen über ihren Kopf. Sie sagte
in Gedanken einen Zauberspruch, um sich von den
Träumen zu befreien. Sie waren in letzter Zeit häufiger
vorgekommen und hatten ihr in den vergangenen Monaten
jeden friedlichen Moment des Schlafs geraubt.

Ihre Macht half ihr nur begrenzt, sie befand sich im
schwebenden Zustand zwischen Wachsein und Träumen.
Dann fand sie sich wieder am Ufer entlanggehend und

unwiderstehlich angezogen von einem Mann, der sie anlachte. Er stand knietief im Wasser, eine Angelleine in der Hand, während die Meeresbrise seine Locken liebkoste.

„Ich habe für heute Abend ein Festmahl für uns, Gráinne", rief Dillon ihr zu, als er einen weiteren Fisch in den fast vollen Korb legte, der eingeklemmt zwischen zwei Felsen am Ufer stand. Grace lächelte ihn an und kämpfte mit einer für sie sehr unnatürlichen Schüchternheit, die sie mit einem anzüglichen Witz ausgleichen wollte. Stattdessen stieß sie mit ihrem Zeh an einen Stein und ließ einen Schwall Flüche heraus, die normalerweise Seemännern vorbehalten waren, als sie auf einem Fuß hüpfte und ihre Wangen schamrot leuchteten.

„Du hast ein ganz schönes Mundwerk, meine hübsche Gráinne", lachte Dillon, kam zu ihr herüber und nahm sie in seine Arme. Sie war verzaubert von seinem Charme und der Art, wie sich seine Augen an den Ecken in Fältchen legten, wenn er lachte. Dillons Augen waren so blau wie die See, wenn die ersten Sonnenstrahlen am Morgen über ihre Oberfläche schienen und fingen sie ein mit ihrer Wärme, ihrem Lachen und wie sie von unbekannten Welten sprachen.

Grace wollte diese Welten kennenlernen, ihn Geschichten über nahe und ferne Städte erzählen hören und sie wollte wissen, wer dieser Mann war und wie er an ihren Ufern gelandet war. Ufer, die sie leidenschaftlich bewachte und mit deren wilder Verteidigung sie sich einen Namen gemacht hatte.

Sie wollte diesen Ort niemals verlassen, dachte Grace, als sie sich an seinen Hals schmiegte und ihm erlaubte, sie wie ein schutzloses Mädchen zu der verlassenen Hütte zu tragen, die sie für sich vereinnahmt hatten und in der sie die letzten Wochen völlig verloren in den Armen des anderen verbracht hatten. Dillon war für sie genauso überraschend gewesen wie sie für ihn: er war ein gestrandeter Seemann, der an den zerfetzten Resten seines Bootes hing und sie – ein ungewöhnlicher weiblicher Kapitän einer schnittigen kleinen Schaluppe – seine Retterin. Sie hatte ihn nicht so behandelt wie die üblichen Vagabunden, die sie auf dem Wasser entdeckte. Vielleicht war es wegen seines außergewöhnlich guten Aussehens – sonnengeküsste Locken und blitzende blaue Augen – oder wegen der Tatsache, dass sie in dem Moment, als sie ihn erblickte, wusste, dass ihre Leben unweigerlich miteinander verbunden waren.

Grace hatte nahe eines kleinen Dorfes an der Westküste angelegt und ihre Mannschaft nach Hause zu ihren Familien geschickt. Es waren zu viele Schlachten gewesen und ihre Männer waren erschöpft. Eine gute Führerin wusste, wenn ihre Leute sich verausgabt hatten und es war Monate her, seit viele von ihnen in einem Bett geschlafen oder die warmen Arme einer Liebhaberin gespürt hatten. Sie würden in einem Monat erholt und erfrischt zurückkehren, bereit für die nächste Schlacht, in der sie kämpfen müssten.

Aber jetzt in diesem Moment gehörte dieser Teil der Welt nur ihr und Dillon. Es war ihre eigene kleine Insel der Entdeckungen und Erforschungen und sie tauchten mit Freude hinein, tauschten Geschichten über gewonnene und verlorene Schlachten aus und über Dinge, die sie auf den Meeren entdeckt hatten.

Sie liebten sich hemmungslos bis spät in die Nacht, während das Feuer verglühte und ihre Körper heiß brannten, jede Berührung ein Erforschen, ein Erwecken. Wenn Grace in seine Augen blickte, verschwommen die Grenzen ihrer und seiner Welt.

Es fühlte sich an, als würde sie nach Hause kommen.

Nachdem sie sich stundenlang gegenseitig erforscht hatten, lag sie wie hingeschmolzen da, ihr Blick auf das Licht gerichtet, das gerade am Horizont des Wassers erschien. Das Feuer war lange ausgegangen und Grace fröstelte.

„Worüber machst du dir Sorgen, mein Liebling?" Dillons Stimme klang schläfrig und gesättigt an ihrem Ohr und schickte warme Fühler an ihrem Hals herunter, als er sie wieder näher an seine Brust zog. Sein Körper umgab sie mit seiner Wärme.

„Ich kann nicht hierbleiben – in diesem Moment mit dir. Ich habe Kinder, die mich brauchen, Pächter, die auf mich angewiesen sind, seit mein Mann gestorben ist, Grenzen zu verteidigen und Schätze zu bewahren. Wie kann ich hierbleiben – versteckt in dieser Hütte – für immer?", sagte Grace. Ihre Augen waren schwer vor Müdigkeit und noch etwas anderem, einem schmerzhaften Wissen, dass dieser Moment der reinen Freude nicht ewig anhalten würde.

Sie hatte in ihrem kurzen, aber ereignisreichen Leben viele Hochs und Tiefs gehabt und sie war eine Realistin – Gráinne O'Malley, die mächtige Piratenkönigin der irischen Meere. Aber tief unter ihrer Kämpfernatur war ein sehr romantisches Herz begraben, das Liebe in all ihren Formen genoss. Das war gleichzeitig ihre größte Stärke und ihre größte Schwäche. Ihr Blick landete auf dem Stein, den sie gemeinsam graviert hatten, um die Hütte als ihre zu markieren.

Mein Herz für deins.

Dillon drehte sie herum, so dass sie ihm in die Augen schaute. Das Sonnenlicht reichte gerade aus, dass sie intensiv blau leuchteten, als er auf sie hinunterblickte. Sein Blick war gleichzeitig ein Streicheln und ein Versprechen. Er hob ihre Hand an seine Lippen und küsste sie, bevor er ihre Hände an ihr Herz legte.

„Du wirst diesen Moment für immer in deinem Herz haben. Wenn eine Liebe wie unsere erst einmal existiert, kann sie uns niemals genommen werden und sie überwindet alle Schranken – die des sterblichen Gesetzes, die der Zeit, und die jenseits von allem, was die meisten verstehen können. Es ist eine unendliche Liebe, eine, die durch die Zeiten wächst und wir werden uns sehen, immer und immer wieder werden unsere Seelen einander erkennen. Unsere Liebe verbindet uns über Jahrhunderte. Auch wenn es in diesem Leben nur Wochen sind, musst du wissen, dass wir mehr zu erwarten haben, Gráinne O'Malley, weil es in den Fasern des Universums geschrieben ist."

Grace verlor sich in seinen Worten. Sie hatte sie immer wieder in ihren Träumen gehört und doch wurde sie jedes Mal, wenn er von einer Liebe ohne Schranken sprach, wieder hinabgezogen in den Schmerz der Liebe und dem bittersüßen Geschmack des Verlusts in ihrem Mund.

Seufzend zog Grace das Kissen von ihrem Kopf und setzte sich im Bett auf. Sie ärgerte sich über sich selbst, weil sie gleichzeitig vor Sehnsucht weinen und vor Freude darüber lachen wollte, dass sie so eine Liebe gefühlt hatte, die ihre Seele erfüllte. Zugegeben, es gab sie nur in ihren Träumen – Träume, in denen sie als Gráinne O'Malley umherging und nicht als sie selbst, Grace O'Brien im Jetzt – aber zu wissen, dass so eine Liebe existierte, war wie in der Wüste zu sein und am Horizont eine Andeutung von Wasser zu sehen.

Obwohl sie alles versucht hatte, hatte Grace nie herausgefunden, was Dillon passiert war oder wie er und Gráinne sich getrennt hatten. Auch wenn sie viele magische Gaben hatte, sich an alle Teile ihrer vergangenen Leben zu erinnern, war keine davon. Einige historische Dokumente sprachen davon, dass Dillon ein gestrandeter Seefahrer war, den Grace als Liebhaber genommen hatte, bevor er auf dem Land der Donegals ermordet wurde. Gráinne hatte ihr Leben damit verbracht, seinen Mord zu rächen. Selbst, nachdem sie einen neuen Ehemann hatte, hatte sie dem Donegal Clan nie vergeben. Sie hatte ihre Burg eingenommen und sie so bestraft, dass sie den Tag bereuten, an dem sie Gráinne O'Malley Unrecht angetan hatten. Ein Teil von Grace hoffte, dass die Geschichte stimmte, da sie dafür bekannt war, eine ausgeprägt nachtragende Seite zu haben, die selten eine schlimme Kränkung vergab. Aber der Teil, in dem Dillon ermordet wurde, ließ Grace hoffen, dass sich die Fäden der Zeit gelöst hatten und es ein glücklicheres Ende für ihre Liebe gab.

Grace zog an ihren Haaren und strich ihre Hände über ihr Gesicht. Sie atmete ein paarmal tief ein, um sich selbst zu beruhigen. In den letzten paar Monaten hatten die Linien zwischen den Welten angefangen, sich zu bewegen und mehr zu verschwimmen, selbst für sie als außergewöhnlich mächtige Heilerin und Anwenderin aller magischen Dinge. Mit dieser Verschiebung der Energie hatte Dillon begonnen, sie jede Nacht in ihren Träumen zu besuchen, was dazu führte, dass sie jeden Morgen Schmerz fühlte, als hätte sie die Liebe ihres Lebens aufs Neue verloren.

Es war definitiv ein unangenehmer Weg aufzuwachen.

„Genug von dem Unsinn", sagte Grace zu Rosie, Enkelin von Ronan dem Großen, die am Fußende des Bettes vor Aufregung wedelte angesichts des bevorstehenden Frühstücks.

„Komm, Rosie, wir nehmen uns heute frei. Wir hatten schon lange keinen Tag voller Spaß", beschloss Grace und der Hund drehte sich vor Freude am Bettende. Grace blickte auf ihr iPhone, um sich selbst daran zu erinnern, welches Datum es war und in welchem Jahr sie lebte.

Denn obwohl sie einmal als Gráinne O'Malley an den Ufern entlangging, lebte ihre Seele im Hier und Jetzt und sie tat gut daran, sich dessen zu erinnern. Liebhaber oder nicht, Grace hatte ein Leben zu führen und eine Bestimmung zu erfüllen.

KAPITEL ZWEI

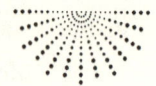

Grace war sich nicht ganz sicher, wie ein freier Tag aussah, denn wenn Arbeit gleichzeitig Liebe und Leidenschaft war, gingen sie nahtlos zusammen. Sie zog selten Linien dazwischen. Warum auch? Arbeit erfüllte sie mit großer Freude und einem Gefühl von Sinn – außerdem verband es sie mit den Gaben ihrer Blutlinie, die von Fiona zu Keelin and dann zu ihr gingen.

Heilen war bei weitem nicht ihre einzige Gabe, aber es war die erfüllendste, dachte Grace, als sie ihren Kopf schräg legte und ein bisschen mehr Lavendel in eine schmerzlindernde Creme schüttete, die sie für Mrs Donans Arthrose herstellte. Das Wetter war in der letzten Zeit sehr feucht gewesen und sie wusste, dass die alte Frau sich schwertat. Mit einem Blick auf die Sturmwolken am Horizont, die Regen ankündigten, stellte Grace fest, dass es eine gute Idee gewesen war, zu Hause zu bleiben.

„Wir machen das Beste daraus und gehen unsere Vorräte durch, oder, Rosie? Ich lege etwas Musik auf und fache das Feuer an – wir können sogar eine Tanzparty veranstalten", sagte Grace und strahlte den Hund an, der praktisch ihr Schatten war. Gedankenverloren flocht sie ihr feuerrotes Haar und legte es über ihre Schulter. Grace summte, als sie durch den Raum ging, um den Torf in dem kleinen Ofen anzuzünden, vor dem ein wunderschöner Holzschaukelstuhl stand. Der Stuhl – handgeschnitzt mit Kanten, die durch Liebe abgerundet waren – war, zusammen mit dem Haus, in dem Grace jetzt lebte, ein Geschenk von John an Fiona an ihrem Hochzeitstag gewesen.

Fiona vor drei Jahren zu verlieren, war ein Schlag für ihre ganze Familie gewesen – alle in Grace's Cove hatte ihren Tod betrauert. Aber mit 103 Jahren hatte Fiona am Ende entschieden, dass genug genug war und war leicht in das nächste Reich übergegangen. Ihr Sterben hatte Grace kaum berührt – eine weitere Gabe von ihr, die sie manchmal gleichzeitig als Segen und Ärgernis erachtete.

„Du hattest schon wieder einen deiner Träume, oder?"

„Habe ich dir nicht gesagt, dass es unhöflich ist, ungeladen in einem Wohnzimmer aufzutauchen, alte Frau?", beschwerte sich Grace und blickte über ihre Schulter zu Fiona, die am Küchentisch saß, so wirklich wie immer aussah und mit einem kritischen Blick über die verschiedenen Vorräte und Inhaltsstoffe schaute, die vor ihr lagen.

„Du erinnerst dich, dass es als erstes mein Haus war", sagte Fiona mit der Nase hoch in der Luft, aber mit einem Zwinkern in den Augen, um den Stachel aus ihren Worten zu nehmen. Natürlich war es ein Schock für Grace gewesen, als sie am Tag nach der Beerdigung in Fionas Haus gegangen war, um ihre Sachen durchzugehen und die alte Frau gefunden hatte, wie sie sich im Schaukelstuhl entspannte, als wäre nichts ungewöhnliches passiert. Es war nicht das erste Mal, dass Grace ein Gespenst gesehen hatte, aber es war bestimmt ihre längste und verwickeltste Unterhaltung mit einem. Fiona in der Nähe zu haben, hatte Grace und ihrer Familie viel Trost gegeben. Und auch wenn sie die Rolle als eine Art Dolmetscherin für ihre Familie übernommen hatte, hatte sie doch schnell herausgefunden, dass sie alle mit Fiona auf ihre eigene Weise kommunizieren konnten.

Ihre Art war einfach die direkteste.

„Wie könnte ich das vergessen? Du lebst ja immer noch hier", grummelte Grace.

Fiona lachte, da sie wusste, dass Grace es liebte, sie um sich zu haben. „Du brauchst mich noch", sagte sie mit wissenden Augen, während sie weiterhin die Zutaten auf dem Küchentisch, der einmal ihrer gewesen war, begutachtete. Er hatte über die Jahre tausende von Mahlzeiten und hunderte von Besuchern gesehen.

„Natürlich tue ich das", sagte Grace und ging zum Herd, wo ihr Teekessel angefangen hatte zu singen. „Deine Weisheit ist zeitlos. Aber du darfst gern die anderen besuchen. Du musst nicht immer hier herumhängen." Grace tat so, als wäre sie verärgert, als sie ihren Tee aufgoss, weil sie wusste, dass Fiona ihr Geplänkel genoss.

„Bei meinen anderen Mädchen läuft alles gut. Du bist diejenige, um die ich mich sorge", sagte Fiona und legte ihren Kopf schräg, um die Schatten unter Graces Augen anzusehen. „Du hast etwas abgenommen."

„Und ich könnte noch mehr abnehmen. Eine schlanke Figur ist nicht in meiner Blutlinie", sagte Grace und tat Zucker und Milch in ihren Tee. Kurvenreich zu sein, war

Grace ziemlich egal; in vergangen Zeiten war das ein Zeichen von Reichtum und Ansehen gewesen – es bedeutete, dass sie genug besaß, um sich und ihre Familie zu ernähren. Nur in dieser Welt schien es, als ob alle erpicht darauf waren, perfekt auszusehen und einer Zahl auf der Waage so viel Bedeutung zu geben, dass sie vergaßen, einfach ihre Leben zu leben. Grace wusste, wie flüchtig ein Leben sein konnte. Zeit damit zu verschwenden, darüber nachzudenken, ob ihr Hintern in einem Rock gut aussah, war sinnlos. Wenn ein Mann das nicht anziehend fand, würde es ein anderer tun – zumindest erinnerte sie sich selbst mit einem Seufzen daran, als sie sich am Tisch niederließ. Ihr Liebesleben hatte im letzten Jahr praktisch nicht existiert, aber nicht aus Mangel an Interesse.

„Du musst nicht abnehmen und das weißt du auch. Also erzähl mir, war es der gleiche Traum?", fragte Fiona mit einem scharfsinnigen Blick, während sie das Gesicht ihrer Urenkelin studierte.

„Das war er wieder einmal. Und..." Grace war schockiert, dass ihre Stimme schwankte und beeilte sich, ihren Tee zu trinken, was sie sofort bereute, als er ihr die Zunge verbrannte. Hustend schüttelte sie ihren Kopf für eine Moment und hielt einen Finger hoch, damit Fiona wartete, während sie schluckte und dann schnell etwas Magic anwandte, um mit ihrem Schmerz umzugehen. Als das geschafft war, sah sie in Fionas Augen. „Und ich wache auf und fühle mich, als ob ich die Liebe meines Lebens verloren hätte. Immer und immer wieder. Es ist erschöpfend. Ich weiß nicht, was ich machen soll oder wie ich diese Träume loswerde."

„Vielleicht sollst du sie gar nicht loswerden", sagte Fiona.

„Aber ich kann so nicht weiterleben. Wie kann ich den Verlust eines Liebhabers betrauern, den ich niemals hatte? Nie gekannt habe? Jedenfalls nicht in diesem Leben."

„Hast du ihn nach einer Nachricht gefragt? In deinem Traum?", fragte Fiona. „Vielleicht versucht er, dir etwas mitzuteilen."

„Ich...nein, habe ich nicht", gab Grace zu, steckte einen Fuß unter sich und rieb gedankenverloren Rosies Ohr, die gekommen war, um neben ihr am Tisch zu sitzen und ihren Kopf auf Graces Bein gelegt hatte. „Ich werde so mitgerissen, diese Momente am Ufer erneut zu erleben, dass ich einfach *da* bin, verstehst du? Ich weiß, dass ich es bin und gleichzeitig bin ich es nicht, aber ich fühle es so tief, dass ich vergesse, dass ich in meinem Traum agieren oder fragen kann. Wachträumen... ich... es ist, als ob der Damm meiner Emotionen bricht und alles, was ich tun kann, ist zu fühlen, nicht zu denken, und ich bin gleichzeitig so glücklich und so traurig wie sonst nie in einer Nacht."

„Das klingt erschöpfend", sagte Fiona und lehnte sich etwas zurück, als sie ihre Urenkelin beobachtete. „Mit Verlust zu leben ist unglaublich schwierig."

„Du hast es durchgemacht. Wie hat es dich nicht zerbrochen, John so jung zu verlieren?", fragte Grace und stützte ihren Kopf in ihre Hand, während sie mit einem Scone spielte, den sie auf einen Teller vor sich gelegt hatte.

„Ich musste mich um Margaret kümmern. Als Empath war sie praktisch ein Schwamm für meine Emotionen. Meine Verzweiflung hat sie fast umgebracht. Ich habe mir selbst beigebracht, es wegzuschließen und nur in kleinen

Momenten hervorzuholen – unten in der Bucht – oder
wenn jemand von der Familie sie mitnahm. Es war eine
Lektion in Stärke und Dinge zu trennen."

„Siehst du? Das finde ich erstaunlich. Ich bewundere
dich so sehr dafür, wie du dich mit den Schicksalsschlägen
in deinem Leben auseinandergesetzt hast, und wie du dich
aufgerappelt und für so viele Leute Gutes erschaffen hast.
Du hast in deinem Leben tausenden von Menschen geholfen, selbst durch deine eigene Trauer. Ich komme aus einer
unglaublich starken Linie von knallharten Frauen. Und ich
sitze hier und verliere Schlaf wegen eines Mannes, den ich
vor Jahrhunderten in einem anderen Leben kannte? Das ist
peinlich, wenn ich ehrlich sein soll." Achselzuckend kam
Grace direkt zum Kern des Problems.

„Auch starke Frauen brauchen Unterstützung. Ein
Baum kann nicht ohne seine Wurzeln stehen. Deine
Wurzeln sind wir alle und du musst lernen, dich auf uns zu
stützen, bevor du umfällst", sagte Fiona mit einem liebe-
vollen Blick auf Grace.

„Ich bin es gewohnt, Dinge selbst herauszufinden."

„Das weiß ich, Gracie. Seit du geboren bist, hast du
Dinge auf deine Art gemacht, und nur auf deine Art. Du
hast deinen Willen bekommen durch Charme, Magie,
Streit und jede andere Taktik im Buch. Du bist stur, brillant
und hast ein riesiges Herz. Es überrascht mich nicht, dass
du mal als berühmte Piratenkönigin mit eiserner Faust
unsere Küsten beherrscht hast. Aber hast du vielleicht mal
in Erwägung gezogen, dass du mit dir selbst zu streng
bist?"

„Ich...das kann ich nicht sagen." Grace zuckte wieder
mit den Schultern.

„Statt zu versuchen, die Träume wegzuwünschen, solltest du vielleicht herausfinden, was sie bedeuten. Nicht alles kann sich deinem Willen beugen – noch nicht mal dein eigenes Unterbewusstsein. Ich schlage vor, dass du aufhörst, es zu erzwingen und stattdessen ins Innere gehst und fragst, was die Nachricht für dich ist."

„Ja, vielleicht...", sagte Grace, mürrisch durch den Schlafmangel und darüber, keine einfache Lösung für ihr Problem zu haben. „Oder ich könnte einfach etwas mehr Whiskey trinken und friedlich schlafen."

„Das ist eine Möglichkeit, aber vermutlich nicht die Lösung für dein Problem." Fiona zwinkerte ihr von der anderen Seite des Tisches zu.

„Okay. Aber ich nehme trotzdem einen kleinen Schluck, bevor ich ins Bett gehe, weil ich es mag und weil es gemütlich ist abends vor dem Feuer", grummelte Grace.

Fiona hielt ihre Hände zustimmend hoch.

„Dem habe ich nichts entgegenzusetzen."

KAPITEL DREI

Der Nachmittag verflog in einer gemütlichen Mischung aus Geschichten der Vergangenheit, Anweisungen von Fiona, wie man ein paar ihrer magischen Rezepte für einige der Elixiere, an denen Grace arbeitete, umwandeln könnte und dem warmen Leuchten, wenn man etwas tut, was man liebt. Sie wusste, dass sie es aufschob, ins Bett zu gehen, als Rosie ihren Kopf erneut gegen ihr Bein stupste.

Das Feuer war niedergebrannt, und abgesehen von ein paar Kerzen, die sie angezündet hatte, saß Grace im Dunkeln. Dunkelheit hatte ihr nie viel ausgemacht. Es war schwer, sie zu überraschen, geschweige denn, sie zu erschrecken. Ihre Sinne – physisch und psychisch waren so gut ausgebildet, dass alles, was sie nachts an Geräuschen hörte, sehr schnell zu identifizieren war.

„Ich brauche die Nacht. Bevor ich schlafen gehe, Rosie. Ich muss in die Nacht hinausgehen", sagte Grace, trank ihren Whiskey aus und stand vom Stuhl auf, um sich zu recken und die leichten Schmerzen im Nacken und Rücken herauszubekommen. Sie waren das Ergebnis davon, dass sie den ganzen Tag gekrümmt über dem Tisch gestanden hatte.

Grace trat aus dem Haus und inhalierte den Geruch der feuchten Erde und des Salzes, das mit der Brise zu ihr getragen wurde. Der Wind pfiff am Ozean entlang und tanzte über den Klippen, stark genug, um ihren Zopf über ihre Schulter zu fegen und dass sie ihren Schal enger um den Hals legte. Der Mond war eine schmale Sichel am Himmel und warf ein blasses Licht über die Hügel, die zum Rand der Klippen rollten. Wellen brachen tief unten, und der Klang des Ozeans, der die schroffen Ufer traf, war für Grace wie ein beruhigendes Wiegenlied.

Oh, wie sie es hier liebte. Mancher fände die Stille unerträglich oder wäre gelangweilt über den Mangel an Aktivitäten, aber für Grace war das nicht so. Städte konnten sie mit ihrem Trubel, der Hektik und dem permanenten Lärm und Ärgernissen zur Reizüberflutung bringen. Durch ihre erhöhten psychischen Fähigkeiten wurden ihre Sinne derartig angegriffen von Autohupen und den Gedanken und Emotionen der Menschen, dass es fast nicht zu ertragen war. Sie hatte über die Jahre gelernt, wie sie sich gegen den Angriff der Reize schützen konnte, aber es war immer sehr anstrengend für sie.

Aber nicht hier. Grace ließ ihre Schutzschilder herunter und tanzte über das dunkle Feld. Sie erlaubte sich, das Tuch des Universums um sie herum zu fühlen. Selbst nachts sprangen ihr die Farben entgegen: das Grün des frischen Frühlingsgrases, eine Blütenknospe an einem Busch und das Samtblau des Nachthimmels erschufen ein fantastisches Gemälde, den alten Meistern ebenbürtig. Musik – jedenfalls für sie – kam mit dem Wind in ihrem Gesicht. Der Gesang der Blätter, die im Wind flatterten, der Trommelwirbel der Wellen, die auf die Felsen schlugen, das Summen der Insekten bei Nacht erschufen die schönste Symphonie von Mutter Natur. Grace liebte die Nacht, weil sie sehen und spüren konnte, was andere nicht konnten – und es sang für ihre Seele in einer Weise, wie nichts anderes es konnte.

Grace fand sich am Rand des Kliffs, das die Bucht in einem fast perfekten Halbkreis umringte. Sie fühlte sich unwiderstehlich hierhergezogen so wie schon viele Jahrhunderte vorher. Obwohl sie im Jetzt lebte, war ihre Erinnerung an die Vergangenheit stärker hier am Rand der Bucht, die sie zu ihrer gemacht und mit ihrer eigenen Blutmagie beschützt hatte.

Sie konnte diesen Tag immer noch spüren – diesen Moment – als sie die Bucht verzaubert hatte. Sie hatte ein mächtiges Ritual verwendet, mit dem sie ihr Leben für das Gemeinwohl hergeben musste. Sie hatte ihre Blutlinie mit mächtiger Magie gesegnet und ihren letzten Ruheplatz beschützt. Zumindest hatte sie zu der Zeit gedacht, dass es ihr endgültiger Platz war.

Grace lächelte auf das dunkle Wasser herunter. Das Mondlicht wurde hier nicht reflektiert und sie schüttelte ihren Kopf über ihre Dummheit. Trotz ihrer Macht musste Grace immer noch zugeben, dass sie nicht alles wusste – das hatte sie noch nie. Es schien, dass „endgültig" niemals wirklich endgültig war; Fionas beständige Präsenz in Graces Leben war der Beweis dafür.

Grace schloss ihre Augen und fühlte das Summen des

Universums. Sie erlaubte seiner Energie, in sie zu fließen und atmetet tief ein.

„Meine Engel, meine Göttin, ich bitte euch um Hilfe, damit ich die Bedeutung des Traums verstehe, den ich ständig habe. Ich weiß, dass ich eine Nachricht übersehe. Bitte leitet mich heute Nacht, wenn ich durch meine Träume wandere und Liebhaber aus vergangen Jahrhunderten besuche."

Das sollte reichen, dachte Grace. Sie öffnete ihre Augen, warf der Bucht eine Kusshand zu und ging zurück zu ihrem Haus. Das schwache Licht der brennenden Kerzen rief sie über die Hügel. Sie pfiff nach Rosie – die es liebte, über das Gras zu rennen, aber sie liebte Schlafenszeit noch viel mehr – und lachte, als der Hund vor ihr die Tür erreichte und freudig wedelte.

„Ja, du hast dir vorm Schlafen einen Keks verdient", sagte Grace, ging zu dem fröhlichen, mit Hunden bemalten blauen Keramikbehälter und zog ein Leckerli heraus. Rosies Blick ließ den Keks nicht aus den Augen, als Grace ihn vor sie hielt.

„Schließ ab", befahl Grace und Rosie rannte zur Tür und zog an dem Seil, das Grace am Griff befestigt hatte, damit der Hund jeden Abend die Tür absperren konnte. Als sie sie zugezogen hatte, rannte Rosie zu jeder Kerze und atmete vorsichtig aus, um die Kerzen auszublasen. Es klang fast wie ein Niesen. Die Hündin trat vor den Herd und legte den Kopf schief, ein Zeichen, dass sie dableiben würde, bis Grace kam, um sicherzustellen, dass die Kohlen heruntergebrannt waren und kein Feuerrisiko bestand.

„Gutes Mädchen", sagte Grace und gab einer erfreuten

Rosie den Keks, während sie prüfte, dass der Herd sicher war. Es war eine kleine komische Routine, die sie zur Schlafenszeit hatten, aber als Grace entdeckt hatte, wie intelligent Rosie war, hatte sie schnell gelernt, dass der Hund es mochte, über den Tag kleine Aufgaben zu haben. Sie nahm an, sie war ein Arbeitstier, dafür waren irische Setter bekannt. Manchmal schickte Grace sie über die Felder zu Graces Elternhaus, damit sie mit Flynn angeln ging, oder um die Tiere in den Ställen zu besuchen. Es war kein schlechtes Leben für einen Hund, sinnierte Grace.

Für sie auch nicht, dachte sie, als sie sich fürs Bett fertigmachte. Ihre Arbeit erfüllte sie, sie hatte eine wunderbare Familie, und wenn ihr langweilig war, musste sie nur ins Dorf gehen und im Pub ein Pint mit ihren Freunden trinken. An stürmischen Abenden hatte sie immer Bücher als Gesellschaft. Oder Fiona kam vorbei, um nach ihr zu sehen.

Also warum fühlte sie sich in letzter Zeit so einsam? Grace legte ihre Arme um sich, nachdem sie ins Bett gestiegen war und lächelte, als Rosie ihre Pfoten am Bettende auflegte und sie ansah.

„Na komm schon, du weißt, dass du hochkommen willst." Grace lächelte und Rosie sprang hoch und drehte sich dreimal im Kreis, bevor sie sich am Fußende zu einem Ball zusammenrollte, immer in der Nähe, falls sie gebraucht wurde.

Grace hatte das gleiche Zimmer gewählt, in dem ihre Mutter Keelin geschlafen hatte, als sie aus den Staaten nach Irland gezogen war, bevor sie Graces Vater kennengelernt hatte. Es fühlte sich merkwürdig an, in Fionas

Zimmer zu schlafen, besonders wenn man bedachte, dass die alte Frau eigentlich immer noch hier lebte und Grace liebte insgeheim das kleinere Gästezimmer – ihrs jetzt – und die Art, wie das Bett direkt unter dem Fenster unter den Balken versteckt war. Sie musste morgens nur die Netzvorhänge leicht aufziehen und das Fenster öffnen, um das Gefühl zu haben, dass ihr die ganze Welt zu Füßen lag. An manchen Tagen kniete sie hier, mit ihrem Körper halb aus dem Fenster hängend, während sie die Möwen beobachtete, die an den Klippen vorbei tief unten in die Wellen eintauchten, oder eine fette Biene, die träge summend auf der Suche nach der nächsten Blume vorbeiflog. Dieses Zimmer war spärlich eingerichtet aber hatte viel Charme und war für Träumer – und vor allem anderen war Grace eine Träumerin.

Wenn sie jetzt nur die Antwort in dem spezifischen Traum finden könnte.

Seufzend zog sie die Decke hoch und begann, sich in den Schlaf zu wiegen. Sie ließ ihre Gedanken langsam los, bis sie in der Weichheit ihrer Träume ankam. Da wartete er schon, wie sie es wusste, und lachte sie vom Ufer aus an.

„Ah, da ist sie, meine hübsche Gráinne", sagte Dillon mit Augen, die mit Liebe und Willkommen leuchteten.

Das bekannte Gefühl von unüberwindbarer Liebe wusch über sie und überwältigte sie. Sie lächelte wieder einmal den Mann schüchtern an, als er kam, um seine Arme um sie zu legen. Sie brauchte seinen Kuss wie eine Droge, lehnte sich hinein und fühlte den gleichen Drang wie immer. Hilflos, den Traum aufzuhalten – was sie gar nicht wollte – ließ Grace sich nach innen tragen, wo die Liebhaber sich von neuem wieder entdeckten. Hinterher, statt wie sonst zum Horizont zu schauen, drehte Grace sich zu Dillon und drückte ihre Hand an sein Gesicht.

„Was bedrückt dich, meine Schöne?", fragte Dillon und drehte seinen Mund, um ihre Handfläche zu küssen.

„Warum habe ich immer wieder diesen Traum? Was ist deine Nachricht für mich? Ich mache mir Sorgen um dich", sagte Grace und änderte das Manuskript diesmal etwas, um zu sehen, was er sagen würde.

Dillon lächelte und legte seine Lippen auf ihre, in einem Kuss so sanft, dass Graces Herz schmerzte, weil sie ihn nur einmal im wirklichen Leben halten wollte.

„Du hast diesen Moment für immer hier in deinem Herzen. Wenn eine Liebe wie unsere erst einmal existiert, kann sie uns nie genommen werden und überwindet alle Schranken – die des sterblichen Gesetzes der Zeit und jenseits von dem, was die meisten verstehen können. Es ist eine endlose Liebe, eine, die durch die Zeiten wächst und wir werden uns immer und immer wieder treffen. Unsere Seelen kennen sich, unsere Liebe verbindet uns über Jahrhunderte. Selbst wenn es Wochen sind in diesem Leben, musst du wissen, dass uns mehr erwartet, Gráinne O'Malley, weil es in den Wandteppich des Universums geschrieben ist."

„Ich weiß, Dillon. Du hast es oft gesagt. Ich hätte nur...ich hätte dich gern bei mir. Damit du meine Fragen beantworten kannst", sagte Grace und schmollte, als sich die Fäden des Traums auflösten und das Bewusstsein anfing, sie zu übermannen.

„Ich bin hier, meine schöne Gráinne. Ich bin hier", sagte Dillon. Seine Augen lachten sie an, als sie ruckartig aufwachte. Der Traum zersplitterte zu ihren Füßen und sie fand sich wieder nach Atem ringend, als sich Traurigkeit über sie ergoss.

„Wenn es nur wahr wäre", sagte Grace und wischte die Träne weg, die ihr über die Wange gerollt war. „Ich wünsche mir so, dass du hier wärst."

KAPITEL VIER

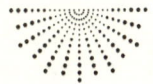

Es gab keinen Weg daran vorbei. Grace hatte schlechte Laune und daran war nichts zu machen, außer zu versuchen, menschlichen Kontakt zu vermeiden. Sie hatte schon schroff auf die E-Mail einer Bloggerin geantwortet, die ein Interview über die Geschichte von Grace's Cove mit ihr machen wollte und gefragt hatte, ob Grace einen Kommentar hatte zu den Gerüchten über einen Fluch auf den heiligen Gewässern.

„Die Idiotin weiß absolut nichts über Magie. Und dann will sie versuchen, darüber zu schreiben? So werden falsche Informationen verbreitet", grummelte Grace, knallte ihren Laptop zu und bereute es sofort, als Rosie leise zu ihren Füßen winselte.

„Entschuldige, Baby", sagte Grace und streichelte Rosies Ohren, während sie ein paar Mal tief einatmete und versuchte, ihren Missmut loszuwerden. Sie war den ganzen Morgen schon schlecht drauf – ob vom Mangel an Antworten oder Mangel an Schlaf, da war sie sich nicht sicher. Irgendetwas an diesem Tag fühlte sich schlecht an für sie und sie wollte nicht wirklich damit umgehen. Um sich und Rosie zu amüsieren, konzentrierte sie sich auf den Tennisball des Hundes, der in einem Korb auf der anderen Seite des Raums lag. Mit einem kurzen geistigen Schubs schickte sie den Ball in die Luft, wo er sehr zum Vergnügen von Rosie schwebte, die durch das Zimmer rannte und hochsprang, um ihn aus der Luft zu fassen. Dieses Spiel verschaffte ihnen immer gute Laune und es war auch gut, damit Grace ihre Telekinesefähigkeiten aufrechterhielt.

Fiona hatte ihr erzählt, dass sie etwa sechs Monate alt gewesen war, als sie diese spezielle Fähigkeit das erste Mal verwendet hatte. Sie hatte unbedingt ein Lammstofftier haben wollen, das auf der anderen Seite des Zimmers lag. Es hatte ihrer Mutter einen Schrecken eingejagt, als das Lamm durch die Luft gesegelt war und Grace direkt ins Gesicht schlug. Grace kicherte über das Bild, froh, dass sie ihre Fähigkeiten über die Jahre verbessert hatte, um etwas mehr Kontrolle über ihre Magie zu bekommen.

Und was sie nicht alles gelernt hatte über die Jahre! Mit Lehrerinnen wie Fiona und Keelin, die sanft ihre Begeisterung eindämmten, hatte Grace alles Magische angenommen wie ein Fisch das Wasser und hatte bald ihre Mutter und Urgroßmutter mit ihren Fähigkeiten überholt. Das hatte ihre rebellischen Jahre als Teenager etwas trickreich gestaltet, da sie entschlossen war zu tun, was immer sie wollte, wann sie wollte. Nicht viel hatte sich geändert seit diesen stürmischen Zeiten, aber sie hatte wenigstens gelernt, etwas mehr Zurückhaltung darin zu üben, wie sie ihren Willen bekam.

Nichtsdestotrotz bekam sie immer, was sie wollte. Grace lächelte und ließ den Ball herunterfallen, so dass Rosie ihn endlich erreichen konnte. Sie vermutete, dass es wahrscheinlich ihr größtes Manko war, aber sie betrachtete es gern als Stärke. Es war nichts falsch dabei, eine willensstarke Frau zu sein, die wusste, was sie wollte. Forsch, hatte Fiona sie genannt. Andere hatten vorgeschlagen, dass sie weniger kämpferisch sein könnte und diejenigen lächelte sie nett an und betörte sie so komplett, dass sie vergaßen, dass sie sie jemals kämpferisch genannt hatten und kaum merkten, dass sie immer noch ihren Willen bekam.

Nicht aller Zauber musste magisch sein.

Fiona hatte sie gewarnt, dass sie eines Tages jemandem oder etwas begegnen würde, wo sie sich nicht mit Magie oder Charme herausreden konnte, aber das was bisher noch nicht eingetreten. Bis dahin würde sie so weitermachen und in Fionas und Keelins Fußstapfen treten, um diejenigen im Dorf zu heilen, die es brauchten. Darüber hinaus arbeitete sie an einer komplett natürlichen Heilmittelserie, für die sie einen Vertrag unterschrieben hatte, um sie in ein paar exklusiven Bioläden in den Staaten zu verkaufen. Sie hatte noch niemandem von dem Vertrag erzählt, da sie Marke und Verpackung erst fertigstellen wollte, bevor sie dafür eine Einführungsparty in Caits Pub schmiss. Allein der Gedanke an ihre neue Marke erhellte ihre Laune und bald summte sie im Haus herum, als sie ihren Ordner mit Designs für das Logo herausholte.

Als es an der Tür klopfte, war Grace so in ihre Arbeit vertieft, dass sie einen Moment brauchte, um zu realisieren, dass das Klopfen schon eine Weile anhielt und dass

Rosie hektisch war, weil sie wissen wollte, wer vor der Tür stand.

„Ach, beruhige dich, Rosie. Wir sehen schnell genug, wer hinter der Tür ist", sagte Grace und blickte an sich herunter, um sicherzugehen, dass sie anständig aussah. Es war nicht ungewöhnlich, dass sie in Unterhose und Tanktop im Haus herumlief, aber heute hatte sie weite Jeans und einen alten moosgrünen Pullover angezogen.

Sie zog am Griff, befahl Rosie zu sitzen und öffnete die schwere Holztür – vom Alter abgenutzt, aber trotzdem robust – und blinzelte den Mann an, der mit einer Akte in seiner Hand draußen stand.

„Guten Tag, kann ich Ihnen helfen?", sagte Grace und fühlte sofort, wie das Gefühl anstehenden Unglücks, das sie den ganzen Tag abgewehrt hatte, in sie einschlug. Dieser Mann war nicht mit guten Neuigkeiten hier. Grace kämpfte damit, ihren Gesichtsausdruck zu kontrollieren und sah ihn von oben bis unten an – von seinen teuren Halbschuhen, die für das Gelände absolut ungeeignet waren, zu seinem dreiteiligen Anzug und zu den aufmerksamen Augen hinter einer Brille mit Metallrahmen. Sein Verhalten übermittelte, dass sie ihm trauen sollte. Grace vertraute nur auf ihre Instinkte.

„Ms Grace O'Brien?", fragte der Mann höflich.

„Ja, das bin ich. Und Sie sind?", fragte Grace, überkreuzte ihre Arme und lehnte sich lässig an den Türrahmen. Sie legte absichtlich einen dicken ländlichen Dialekt für ihn auf. Sie wollte sehen, ob er sie anders behandelte.

„Mein Name ist Aiden Doherty. Ich arbeite für DK Sailing Enterprises." Mr Doherty räusperte sich und gestikulierte mit den Papieren in seiner Hand.

„Na gut, es ist bestimmt toll, von einer großen Firma angeheuert zu werden, aber könnten Sie mir sagen, wofür?", sagte Grace mit Frechheit in der Stimme. Sie sah, wie der Mann rot wurde, bevor er hörbar schluckte und die Papiere in seiner Hand hochhob. Was immer er ihr für schlechte Nachrichten auftischen würde, Grace wollte, dass er einfach damit herausrückte.

„Ich bin ihr Anwalt und wurde instruiert, Ihnen diese Papiere zu überreichen. Hiermit gebe ich Ihnen formell die Ankündigung der Zwangsräumung von diesem Gebäude mit sofortiger Wirksamkeit. Sie haben dreißig Tage, das Grundstück mit Ihrem Eigentum zu verlassen."

Zum ersten Mal in ihrem Leben war Grace komplett sprachlos. Nicht einmal, als Fiona starb, war Grace so schockiert gewesen wie jetzt, als sie dastand, während Mr Doherty weiter durch seine Erläuterung stolperte. Seine Worte verloren sich im Wind, der wütend heftiger aus der Bucht kam – oder vielleicht war es ihre eigene Wut – und er hielt seine Jacke vorn zu und lehnte sich in den Wind. Sein Griff an der Akte mit den Papieren wurde fester.

„Wenn ich Ihnen das hier einfach übergeben könnte...", keuchte Mr Doherty, als ein Windstoß den Hut von seinem Kopf blies und ihn über die Hügel rollen ließ. Eine erfreute Rosie rannte ihm hinterher. „Alle Informationen, die Sie brauchen, sind hier."

„Ich bin sicher, dass da ein Irrtum vorliegt", sagte Grace. Ihre Stimme klang wie süßer Wein. Sie nahm die Akte von Mr Doherty, aber öffnete sie nicht. „Dieses Haus und das Land sind seit Generationen in meiner Familie."

„Ja, das verstehe ich und bitte um Entschuldigung. Es scheint, dass der Pachtvertrag beim Tod von..." Mr

Doherty hielt inne, als er nach dem Namen suchte. „...Fiona O'Brien auslief. Das Pachtrecht ging mit ihrem Tod zu Ende. Da niemand aus der Familie einen Antrag stellte, um das Land weiter zu pachten, wurde es technisch gesehen verfügbar für öffentlichen Gebrauch."

Es wäre viel schlimmer gewesen, wenn er gemein gewesen wäre. Aber Grace merkte, dass es ihm etwas peinlich war, solche Nachrichten weitergeben zu müssen. Sie durchsuchte sein Hirn mit ihren Gedanken und fand einen Haufen von widersprüchlichen Emotionen. Er hatte nicht erwartet, eine Frau allein hier zu finden – schon gar nicht eine, die so attraktiv war wie sie – und jetzt fühlte er sich furchtbar, dass er solche Neuigkeiten überbrachte. Noch dazu hatte er anscheinend die Gerüchte über die Magie in der Bucht gehört, und der Anstieg des Windes ließ ihn den Verdacht hegen, dass sie eine Hexe war. Mehr als alles wollte er sich umdrehen und wegrennen.

„Ich bin sicher, dass da ein Irrtum vorliegt. Danke, dass Sie mir die Papiere ausgehändigt haben. Ich werde meinen eigenen Anwalt bitten, sie sich heute Nachmittag anzusehen. Bitte richten Sie DK Enterprises aus, dass sie sich ein anderes passenderes Grundstück suchen müssen für was auch immer sie hier planen", sagte Grace und pfiff scharf nach Rosie. Der Hund rannte über das Land und ließ Mr Dohertys Hut, der jetzt zerrupft und schleimbedeckt war, zu seinen Füßen fallen.

„Viel Glück, Miss O'Brien. Sie werden es brauchen", sagte Mr Doherty. Vorsichtig nahm er seinen Hut mit zwei Fingern hoch und rannte fast zu seinem Auto zurück. Durch den Wind ging er schief. Grace dachte kurz darüber nach, auf seinem Heimweg für einen platten Reifen zu sorgen, aber stellte fest, dass es keinen Grund gab, den Überbringer der Nachricht zu verletzen.

Es war DK Enterprises, die sie ruinieren musste.

KAPITEL FÜNF

Eine Weltreise, schäumte Grace, als sie eine hysterische E-Mail an ihre Mutter schickte. Ausgerechnet jetzt... Ihre Eltern hatten beschlossen, eine viermonatige Kreuzfahrt anzutreten und hatten die Ställe, Flynns Restaurants und die Vielzahl seiner anderen Geschäfte in den kompetenten Händen seines Managers gelassen. Was ihr jetzt wenig half, dachte Grace, als sie zu ihrem Zimmer ging, um sich umzuziehen und zu versuchen – obwohl ihr das vermutlich nicht gelingen würde – sich zu beruhigen. Wut war jetzt nicht angebracht, erinnerte Grace sich selbst. Kühle Köpfe ließen die Vernunft walten und Wut erreichte selten etwas, außer sich Feinde machen.

Grace wünschte sich verzweifelt, dass sie eine dieser Frauen wäre, die mit Gelassenheit und einem Lächeln durchs Leben segelten und selten aus dem Ruder geworfen wurden. Stattdessen machte Grace ihrem Namen wenig Ehre, da sie eine aufbrausende Persönlichkeit hatte und Launen, die sich blitzschnell änderten. Sie atmete tief und langsam ein, während sie eine enge schwarze Hose anzog, zusammen mit einer leuchtend roten Jacke, in der sie sich immer mächtig fühlte. Mit einer etwas zitternden Hand legte sie schnell einen Hauch Makeup auf, ergriff die Akte vom Tisch und pfiff nach Rosie, damit sie mit ihr zum Auto ging. Die Stadt hatte sich schnell daran gewöhnt, dass Rosie Grace fast überall hinbegleitete, und der freundliche Hund war in allen Geschäften willkommen – auch in dem, zu dem sie jetzt fuhr.

Sie nahm die Kurven der atemberaubenden Küstenstraße mit einer rabiaten Effizienz, die aus Jahren der Übung kam. Sturmwolken versammelten sich am Horizont in einem wütenden Grau, wahrscheinlich, weil Grace unglaubliche Schwierigkeiten hatte, ihre Laune zu kontrollieren. Das bedeutete, dass ihre Schutzschilder unten waren, und die Sturmwolken, die ihr zu Grace's Cove folgten, an diesem bisher sonnigen Tag dem irischen Dorf Schatten und dicke Regentropfen bescherten. Kinder rannten ins Haus, während Mütter gegen den plötzlichen Angriff des Sturms die Fenster schlossen. Grace kam zum Hauseingang ihres Anwalts und starrte verärgert auf den Regen, der jetzt auf die Windschutzscheibe ihres Wagens prasselte.

„Das habe ich mir wohl selbst eingebrockt, oder?", sagte Grace mit einem erneuten müden Seufzen, bevor sie sich zwang, tief zu atmen. Während sie sich selbst beruhigte, stellte sie sich geistig vor, wie sich die Wolken verzogen und arbeitete an einem Zauberspruch, der den Sturm sanft wegblies, damit sie nicht triefnass im Martin Wedgewicks Wartezimmer ankam, ihrem sehr pingeligen und etwas pompösen Rechtsanwalts. Grace war die hochgestochene Art des Mannes egal, da er sehr sorgfältig

arbeitete und sich seinen Ruf ehrlich erworben hatte. Aber
sie mochte sein übertrieben formelles Wartezimmer nicht,
das mehr Charme gebrauchen könnte und weniger ein
Gefühl von „mach die Möbel nicht dreckig". Er hatte es
nie explizit verboten, dass Rosie mit Grace kam, wenn sie
die Verträge für ihre Produktserie durchgingen, aber das
kleine Zucken über seinem Auge, wenn ihr lebhafter Hund
durch die Tür sprang, sagte ihr alles, was Martin Wedgewick über ihren Hund in seinem Büro dachte. Trotzdem
schien es, dass der Mann mehr Zurückhaltung als Grace
hatte, wenn es darum ging, seine Meinung kundzutun. Er
war weise genug, es zu tolerieren, wenn eine zahlende
Mandantin, selbst eine etwas merkwürdige und extrem
launische, unangemeldet in seinem Büro auftauchte.

„Martin!", rief Grace, die mit Rosie ins Büro
geschlüpft war, gerade als der Regen aufhörte. Seine
Sekretärin Anne machte wohl Mittagspause, denn der Chef
selbst steckte seinen Kopf mit einem erstaunten
Geschichtsausdruck aus dem Büro.

„Grace? Haben wir eine Verabredung?" Martins Blick
schweifte über die schwanzwedelnde Rosie und Verwirrung ging über sein Gesicht, als er über die Schulter seines
ordentlich gebügelten Jacketts mit Fischgrätmuster
schaute.

„Nein, haben wir nicht. Aber ich muss unbedingt mit
dir reden. Ich habe ein extrem dringendes Problem.
Verstehst du –" Grace machte ihren Mund zu, als ihr
Gehirn ein weiteres geistiges Signal im Büro erfasste und
sie merkte, dass Martin nicht allein war. Ausnahmsweise
hielt Grace ihren Mund geschlossen, als eine leicht verwu-
schelt aussehende Anne aus Martins Büro kam.

„Die Ablage ist fertig, Mr Wedgewick. Es sieht aus, als wäre in Ihrem Kalendar nichts vor drei Uhr, also haben Sie Zeit für Ms O'Brien", sagte Anne und steckte lässig eine lose Locke ihres braunen Haars in den tiefsitzenden Knoten. Sie hatte sich gerade von einer unscheinbaren Sekretärin in eine interessante Frau verwandelt, dachte Grace, hatte aber keine Zeit, über diesen köstlichen Bissen Klatsch nachzugrübeln.

„Danke, Anne. Sie sind ein Schatz", sagte Grace und warf ihr ein strahlendes Lächeln zu, so dass Anne zurücklächelte. In weiblichem Einverständnis nickten sie sich zu und es musste nichts weiter gesagt werden. Grace ging in Martins Büro.

Der Anwalt räumte hastig seinen Schreibtisch auf. „Ach, Grace. Du siehst etwas durcheinander aus. Kann ich dir eine Tasse Tee anbieten?", fragte Martin und sein Blick ging wieder zur Tür.

„Nein, eigentlich brauche ich einen Whiskey, aber noch nicht. Im Moment brauche ich einen klaren Kopf", sagte Grace. Sie ließ die Akte auf seinen Schreibtisch fallen, drehte sich, um die Tür hinter ihnen zuzumachen und plumpste in seinen Besucherstuhl.

„Und was genau soll ich mir ansehen?", fragte Martin, kreuzte seine Finger über der Akte und presste seine Lippen eng zusammen. Grace tat ihr Bestes, um ihre geistigen Schilder aufrechtzuerhalten, als ein Bild vom pingeligen Anwalt und seiner schüchternen Sekretärin in inniger Umarmung durch ihren Kopf schoss.

„Ich werde aus dem Haus geworfen!" Donner krachte draußen wieder und Martin zuckte zusammen. Er blickte zum Fenster und Grace zwang sich, sich zu beruhigen, bevor wegen ihrer Launen ein Wirbelsturm die Küste entlangkam.

„Ich bin nicht sicher, dass ich verstehe...", sagte Martin, blickte zu Grace und holte die Papiere aus dem Umschlag. „Ich war der Meinung, dass deine Familie das Haus besitzt, in dem du jetzt lebst."

„Das tut sie. Mein Urgroßvater hat das Haus für Fiona gebaut. Das Land gehört seit Generationen den O'Briens", sagte Grace, umklammerte ihre Hände im Schoß und versuchte zu entspannen, während der Regen ans Fenster prasselte. Fiona hatte jahrelang versucht, Grace beizubringen, den Effekt ihrer Launen auf die Außenwelt zu kontrollieren und sie hatte geglaubt, dass sie diese Art von Reaktionen überwunden hatte. Aber jetzt fühlte sie sich gefährlich nahe daran, die Kontrolle zu verlieren und es schien, als wäre alles möglich, während das Gebäude erneut von Donner geschüttelt wurde.

„DK Enterprises", murmelte Martin. Er sah durch die Dokumente und hielt inne, um in die Luft zu schauen, als ob er eine geistige Datei nach mehr Information durchsuchte. „Ich glaube, dass sie Segelboote zum Chartern besitzen. Oder Boote bauen. Etwas, was mit Segeln zu tun hat."

„Ja, der Anwalt hatte so etwas erwähnt. Es ist mir egal, ob es der Papst ist. Ich ziehe nicht aus meinem Haus aus. Sie müssen mich körperlich entfernen", drohte Grace, dann erstarrte sie. „Sie können nicht jetzt gerade da sein, oder? Meine Sachen durchsuchen? Soll ich nach Hause eilen?" Blöd, blöd, blöd, schalt Grace sich selbst. Sie war aus der Tür gerannt, ohne irgendeine Art magischen

Schutz zu hinterlassen, noch nicht mal ein besseres Schloss an der Tür.

„Ms O'Brien", sagte Martin geduldig und dann reichte er unerwartet über den Schreibtisch und drückte ihre Hand. Vielleicht war es die ungewöhnliche Geste oder die Sympathie auf seinem Gesicht, die Grace übermannten, aber ihr stiegen die Tränen in die Augen, als sie wartete, um zu hören, was kommen würde. „Grace. Es tut mir leid, aber diese Papiere sind dem Anschein nach in Ordnung. Das heißt nicht, dass wir nicht dagegen ankämpfen können. Die Pacht ist vor einigen Jahren abgelaufen, aber ich glaube, dass wir mit deinen Besitzrechten einen guten Fall haben – oder sogar die Tatsache, dass es keinerlei öffentliche Bekanntmachung gibt, dass das Land verfügbar ist. Ich werde eine einstweilige Verfügung einreichen, um diese Zwangsräumung zu verhindern – zumindest gibt uns das etwas Zeit, um die Gesetzlichkeit dieser Transaktion festzustellen. In der Zwischenzeit schlage ich vor, dass du dein Bestes tust, um ruhig zu bleiben und wir werden etwas Zeit damit verbringen, uns DK Enterprises genauer anzusehen."

„Ich werde sie ruinieren", sagte Grace und ein kaum erkennbares Lächeln ging über Martins Gesicht.

„Das war nicht, was ich gemeint hatte, als ich vorschlug, dass du ruhig bleibst."

„Mach du deine Magie und ich mache meine", sagte Grace und stand auf. Impulsiv bückte sie sich und hauchte einen Kuss auf Martins Wange, so dass der Mann leicht errötete. „Ich mag Anne, sie ist gut für dich. Wenn ich du wäre, würde ich sie auf ein richtiges Date ausführen. Ihr vielleicht ein paar Blumen kaufen. Keine Frau mag es, wenn sie hinter verschlossenen Türen versteckt wird."

Damit pfiff sie nach Rosie und ließ einen verdutzten Martin hinter sich, als sie mit einem kurzen Winken zu Anne aus der Haustür ging. Das letzte, was sie hörte, als sie Tür hinter sich schloss und in den strömenden Regen ging, war, wie Martin eine Einladung zum Essen herausstotterte.

Wenigstens war das eine gute Tat, die sie heute vollbracht hatte.

KAPITEL SECHS

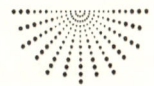

Grace ging dahin, wo alle hingingen, wenn sie ein ernsthaftes Problem hatten – zum Pub. Natürlich war es ein Ort für Musik und ein Pint mit Freunden, aber es war auch das soziale Zentrum des Dorfs und aller Klatsch wurde hier gewissenhaft verkündet und von den Stammgästen, die auf Barhockern saßen, auseinandergenommen. Grace wünschte sich, dass Caits Tochter Fi nicht für ein Jahr ins Ausland gegangen war, um sich selbst zu finden oder was auch immer sie da machte. Sie war das Nächstbeste, was Grace als Schwester in der Stadt hatte, und sie hätte ihren Rat gebrauchen können.

Aber ihre Mutter müsste wohl genügen.

Caits zierliche Figur stand an den Zapfhähnen hinter der langen Bar, die ein Ende von Gallagher's Pub dominierte. Obwohl es in Grace's Cove auch noch andere Kneipen gab, war dieser Pub das wahre Herz des Dorfes. Von Geburten über Todesfälle und Hochzeiten zu Abschlussfeiern – alle erhoben das Glas und feierten begleitet von Livemusik. Und in den letzten dreißig Jahren hatte die rauflustige Cait McAuliffe den Pub mit einer fröhlichen Effizienz geführt, so dass jeder wusste, dass sie die Chefin war.

Cait war wie eine zweite Mutter für Grace und erkannte ihre Unruhe in dem Moment, als Grace durch die Tür trat. Bevor Grace zwei Schritte gemacht hatte, hatte Cait sich unter der Theke geduckt und ging durch den Raum, um sie mit einer Umarmung zu begrüßen. Für einen Moment ließ Grace sich von ihr halten und Cait schaukelte sie sanft, obwohl Grace über der winzigen Frau herausragte.

„Soll ich dich lesen? Ist es zu schwierig, es zu erzählen?", fragte Cait. Sie war immer respektvoll und tat normalerweise ihr Bestes, um ihre Gabe abzuschirmen und aus den Gedanken anderer Leute herauszubleiben. Bei ihrer Arbeit war es fast unmöglich, eine Nacht hinter der Bar zu überstehen, wenn sie permanent von den Gedanken anderer bombardiert wurde. Denjenigen, die ihr nahestanden, hatte Cait versprochen, sich aus ihren Köpfen herauszuhalten, es sei denn, sie baten sie. Soweit Grace erkennen konnte, hatte Cait sich an die Regel gehalten. Sie war sicher, dass es bestimmt hier und da einige Ausrutscher gab, da Grace mit ihrer Magie mit dem gleichen Problem kämpfte.

„Ich erzähle es dir, aber erstmal brauche ich einen Whiskey", sagte Grace und ging mit Cait durch den Raum, um sich auf einen leeren Barhocker zu setzen. Durch den Sturm waren die Leute nach und nach hereingekommen, denn wo sonst sollte man einen verregneten Nachmittag verbringen als im gemütlichen Pub und mit Freunden über einem Pint vor den fröhlichen Flammen des Feuers quatschen? Noch während Grace daran dachte, hockte sich ein Mann vor den Kamin und zündete den Torf an, der immer dort lag – so selbstverständlich, als ob ihm der Pub gehörte.

Das ist Familie, dachte Grace. Sie kannte alle Gesichter in der Bar und nickte anderen durch den Raum hinüber zu. Es war unmöglich, ein ganzes Leben in einer Stadt wie dieser zu verbringen und sich nicht mit allen Menschen hier verbunden zu fühlen.

„Das ist eine hübsche Jacke, Gracie, mein Mädchen", sagte Mr Murphy. Er war mindestens neunzig Jahre alt und flirtete mit ihr von seinem Hocker am Ende der Bar. „Eines Tages wirst du mit mir zusammen weglaufen."

„Nur wenn Sie mich mit nach Jamaica und von diesem Regen wegnehmen, Mr Murphy", sagte Grace.

Mr Murphy warf seinen Kopf zurück und lachte. Er schlug mit seiner Hand auf die Theke. „Zu viel Sonne für diese helle Haut, meine Liebe. Ich möchte nicht noch mehr Falten bekommen."

Trotz ihrer Laune lachte Grace mit ihm mit.

„Hier, trink", sagte Cait und schob ein kleines Glas Whiskey über die Bar zu Grace. Sie sah mit erhobener Augenbraue zu, wie Grace ihn auf einmal herunterkippte und machte weiter damit, Pints mit Guinness zu zapfen. Der Whiskey brannte direkt in Graces Bauch – so wie sie es gewollt hatte – und passte zu ihrer Stimmung.

„Hast du schon mal von DK Enterprises gehört, die machen irgendwas mit Booten?", fragte Grace. Sie erhob ihre Stimme nur ein bisschen über den Lärm der Gespräche, so dass jeder im Raum kommentieren konnte, wenn er wollte. Es war eine erprobte Art, andere einzuladen, sich mit

Informationen oder Klatsch in die Unterhaltung einzumischen; wenn sie niemanden hätte involvieren wollen, hätte Grace sich einfach seitlich gedreht und leise mit Cait gesprochen. Selbst in so einer kleinen Stadt voller Tratsch wurden die leise Stimme und der zugedrehte Rücken normalerweise respektiert. Man wusste sowieso, dass man den Klatsch auf die eine oder andere Weise herausfinden würde.

„Ja, der Typ war erst neulich hier, oder, Cait?", fragte Mr Murphy und zog an seiner Kappe, die ihm permanent auf den paar Strähnen weißen Haars, die er noch hatte, saß. Seine Augen legten sich in Fältchen, als er Grace anlächelte. „Gutaussehender Typ, Grace. Hast du dein Auge auf ihn geworfen?"

„Ich habe nur Augen für Sie, Mr Murphy, wie Sie ganz genau wissen. Nein, ich habe den Mann noch nie kennengelernt, noch weiß ich irgendetwas über seine Firma", sagte Grace und nahm einen Schluck von dem Wasser, das Cait vor sie hingestellt hatte. Sie trommelte mit ihren Fingern auf der Bar.

„Ich habe gehört, dass er hier baut. Ein neues Projekt." Das kam von einem jüngeren Mann auf der anderen Seite der Bar. „Er hat mehrere Stellenanzeigen aufgeben mit einem fairen Lohn. Einige meiner Freunde haben sich schon beworben."

„Es werden Eigentumswohnungen, habe ich gehört", kam eine weitere Stimme dazu und dann redete der ganze Raum auf einmal. Der Gedanke eines Gebäudes mit modernen Eigentumswohnungen in ihrem charmanten kleinen Dorf kam ihnen allen falsch vor.

„Eigentumswohnungen", zischte Grace. Ihre Schultern

sackten, als sie über diese neue Entwicklung nachdachte. „Warum würde ein Segler Eigentumswohnungen bauen?" Der Gedanke an ihr schönes Haus und die wunderbare Leere der grünen Hügel, die es umringten, und dass es planiert werden würde, um Wohnungseinheiten zu bauen, ließ sie Wut in ihrem Bauch spüren.

„Es ist immer clever, dein Einkommen zu streuen. Ich vermute, dass der Typ ein Bedürfnis sah. Er kam mir nett vor", sagte Mr Murphy, anscheinend unberührt von den Neuigkeiten. Er lebte schon lange genug, um zu wissen, dass diese Dinge Zeit brauchten und sich oft von selbst auflösten. Wenn die Menschen in Grace's Cove beschlossen, dass sie keine Eigentumswohnungen haben wollten, würden sie einen Weg finden, sie zu verhindern.

„Worum geht es denn, Grace?", fragte Cait. Ihre Stimme war sanft, während sie Pints mit Guinness füllte und sie dann stehenließ, damit das Bier sich setzen konnte, bevor sie die nächsten begann.

„Es scheint, dass ich zwangsgeräumt werde", sagte Grace und versuchte sorgfältig, ihre Emotionen zu kontrollieren, damit sie keinen Monsun auf den armen Gallagher's Pub lenkte.

Es hatte wenige Momente wie diesen in dem Pub gegeben, wenn man nichts hörte außer Gläsern, die vor Überraschung auf die Tische geknallt wurden und das Heulen des Windes draußen. Die Iren waren fürs Reden bekannt und es passierte nicht oft, dass eine ganze Gruppe keine Worte fand.

„Du wirst was?", rief Cait aus. Sechs verschiedene Emotionen rasten so schnell über ihr Gesicht, dass Grace kaum mithalten konnte. „Ich bringe sie um. Wer hat dir das angetan?"

Grace bewegte ihre Hand und sagte nichts, bis Cait zu ihrem eigenen Schluss kam.

„DK Enterprises? Sie wollen dort Eigentumswohnungen bauen? Auf..." Cait schnappte nach Luft, als es ihr wirklich dämmerte und schlug ihre Hand auf ihr Herz. „Auf Fionas Haus?"

Grace nickte düster und versuchte weiterhin ihr Bestes, die Wut, die drohte überzuschwappen, unter Kontrolle zu halten.

„Nein. Das kann nicht passieren. Wir werden es verhindern. Das ist ein Fehler. Dir gehört das Land", sagte Cait und nickte, während die Gespräche im Pub wieder auflebten. Jeder zog seine eigenen Schlüsse darüber, was hier passierte.

„Es scheint, dass die Pacht des Landes auslief, als Fiona von uns ging." Grace sagte nicht gern, dass Fiona gestorben war, da die alte Frau immer noch sehr gegenwärtig war in ihren Leben. Sie wusste, dass Fiona für eine Unterhaltung in Caits Gedanken öfter auftauchte, als es der Pubbesitzerin lieb war.

„Da stimmt etwas nicht. Und diese DK Enterprises haben es einfach gekauft und werfen dich hinaus?", fragte Cait.

„Ja. Der Anwalt war heute Morgen an meiner Tür und bat höflich darum, dass ich ausziehe."

„Ich hoffe, du hast dafür gesorgt, dass er abhaut", rief ein Dorfbewohner von der anderen Seite des Raums. Graces Launen waren im Dorf bekannt und die meisten hatten entschieden, dass es für sie wesentlich angenehmer war, sich mit ihr gut zu stellen. Wenn man auf Graces guter Seite war, fühlte es sich an, als würde man das Gesicht in die Sonne halten. Über ihre schlechte Seite redete man besser nicht.

„Das habe ich", sagte Grace und blickte zu Rosie hinunter. „Und Miss Rosie hat sichergestellt, dass sein Hut kaum noch tragbar ist."

„Das ist ein guter Hund", sagte Cait und warf einen Hundekeks über die Theke. Rosie fing ihn in der Luft und ging dann durch den Raum, als die Leute nach ihr pfiffen, sie streichelten und sie beglückwünschten zu dem guten Job, ihr Frauchen zu beschützen.

„Wir werden ihn aufhalten", sagte Cait und sah Grace direkt in die Augen.

„Ja, das werden wir. DK Enterprises haben keine Ahnung, mit wem sie sich da anlegen."

KAPITEL SIEBEN

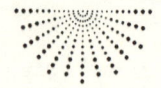

Dylan Kelly blickte auf den Sturm, der im breiten Hafen von Grace's Cove wütete. Er hatte einen Großteil seines Lebens auf dem Wasser verbracht und ein bisschen Wetter machte ihm nichts aus. Die Plötzlichkeit des Sturms überraschte ihn allerdings; es war, als wäre er aus dem Nichts gekommen. Er nahm sich vor, sich die Wetterstatistiken für Grace's Cove anzusehen, um festzustellen, ob das ein eher ungewöhnliches Ereignis war, da es seine Zukunftspläne beeinflussen könnte.

Grace's Cove, dachte Dylan, als er seine Handflächen ans Fenster drückte und seinen Blick über das kleine Dorf schweifen ließ, das eingebettet in den Hügeln am Wasser lag. Wenn er ein fantasievoller Mann wäre, würde er sagen, dieser Ort hatte ihn sein ganzes Leben gerufen. Auch wenn der Seemann in ihm Aberglauben und Sagen schätzte, war Dylan doch eher ein pragmatischer, ehrgeiziger Geschäftsmann. Es gefiel ihm, seinen Lebensunterhalt mit etwas zu verdienen, was er liebte – auf dem

Wasser sein – aber nachdem er beschlossen hatte, die Härten eines Fischerlebens aufzugeben, war Dylan seiner anderen Liebe gefolgt.

Geld machen.

Er hatte seine zwei Lieben in einer erfolgreichen Reederei verbunden, und bot alles an von Frachtschiffen, die Güter über die ganze Welt verschifften, bis hin zu Luxuschartern, die durch das Mittelmeer fuhren. Dylan war ein Mann, der mit seinem Leben zufrieden war.

Zufrieden, dachte Dylan mit geschürzten Lippen, bis er es nicht mehr war. Seine Mutter hatte ihn immer wieder daran erinnert, dass ein erfolgreiches Leben ohne Liebe nichts war. Normalerweise würde Dylan sie mit Geschichten seiner letzten Reisen ablenken, bevor sie zum Mangel an Enkeln überging. Obwohl er seine Mutter wirklich liebte, wusste er, dass sie nicht gerade glücklich war über seinen zugegebenermaßen lockeren Lebensstil. Sie hatte es in seinen Zwanzigern toleriert, aber jetzt, da er über dreißig war, hatte sie entschieden, dass sie genug hatte.

Auf seine eigene Art hatte Dylan das auch. Die Faszination einer neuen Frau jeden Monat oder in verschiedenen Ländern hatte schnell den Reiz verloren und jetzt sehnte er sich nach etwas anderem – einer tiefergehenden Verbindung, dachte er. Oder wenigstens, dass er der Frau vertrauen könnte, mit der er ins Bett ging.

Dylan schob seine Hand durch seine rotblonden Haare, die mal wieder zu lang geworden waren und ging weg vom Fenster des Hauses, das er in den Hügeln gemietet hatte, die das Dorf überblickten. Die letzte Frau, mit der er sich länger als ein paar Monate getroffen hatte, hatte sich als genauso wie alle anderen entpuppt und war nur daran interessiert, was sein Geld ihr kaufen konnte und sonst nichts. Natürlich war er ein großzügiger Mensch – er liebte Frauen und war der Meinung, dass sie frivole Geschenke verdienten – aber nach einer Weile fing er an, sich zu fragen, ob irgendjemand einfach seine Gesellschaft mit ihm als Person genoss, so wie er war. Es war lange her, seit er jemanden Neues ins Vertrauen gezogen hatte und noch viel länger, seit er eine wirkliche Beziehung hatte.

Obwohl seine Mutter erfreut war, dass er seine Affären mit dem Fotomodell des Monats aufgegeben hatte, machte sie sich in den letzten anderthalb Jahren mehr Sorgen, da er ganz aufgehört hatte, sich mit Frauen zu treffen.

„Keine Verabredungen zu haben ist bestimmt auch nicht der Weg, Liebe zu finden", hallten Catherine Kellys Worte in seinem Kopf wider.

„Verabredungen zu haben hat mir auch keine Liebe gebracht", hatte Dylan erwidert und küsste ihre Wangen, um seine Worte abzuschwächen.

„Ich mache mir Sorgen um dich", hatte Catherine gesagt und ließ sich von ihrem Sohn umarmen.

„Keine Angst. Ich konzentriere mich im Moment auf mein Geschäft." Dylan hatte sie beim Gehen noch einmal geküsst.

Ihre Worte waren ihm gefolgt. „Ein einsames Streben!"

Vielleicht war er einsam, grübelte Dylan, als er zur Bar ging, die in einer Ecke des Wohnzimmers stand. Statt in einem Hotel zu übernachten, hatte er ein ganzes Haus gemietet und war von seiner Wahl völlig begeistert. Holzbalken kreuzten die Decke, ein wunderschöner Steinkamin war an einer Wand, Bücherregale an einer anderen und ein schöner gewobener Teppich in einem brillanten Rotton lag über den Holzböden. Bequeme Ledersofas und ein hochmodernes Soundsystem vervollständigten den Raum und Dylan entspannte sich, als er etwas Musik anmachte und sich einen Whiskey pur einschenkte.

Sein Blick fiel auf den Kamin und dann wieder zurück nach draußen, wo der Sturm weiterhin wütete. Wenn es je einen Tag gab, der nach Whiskey, einem Feuer und einem guten Buch rief, dann war es dieser. Er ging durch das Zimmer, bückte sich vor dem Kamin und Momente später signalisierte die erste fröhliche Flamme, dass er auf dem besten Weg zu einem wunderbar gemütlichen, faulen Nachmittag war.

Zufrieden mit sich und seiner Entscheidung, hierherzukommen, ging Dylan an der Mappe mit Papieren für die Arbeit vorbei – damit würde er sich am Morgen beschäftigen. Stattdessen zog er wahllos einen Roman von Steinbeck aus dem Regal, verlor sich bald in den Worten, und ließ die Unruhe, die ihn in letzter Zeit geplagt hatte, aus seinem Körper entweichen.

Es war die gleiche Unruhe, die Dylan nach Grace's Cove und seinem neuesten Projekt gebracht hatte. Das erste Mal in langer Zeit war er wirklich begeistert über ein neues Geschäftsprojekt. Wenn alles gut ging, würde er innerhalb weniger Wochen knietief im Schlamm und im Hausbau stecken.

Und mit etwas Glück würde ihn dieses Projekt zu beschäftigt halten, um über sein mangelndes Liebesleben nachzudenken, und vor allem über die merkwürdige Anziehungskraft dieser Stadt. Der Seemann in ihm würde Grace's Cove seine Bestimmung nennen. Der Geschäftsmann in ihm würde es eine clevere Entscheidung nennen.

So oder so hoffte Dylan, dass er Spaß haben würde.

KAPITEL ACHT

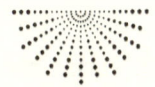

Immer noch aufgewühlt nach dem Besuch im Pub, fuhr Grace zur Galerie ihrer Tante Aislinn, um zu sehen, ob sie noch im Laden war. Nachdem Grace ihre Bombe platzen ließ, hatte sich die Neuigkeit schnell verbreitet und der Pub hatte sich gefüllt, als die Geschichte wiederholt wurde und mehr Informationen über DK Enterprises ans Licht kamen.

Was nicht wirklich viel gewesen war, dachte Grace verächtlich, als sie den Motor ausstellte und durch die Regenwand blickte, um zu sehen, ob aus dem breiten Fenster der Galerie Licht herausschien. Die Dorfbewohner waren sich hauptsächlich darüber einig, dass die Firma Segelcharter anbot und hier etwas baute – wahrscheinlich Eigentumswohnungen – und dass niemand von ihnen für den Mann arbeiten würde, sollte er wirklich Fiona O'Briens Haus abreißen. Grace fragte sich, ob Letzteres stimmte, denn ein anständiger Lohn war vielen Menschen im Dorf sehr wichtig. Auch wenn es den Bewohnern in Grace's Cove relativ gut ging, waren sie doch sehr abhängig von Tourismus und der Fischindustrie. Grace wusste, dass viele der Familien in den langen kalten Wintermonaten Schwierigkeiten hatten, wenn die Touristen selten so weit westlich kamen und die Fischer mit fast unmöglichen Bedingungen kämpften. Es war eine Sache, nach einem Pint im Pub zu versprechen, dass man Arbeit ablehnen würde, aber eine ganz andere, sich von der Arbeit abzuwenden, wenn man zu Hause Mäuler zu füttern hatte.

Trotzdem hatte nur der Gedanke daran, dass jemand aus dem Dorf bewusst versuchen würde, ihr Haus abzurei-ßen, dafür gesorgt, dass Blitze über den Himmel zuckten und Donner die Galerie zum Beben brachte. Als die Tür aufging und eine verärgerte Aislinn sie durch den Regen-vorhang anstarrte, zog Grace ihre Schultern hoch und formte ein lautloses „Entschuldigung" durch das Glas. Sie beruhigte sich selbst und wartete, bis der Regen etwas nachließ, bevor sie Rosie zupfiff und von ihrem Wagen zur Eingangstür spurtete.

„Nicht mit dem nassen Köter. Geh nach hinten", befahl Aislinn und knallte die Tür vor Graces verblüfftem Gesicht zu.

„Scheiße, natürlich musste ich einen Sturm verursa-chen", fluchte Grace und planschte durch die Pfützen, bis sie zum Tor im Zaun kam, der den kleinen Hof umringte. Sie schob sich hinein und rannte durch die Hintertür, bis sie mit triefenden Haaren im Hinterzimmer von Aislinns Galerie stand.

Aislinn sah Grace kritisch an, bevor sie ihr ein Hand-tuch reichte und ihr bedeutete, zu ihr ins Büro zu kommen. Aislinn war eine anerkannte Künstlerin und ihr Büro war alles andere als herkömmlich; ihr weites Kleid, ihr wallendes Haar und der Haufen Halsketten und Armbänder, die klimperten, wenn sie ging, hallten das wider. Grace folgte ihr, darauf bedacht, sich abzutrocknen und rieb das Handtuch zur Sicherheit einmal über Rosie. Das letzte, was sie brauchte, war, dass Aislinn sie anschrie, falls Rosie Wasser auf ein wertvolles Kunststück oder eine Reliquie schüttelte, die sie in ihrem Büro versteckt hatte.

„Hi, Gracie." Morgan, die mit Aislinn zusammenarbeitete, solange sich Grace erinnern konnte, begrüßte sie von einem Laptop am großen Esstisch, der als Schreibtisch benutzt wurde. Aislinn und Morgan hatten eine besondere Verbindung – sie waren beste Freundinnen ebenso wie Familie. Morgan vor Jahren als Verkäuferin unter ihre Fittiche zu nehmen, war eine der besten Entscheidungen gewesen, die Aislinn je getroffen hatte. Zusammen sorgten sie dafür, dass das Geschäft blühte und leiteten inzwischen eine der besten Galerien in ganz Irland.

Und beide besaßen magische Kräfte.

Grace fühlte sich hier wie zu Hause und ließ sich in einen breiten Ledersessel mit abgenutzten Polstern und hübschen Paisley-Kissen fallen. Sie kreuzte ihre Beine und seufzte erschlagen.

„Hallo, Morgan und Aislinn. Ich habe einen furchtbaren Tag gehabt", sagte Grace.

Morgan nickte zu dem kleinen iPhone, das neben ihrem Computer lag. „Das haben wir gerade gehört. Cait hat vom Pub aus angerufen. Wir wären nach dem Sturm zum Haus gekommen, aber hatten schon die Nachricht bekommen, dass du auf dem Weg hierher bist."

Cait hatte ihnen keine Nachricht gegeben, dachte Grace,

da sie niemandem gesagt hatte, wo sie hinfahren würde. Aber wenn man mit Magie lebte und dem Fluss der natürlichen Rhythmen des Universums, gab es einfachere Wege, mit Freunden und Familie zu kommunizieren als übers Telefon.

„Ich sollte wahrscheinlich wieder nach Hause gehen, bevor die Bulldozer kommen", grummelte Grace, obwohl sie wusste, dass es eine Weile dauern würde, bis die Bagger auftauchten. Wenn sie nur eine Ahnung hätte, wie sie mit dieser Situation umgehen sollte.

„Du glaubst doch nicht wirklich, dass sie das Haus abreißen, oder? Es muss einen Weg geben, das zu verhindern", protestierte Morgan. Ihr attraktives Gesicht hatte sich in Sorgenfalten gelegt.

„Martin Wedgewick arbeitet für mich daran. Er hat gesagt, dass er versuchen wird, eine Verfügung zu beantragen, um diesen Unsinn zu stoppen, zumindest so lange, bis wir es geklärt haben", sagte Grace.

„Ich mag ihn", sagte Aislinn, während sie auf der Anrichte Tee eingoss. „Er ist pingelig, aber sorgfältig. Ich vermute, dass er damit gut umgehen kann."

„Ich habe ihn dabei erwischt, wie er Anne geküsst hat", sagte Grace, erfreut, dass sie jetzt einen Grund hatte zum Tratschen. Hier war sie sicher – diese Art von Klatsch würde sie nie im Pub verbreiten. Aber in der Familie konnten sie darüber schwatzen und ihre Gedanken von ihren Problemen fernhalten.

„Nein!" Morgans Augen leuchteten aufgeregt auf. „Darauf wäre ich nie gekommen."

„Das ist...also eigentlich finde ich, dass sie perfekt füreinander sind", sinnierte Aislinn, als sie den Tee in dicken Bechern brachte, die in einem verwaschenen Blau glasiert waren, von dem Grace wusste, dass sie es selbst herstellte.

„Das habe ich auch gedacht. Ich habe ihm einen kleinen Anstoß gegeben, damit er sie zum Essen ausführt, statt sich hinter geschlossenen Türen zu verstecken. Ich habe auf meinem Weg hinaus gehört, wie er sie gefragt hat", sagte Grace und fühlte sich aufgemuntert bei dem Gedanken an zwei Menschen, die kurz davor waren, Liebe zu finden.

„Du siehst müde aus", sagte Morgan. Ihre schönen Augen erforschten Graces Gesicht. „Wann hast du davon gehört? Hat es dich nachts wachgehalten?"

„Ich habe es heute herausgefunden, also nein, das hat mich nicht wachgehalten. Ich...ich weiß nicht. Ich habe wieder andauernd diese Träume. Sie werden irgendwie stärker. Ich wünschte, es gäbe einen Weg, wie ich sie aus meinem Kopf zaubern könnte, damit ich sie vergesse – ihn vergesse. Trotz meiner besten Bemühungen habe ich noch nichts gefunden. Fiona hat mir nur den Rat gegeben zu fragen, was ich in dem Traum lernen soll. Bisher hat sie sich geweigert, mir zu zeigen, wie ich tatsächlich die Träume loswerden kann. Ich schwöre, die alte Frau hat Spaß daran, mich leiden zu sehen", sagte Grace und rollte mit den Augen, auch wenn die anderen wussten, dass sie nur einen Witz machte. Sie wussten alle, dass Fiona es nie mochte, ihre Küken leiden zu sehen, aber wenn es Lektionen zu lernen gab – na ja, dann mussten sie die lernen.

„Du hast die Antwort also nicht gefunden", sagte

Aislinn. Ihre Hand spielte mit einem Amethystamulett, das tief an ihrer Taille hing. „Was ignorierst du?"

Grace zuckte mit einer Schulter und trank ihren Tee, während sie über die Frage nachdachte. Der Sturm tobte weiterhin draußen, aber hier war es gemütlich und bequem, daher blieb sie einen Moment still und ließ ihre Gedanken wandern.

„Meine Vermutung ist, dass ich an Liebe glauben soll, da die Träume sich alle darauf konzentrieren, dass ich Liebe neu erlebe und dann verliere."

„Oder vielleicht ist es die Tatsache, dass du nicht immer genau das bekommst, was du möchtest?", kommentierte Morgan. Dann wurde sie rot, als die anderen sich drehten, um sie anzusehen. Auch nach all diesen Jahren und dem Selbstvertrauen, das Morgan entwickelt hatte, hatte sie immer noch Augenblicke der Unsicherheit, wenn sich die Aufmerksamkeit ihr zuwandte.

„Was meinst du?", fragte Aislinn.

„Es ist wie ein ständiger Kreislauf, in dem Grace diese wunderbare Zeit in einem vergangenen Leben erneut erlebt, und dann wird es ihr weggenommen. Sie hat wiederholt angegeben, dass sie diese Liebe oder diesen Mann in ihrem Leben haben möchte, so oder so. Und nichts ändert sich. Aber sie hat ihre Ansicht nicht geändert und ihre Träume haben sich nicht geändert. Also würde ich sagen, aus der Vogelperspektive erscheint es mir, als ob Grace Dinge so haben will, wie sie es will, und sie ist in diesem Hamsterrad der Träume, bis sie etwas aufgibt...was auch immer. Vielleicht ihre Forderung, dass der Traum aufhören soll? Oder dass sie diese Liebe hat? Ich bin nicht ganz sicher und das ist die Wahrheit", sagte Morgan und nahm dann einen Schluck Tee, um sich selbst zum Schweigen zu bringen.

„Ich...hmmm, na ja. Das könnte stimmen. Vielleicht. Fiona sagt gern, dass ich im Leben immer alles bekommen habe, was ich wollte, und eines Tages wird mir etwas begegnen, was ich nicht haben kann", sagte Grace und ließ ihre Hand nach unten fallen, um Rosies Ohren zu kratzen. „Aber das macht immer noch keinen Sinn, weil es nur ein Traum über ein vergangenes Leben ist. Ich kann nicht zurückgehen und das Leben ändern; ich kann nur dieses richten. Außerdem, wenn ich ganz ehrlich bin, ist der Traum im Moment nicht wichtig. Das Einzige, was zählt, ist, was mit DK Enterprises passiert."

„Warum macht mir das Sorgen?", fragte Aislinn und warf einen Blick auf Morgan, als Grace aufstand, ihr Gesicht in rebellischen Zügen.

„Weil ich glaube, dass unsere große Piratenkönigin kurz davor ist, in die Schlacht zu ziehen", murmelte Morgan, als Grace im Sturm verschwand.

KAPITEL NEUN

Zum ersten Mal in langer Zeit träumte Grace nicht von Dillon. Entweder war es die schiere Wut, die sie sich herumwälzen und nicht in Tiefschlaf sinken ließ, oder es war der Sturm, der die ganze Nacht donnerte und sie wachhielt – so oder so, Grace stand am nächsten Morgen voller Kampflust auf.

Fiona war erstaunlicherweise abwesend, als Grace am Vorabend nach Hause gekommen war, was Grace nur noch mehr verärgerte. Natürlich tauchte die alte Frau immer dann auf, wann es ihr passte. Aber wenn Grace sie am meisten brauchte? Nicht ein Muckser. Das war wieder typisch. Gespenster – das waren heikle Wesen.

Sie blickte aus dem Fenster und war überrascht, dass sich das Wetter beruhigt hatte – es folgte ausnahmsweise nicht ihrer Laune. Eine leichte Brise ging über das nasse Gras und ein paar Federwolken standen am Horizont. Alles in allem hätte es ein schöner Morgen für Grace sein sollen, an dem sie sich eine Tasse Tee machen und mit ihrer Arbeit loslegen könnte. Stattdessen stand sie ruhelos vor der Spüle und schob lässig das Fenster auf, um die Brise zu erhaschen. Ihr Gesicht war in Sorgenfalten gelegt, da ihre Gedanken sich weigerten zu ruhen. Im Moment sah sie keinen Weg aus der problematischen Situation, in der sie sich gerade befand.

Grace hasste es, keinen Ausweg zu haben.

Als Zugeständnis an die Kühle in der Luft zog sie sich einen weiten grauen Pullover über ihr Top und die dünnen Schlafshorts und ließ ihre Haare lose über ihre Schultern bis fast zur Taille hängen. Es war nicht so, als ob sie immer ihren Willen haben musste, grübelte Grace, als sie den Wasserkocher anstellte. Sie war mehr als fähig, mit einem Team zu arbeiten und sie hatte genug Männer gehabt, die gern bei ihr geblieben wären, wenn sie nicht vor der Verpflichtung zurückgescheut wäre. Es ging mehr um Freiheit – die Freiheit zu wählen und die Freiheit, sich zu bewegen. Die Angst, keine Stimme zu haben – in ihrem Leben oder in ihrer Wahl – zeichnete sie vielleicht als eine schwierige Frau aus.

Es war nichts, worüber sich Grace unnötige Gedanken machte.

Das Schlagen von Autotüren und der Klang von Stimmen kam durch das offene Fenster und Graces Kopf schnellte hoch, als ob sie Beute roch. Mit zusammengekniffenen Augen ging sie näher zum Fenster und sah drei Lastwagen, von denen einer eine Art Baumaschine hinter sich herzog, an der Küstenstraße, die zur Bucht führte. Ohne einen weiteren Gedanken schoss Grace aus dem Haus und sah das Ventil für ihre Wut.

Die Männergruppe drehte sich bei Rosies Bellen um, das die Ankunft einer wütenden barfüßigen und halb angezogenen Frau signalisierte. Ihre Haare wehten im Wind hinter ihr, als sie abrupt vor ihnen zum Halt kam. Beim Anblick ihres Gesichtsausdrucks drehten sich die Männer wie eins zu ihrem Anführer.

Feiglinge, dachte Grace und sah das stumme Zustimmen zwischen den Männern, als sie beschlossen, sie dem Mann zu überlassen, der etwas entfernt von ihnen stand. Sein Rücken war ihr zugedreht, während er die Wellen beobachtete, die tief unter ihnen aufschlugen. Breite Schultern waren von einer abgewetzten Lederjacke bedeckt, zerrissene Jeans umschlossen lange Beine und blonde Haare, die gerade anfingen, sich zu locken, tanzten im Wind. Grace konnte die Figur des Mannes wertschätzen und ihn gleichzeitig vom Kliff werfen wollen.

„Wir fangen also hier an..." Der Mann drehte sich um, als seine Männer verstummten. Der Schock seines Anblicks ließ Grace eine Hand an ihr Herz heben.

Sie konnte ihn nicht richtig sehen. Jedenfalls nicht gleich. Die Sonne stand hoch genug im Himmel, dass sie seine Form als Silhouette erschienen ließ und seine blonden Haare erleuchtete, die um seinen Kopf herumstanden. Sein Gesicht war für einen Moment im Schatten verloren. Sie erblickte es nur für einen Augenblick: das brennende Blau seiner Augen – der Ozean im Morgengrauen – bevor sein Gesicht wieder im Schatten verschwand. Der Schlag, als ihr klar wurde, wer er war, ließ sie fast auf die Knie fallen.

Stattdessen richtete sie ihre Schultern gerade und hob ihr Kinn. Sie warf ihren Blick auf ihn und schluckte mehrfach, ihre Kehle schmerzhaft trocken.

„Miss O'Brien, vermute ich?" Der Mann kam

vorwärts, bis er nahe vor ihr stand und sie zwang, ihren Blick an einem karierten Hemd hochgehen zu lassen, um das Gesicht zu untersuchen, das sie rückhaltlos küssen wollte.

„Ja, das bin ich." Grace war verstört darüber, dass ihre Stimme nur als Flüstern im Wind herauskam. Sie wollte ihre Worte schreien. *Ich bin es.* Konnte er das nicht sehen?

Seine Augen verengten sich, als er sie beobachtete und Grace runzelte ihre Stirn, als Verärgerung über seine attraktiven Züge ging. Mit einem Kinn, das die Faust eines Mannes brechen konnte und gefühlvollen Augen, die eine schwächere Frau als Grace zum Schwanken bringen konnten, sah der Mann aus wie ein gefallener Engel. Ein sehr ärgerlicher gefallener Engel, der kurz auf die edle Armbanduhr sah, die er trug, und dann wieder zurück zu ihr, die ihn anstarrte wie eine Verrückte in ihrem Schlafanzug.

„Es sieht aus, als hätten wir Sie aus dem Bett geholt. Aber Sie sollten sich an die Bautätigkeit gewöhnen, da es hier für eine Weile nur noch lauter werden wird."

„Und mit wem habe ich das Missvergnügen zu sprechen?", fragte Grace mit bitterer Stimme und legte ihren Kopf schräg.

„Entschuldigung. Dylan Kelly", sagte er, hielt seine Hand hin, um ihre zu schütteln und ließ sie dann fallen, als Grace sie ansah, als wäre sie eine Schlange, die gleich zubeißen würde. „Ich verstehe, dass Sie über diese Situation nicht glücklich sind. Ich verspreche, dass wir unser Bestes tun, um Sie ohne großen Aufwand umzuziehen. DK Enterprises ist gern bereit, einen Umzugswagen zu bezahlen und Ihnen in der Übergangszeit zu helfen." Dylan wippte auf seinen Fersen, ein beschwichtigendes Lächeln auf seinen Lippen, als ob er sie als unbedeutendes Problem erachtete, das beiseitegeräumt werden musste.

Der Mann hatte keine Ahnung, was ihn erwartete, dachte Grace und atmete tief ein. Das erste Mal in ihrem Leben musste sie mit ihrem Kopf denken und nicht mit ihrem Herzen, da es schien, dass sie ihrem Herzen im Moment nicht trauen konnte, weise Entscheidungen zu treffen. Wenn sie der Welle von Emotionen, die gerade durch sie gingen, folgen würde, hätte sie sich in Dylans Arme geworfen und Küsse auf jeden Zentimeter seines sturen Kinns gelegt. Und vielleicht sollte sie das immer noch tun, dachte Grace, um ihn zu verwirren. Das Problem dabei war, dass er aussah wie jemand, der es gewohnt war, dass Frauen sich ihm zu Füßen legten. Es würde ihn vielleicht nervös machen oder ihm peinlich sein, aber Grace vermutete, dass es ihn nicht sehr aus dem Ruder werfen würde. Stattdessen lächelte sie seine Männer anzüglich an und mehrere von ihnen erwiderten es.

„Das ist wirklich nett von Ihnen, Mr Kelly, aber ich werde Ihre Hilfe nicht brauchen, da ich nicht ausziehen werde", sagte Grace und lächelte ihn nett an, als er sie mit erhobener Augenbraue ansah.

„Wirklich? Vielleicht hat man mich falsch informiert. Ich war der Meinung, dass man Ihnen die Zwangsräumung angekündigt hat, genauso wie den Besitzerwechsel dieses Grundstücks. Ich entschuldige mich, falls das ein Schock ist, ich war sicher, dass man Sie kontaktiert hatte", sagte Dylan und drehte sich über seine Schulter zu einem der Männer, der zustimmend nickte.

„Oh, man hat mich informiert", sagte Grace und drehte

gedankenverloren eine Haarlocke um ihren Finger, um das Bild zu verstärken, das sie ganz sicher gerade bot – das einer dummen kleinen Frau. Grace benutzte ihr Aussehen selten für ihren eigenen Vorteil, aber sie war durchaus bereit, die Unterstellungen der Männer über sie zu bekräftigen, wenn sie damit bekam, was sie wollte. Und im Moment wollte sie, dass sie von ihrem Land verschwanden.

„Aha, also, dann...mein Angebot steht", sagte Dylan mit einem lässigen Lächeln auf seinen Lippen, als er sie aufmerksam beobachtete.

„Das ist wirklich nett von Ihnen", wiederholte Grace. „Aber ich werde nicht weggehen. Sie werden es tun."

Dylan schob seine Hände in die Taschen. Ein Ausdruck von mildem Frust ging über sein Gesicht und er blickte zurück auf seine Männer, die alle mit den Schultern zuckten, als ob sie sagen würden, dass sie sein Problem wäre. Grace wusste nicht, warum sie das noch mehr ärgerte, aber sie beschloss in diesem Augenblick, dass sie ihnen eine kleine Lektion ereilen würde. Denn wenn sie sie nicht ernst nahmen, hatte sie andere Wege, ihre Meinung zu ändern.

„Miss O'Brien, ich verstehe, dass das alles bedauerlich ist für Sie, aber als Ihr neuer Vermieter habe ich das gute Recht, Sie vom Land zu weisen", sagte Dylan. Seine Stimme war ruhig, er war ein Mann, der es gewohnt war, dass Menschen sich nach seinen Worten richteten.

„Mr Kelly, als derzeitige Bewohnerin dieses Landes sage ich Ihnen, dass Sie unrecht haben. Es entspricht einfach nicht den Fakten", sagte Grace und starrte in seine Augen, damit er sie auf irgendeiner Ebene erkannte. Etwas blitzte in der Tiefe des Blaus, aber es gab keine Wiedererkennung. Stattdessen kniff er sich in seine Nase und seufzte.

„Ich habe nicht den ganzen Tag Zeit, hier zu stehen und mit Ihnen zu diskutieren. Hier ist meine Karte. Rufen Sie mich an, um mir Bescheid zu sagen, wann der Umzugswagen kommen kann, um Ihnen zu helfen", sagte Dylan und reichte ihr seine Visitenkarte. Grace nahm sie nur, damit sie etwas hatte, an dem seine Energie hing. Sie würde sie später untersuchen, aber jetzt spürte sie den Sprung in ihrem Puls, als seine Hand leicht über ihre Handfläche strich.

„Sie werden keinen Anruf von mir bekommen. Mein Anwalt beantragt eine einstweilige Verfügung gegen Sie, also ist hier erstmal alles stillgelegt. In der Zwischenzeit sollten Sie Ihre Maschinen von meinem Land nehmen", sagte Grace, ihr Kinn hoch und Feuer in ihren Augen.

„Wirklich? Interessant", murmelte Dylan, zog ein iPhone aus seiner Tasche und tippte eine Nachricht. Grace fragte sich kurz, wie er hier am Kliff ein Signal bekam und dann schüttelte sie ihren Kopf, um sich wieder zu konzentrieren.

„Interessant, sagt der Mann. Ich sehe, dass Sie es gewohnt sind, Ihren Willen zu bekommen. Es tut mir leid, dass es in dieser Situation nicht funktioniert. Aber ich bin sicher, dass es in Irland jede Menge andere Küstenstriche gibt, die nur darauf warten, von Ihnen zerstört zu werden. Leider – für Sie, nicht für mich – wird es nicht diese Bucht werden. Ich bitte Sie noch einmal zu gehen. Ich möchte wirklich nicht die Garda holen, um bei Ihrem Abschied zu helfen – Sheriff Maury hat ein neues Baby zu Hause. Ich bin sicher, dass er sehr verärgert wäre, davon weggerissen zu werden, nur um sich um einen unerlaubten Zugang zu kümmern." Grace lächelte mit weit geöffneten Augen und hoffte, dass sie den unschuldigen Ausdruck gut herüberbrachte. „Aber ich denke mal, da ich seiner lieben Frau Deborah geholfen habe, ihr Kind auf die Welt zu bringen, würde er sich verpflichtet fühlen, mich zu beschützen vor...möglichen Bedrohungen auf meinem Grundstück." Grace blinzelte Dylan an und war erfreut zu sehen, dass sie endlich sein kühles Äußeres angekratzt hatte, als Wut über sein Gesicht ging.

Dann glättete er seinen Gesichtsausdruck wieder. „Ich bin sicher, dass kein Bedürfnis besteht, die Behörden für so ein einfaches Missverständnis kommen zu lassen", sagte Dylan ebenso süßlich wie sie. „Aber ich verspreche Ihnen jetzt folgendes. Für jeden Tag, den Sie mich am Bauen hindern, haben Sie einen Tag weniger, um Ihr hübsches kleines Häuschen da drüben einzupacken."

„Ist das eine Drohung, Mr Kelly?" Grace sah ihn mit verengten Augen an, während sie ihre Hände auf ihre Hüften legte und sich weigerte, auch nur einen Zentimeter zu weichen.

„Ich bedrohe niemals Frauen, vor allem keine attraktiven", sagte Dylan. Ein breites Grinsen blitzte über sein Gesicht und überraschte Grace damit, dass sie ebenbürtig antworten wollte. „Ich mache nur Versprechungen."

„Sie kommen mir vor wie jemand, dem es nichts ausmacht, seine Versprechen zu brechen", sagte Grace vielleicht etwas schärfer, als sie beabsichtigt hatte.

Dylans Gesicht verhärtete sich. „Ich halte mein Wort, Miss O'Brien. Daran sollten Sie sich besser erinnern", sagte er. Seine Stimme klang gefährlich und so leise, dass Grace sich vorbeugen musste, um die Worte zu hören, die der aufsteigende Wind davontragen wollte.

„Das tue ich auch, Mr Kelly. Und ich lasse mich nicht einschüchtern. Jetzt gehen Sie schon, runter von meinem Land." Grace drehte sich um und machte eine scheuchende Handbewegung zu der Gruppe Männer, als ob sie nicht viel mehr wären als eine Plage, die man loswerden wollte.

Die Männer schürften mit ihren Füßen, unsicher, was sie tun sollten. Sie befürchteten alle, vor ihrem Chef ihr Gesicht zu verlieren. Dylan lächelte Grace nur kurz an, anscheinend erfreut über ihr Verhalten. Es war, als ob er ein Landei oder eine verrückte alte Frau besänftigen wollte, und Grace fühlte Wut durch sie gehen, als sie merkte, dass er nicht die Absicht hatte, sie ernst zu nehmen.

Die Männer erschraken, als auf einmal alle Hupen von selbst anfingen zu ertönen. Verwirrt rannten sie zu ihren Fahrzeugen und sprangen schockiert zurück, als die Türen aufflogen und sie einluden hineinzuspringen. Grace unterdrückte ein Lachen, als die Männer sich zusammenduckten. Das Weiße in ihren Augen war zu sehen, während sich die Türen weiterhin öffneten und schlossen. Das ununterbrochene Hupen macht es schwierig, etwas zu hören.

Nur Dylan stand unberührt, sein Blick grimmig, mit den Händen auf seinen schlanken Hüften, als er erst die Wagen beobachtete und dann beiläufig zu ihr hinübersah.

„Ist das Ihr Werk?", fragte Dylan.

Grace war noch verärgerter, dass er von dem winzigen Schauspiel ihrer Magie, das sie sich nicht hatte verkneifen können, völlig unbeeindruckt war. „Nein", sagte sie und log so nett, wie sie konnte. „Das Land hier ist verwünscht. Sie sollten vielleicht etwas sorgfältiger recherchieren, bevor Sie sich den nächsten Bauplatz suchen. Die Geister sind offensichtlich nicht erfreut über Sie." Damit drehte sie sich um, pfiff nach Rosie, die vor ihr über das Gras zum Haus rannte, und ging heimwärts. Grace weigerte sich, sich umzuschauen, da sie wusste, dass sie dann Dylan sehen würde, wie er ihr nachstarrte. Sie würde ihm diese Befriedigung nicht geben.

Sie war entzückt, als sie das Anlassen der Motoren der Fahrzeuge hörte, als die Männer vom Kliff eilten. Für heute hatte sie die Schlacht gewonnen.

Aber sie wusste, dass es einen Krieg zu führen gab.

KAPITEL ZEHN

D ylan schwieg, während er eine SMS an seinen Anwalt schrieb. Er verlangte innerhalb der nächsten Stunde einen Anruf und eine Erklärung für den aktuellen gesetzlichen Stand der Dinge auf dem Land, das er als seins erachtete. Liam, sein Vorarbeiter und einer seiner engsten Freunde, quatschte ununterbrochen am Steuer, während er die Haarnadelkurven an der Küsten-straße auf dem Weg zurück ins Dorf bewältigte.

„Was war denn das? So etwas habe ich noch nie gese-hen. Ich habe gehört, dass ich – ich wurde gewarnt..." Liam schüttelte seinen Kopf voller struppiger Haare. „Unten im Pub wurde gesagt, das Land wäre verflucht oder verwünscht oder was auch immer. Aber du weißt ja, in Irland ist alles magisch, oder? Ich habe gedacht, es ist einfach eins dieser Dinge." Liam fuchtelte mit einer Hand in der Luft, um seinen Punkt zu bekräftigen.

„Es ist keine Magie", grummelte Dylan.

„Du kannst mir nicht erzählen, daß das keine Magie

war. Ich erkenne Magie, wenn ich sie sehe, okay? Autotüren öffnen und schließen sich nicht von selbst", sagte
Liam und zog an seinem Bart, der länger als sonst
gewachsen war.

„Das war ein Windstoß", grummelte Dylan und legte
einen Stiefel auf sein Knie, während er weiter am Telefon
tippte.

„Dann war das ein sagenhafter Windstoß, wenn du
mich fragst. Ich würde sagen, es war eher ein Frauenstoß,
oder? Und was für eine Frau." Liam pfiff lange und tief,
was Dylan verärgerte. Das machte überhaupt keinen Sinn –
was kümmerte es ihn, was Liam von Miss O'Brien dachte?

„Ich würde sagen, mehr ein teuflisches Problem. Eins,
für das ich weder Zeit noch Interesse habe", sagte Dylan.

„Es ist ein trauriger Tag, wenn ein Mann weder Zeit
noch Interesse für so eine Frau hat. Ich denke mal, jeder
Mann da hatte sich mehr oder weniger in sie verliebt –
entweder wegen der Art, wie sie sich dir entgegengestellt
hat, oder wegen ihres Aussehens oder beides. Es ist alles
zusammen. Es ist ein ganz schönes Paket", sagte Liam. Ein
leichtes Lächeln spielte um seine Lippen, als er die Szene
im Kopf wiederholte.

Zum ersten Mal in ihrer Freundschaft wollte Dylan
dem Mann eine einschenken. Da ihn dieses Gefühl scho-
ckierte und er nicht gut damit umgehen konnte, wenn er
seine Emotionen nicht unter Kontrolle hatte, zwang sich
Dylan, an das Bild von Grace O'Brien zu denken, wie sie
ihm auf dem Kliff Widerstand geboten hatte.

Ihr Gesicht, errötet vom Wind und ihrem Lauf über das
Gras, und ihr feuerrotes Haar, das im Wind umherflog,

ließen ihn sofort an eine zerzauste Liebhaberin in einem zerwühlten Bett denken. Die fadenscheinigen Schlafshorts hatte ihren großzügigen Hintern und ihre kurvigen Oberschenkel kaum bedeckt. Dylan war nur dankbar, dass sie wenigstens einen dicken Pullover über das gezogen hatte, was sie sonst noch trug – oder vielleicht nicht trug –, sonst hätte seine ganze Crew zu ihren Füßen gekniet. Aber ihre Augen – das dunkle Meeresblau, das er nur weit draußen weg von Land gesehen hatte – hatte ihn fasziniert. Wenn er recht hatte, dann änderten sie ihre Farbe zu einem tiefen Mitternachtsblau, wenn sie wütend war. Dylan fragte sich, was sie tun würden, wenn sie erregt war.

Er hatte sie umarmen wollen. Der überraschende Gedanke allein hatte ihn dazu gebracht, sich noch streitsüchtiger zu verhalten als sonst. Aber da war etwas an Grace – fast etwas Familiäres – das ihn dazu brachte, dass er sie in seine Arme ziehen und vor allem und jedem beschützen wollte, das drohte, sie zu verletzen. Zugegeben, sie würde ihm wahrscheinlich eine auf die Rübe geben, sollte er versuchen, ihre Probleme für sie zu lösen, aber der Instinkt war nichtsdestotrotz da. Dylan entschied, dass es daher kam, weil er eine natürliche Neigung dazu hatte, Probleme zu lösen und nichts dagegen, eine Frau in Not zu retten, wenn sich die Gelegenheit ergab. Nur schade, dass dieses Mal die Person, die der Frau die Not verursachte, niemand anderes war als er selbst.

Er schüttelte seinen Kopf über solche Gedanken und sah herunter auf das Telefon, das in seiner Hand vibrierte.

„Sie ist vielleicht ein ganz schönes Paket", stimmte Dylan zu, weil er wusste, dass sein Freund ihn durchschauen würde, sollte er es leugnen. „Aber sie ist auch ein ganz schönes Problem. Das werde ich jetzt lösen."

„Ich freue mich schon, das zu sehen", murmelte Liam, aber Dylan hatte ihn schon ausgeblendet und das Handy an sein Ohr gepresst, als er begann, Strategien zu diskutieren.

KAPITEL ELF

Er war es.

Grace rollte sich im Schaukelstuhl zusammen. Er war mit Liebe handgeschnitzt, die Kanten waren weich abgerieben durch alle, die über die Jahre Ruhe in ihm fanden und Stunden vor dem Feuer verweilten. Normalerweise beruhigte sie das Schaukeln, aber heute wurde sie davon nur noch unruhiger.

Rums. Graces Fuß knallte jedesmal auf den Boden, wenn sie nach vorn schaukelte und ihre Gedanken rasten. Wie konnte Dillon hier sein – dieser Mann sein – und sie nicht erkennen? Es war unmöglich, die Verbindung zwischen ihnen nicht zu spüren. Oder? Er hatte ihr versprochen, dass ihre Liebe die Grenzen der Zeit überschreiten würde. Und doch stand er mit kaum einem Hauch von Wiedererkennung auf seinem zu attraktivem Gesicht da und betrachtete sie als nichts anderes als eine ärgerliche Fliege, die um seinen Kopf brummte.

Das hatte wehgetan, mehr, als sie es wollte. Grace war so überwältigt gewesen von der Gefühlswelle, die durch sie schlug, als sie Dillon zum ersten Mal sah, dass sie sich nur selbst dafür loben konnte, dass sie stark geblieben war in dem Augenblick und den knackigen Hintern des Mannes von ihrem Grundstück gekickt hatte. *Ihr* Grundstück. Der Mann würde schnell lernen, dass er einen Machtkampf eingehen würde, auf den er nicht vorbereitet war.

Grace zog seine Karte heraus und studierte die Worte.

Dylan Kelly, Präsident. Aha, also das war das DK in DK Enterprises, sinnierte Grace. Sie stellte fest, dass Dylan seinen Namen in diesem Leben anders buchstabierte, obwohl seine Initialen die gleichen waren. Sie würde ein bisschen Zeit damit verbringen, seine Familienherkunft zu recherchieren, um zu sehen, ob sie etwas mehr herausfinden könnte darüber, was ihm über die Jahre passiert war. Grace mochte die Karte; sie war elegant, aber der kleine orangefarbene Farbklecks im Logo hob die seriösen marineblauen Buchstaben hervor. Es war eine clevere Wahl, nicht einfach nur eine weitere langweilige Visitenkarte. Unsicher, warum sie das noch mehr verärgerte, schloss Grace ihre Augen und ließ die Karte in ihrer Handfläche liegen, während sie tief in sich ging.

Ein Mann, der es gewohnt war, seinen Willen zu bekommen, und der eine Schwäche für seine Mutter hatte. Grace lächelte etwas, als sie die Energie seiner Karte las. Es war klar, dass er seine Mauern hochgezogen hatte – aber sie konnte nicht erkennen, ob er verletzt worden oder über die Jahre vorsichtig geworden war. Er behielt seine Freunde nah, seine Feinde noch näher und hatte ein wachsames Auge auf all seine Unternehmen. Der Mann war stark, mit einem hohen Intellekt, einer Vorliebe für guten

Whiskey und ein Herz, das bisher noch nicht richtig berührt worden war. Grace fragte sich, ob er wusste, dass er auf sie gewartet hatte.

Das erzeugte ein großes Problem, dachte Grace, als Rosies feuchte Nase an ihr Knie stupste und sie ihre Augen aufschlug. Ihr Feind war die Liebe, auf die sie gewartet hatte, und jetzt hatte Grace zwei Schlachten zu schlagen – eine für ihr Land und die andere für ihr Herz.

„Er ist ein ganz schönes Paket", sage Fiona. Überrascht knallte Grace beide Füße auf den Boden, während Rosie durch den Raum rannte, um die Bank zu umkreisen, wo das Gespenst saß.

„Verdammt, alte Frau, habe ich dir nicht gesagt, dass du mich vorwarnen sollst?", beschwerte sich Grace. Ihr Herz hämmerte in ihrer Brust.

„Das ist kein Grund zum Fluchen", sagte Fiona steif mit einem stählernen Blick. Grace kannte den Blick, genau wie alle ihre Cousinen und Tanten und Onkel.

„Entschuldigung", sagte Grace und zog ihre Schultern ein.

„Das ist schon in Ordnung. Es war ein sehr verstörender Tag. Ich habe auch schon mal unpassende Worte von mir gegeben." Fionas Augen blinzelten Grace an.

„Das überrascht mich nicht im Geringsten", murmelte Grace und bückte sich, um Rosie zu streicheln. Der Hund wedelte erfreut vor ihren Füßen, immer glücklich über eine Zuwendung.

„Du bist nicht die einzige Rakete hier, nur dass du es weißt", sagte Fiona. Sie hob ihr Kinn mit so viel Dreistigkeit, dass Grace lächeln musste und etwas von der Anspannung in ihren Schultern nachließ.

„Ich glaube, ich muss ein paar ziemlich große Explosionen verursachen, um die Aufmerksamkeit dieses Mannes zu erhalten, mal ganz abgesehen davon, seine Anordnungen zu ändern. Wie konnte das passieren? Müssen sie einen nicht benachrichtigen, bevor das Land zur Pacht freigegeben wird? Können wir unsere Rechte geltend machen, da wir hier seit Jahren ununterbrochen leben? Ich verstehe das alles nicht", sagte Grace und griff nach oben, um ihre langen Haare zu flechten. Es war eine unbewusste Geste, die viele der Frauen in ihrer Familie machten, wenn sie aufgewühlt waren.

„Das kann ich nicht sagen. Das Land wurde mir geschenkt und ich habe seitdem nicht viel darüber nachgedacht, um ehrlich zu sein. Aber ich vermute, dass du einen Weg finden wirst, um das zu richten. Mach dir keine Sorgen, Gracie. Dieses Haus stand lange, bevor Dylan seinen Fuß auf dieses Land gesetzt hat und es wird noch lange danach stehen. Du bist intelligent und stark genug, um das hinzukriegen", sagte Fiona und strahlte Grace über den Tisch hinweg an.

„Ich habe noch nichts von meinen Eltern gehört. Ich weiß, dass sie nur eingeschränkten Zugang auf ihre E-Mail haben während der Kreuzfahrt, aber ich dachte, dass ich mehr Kontakt mit ihnen haben würde. Soll ich einen Notruf zum Schiff losschicken?"

„Ich glaube, dass das Universum einen Zeitplan für alles hat und einen Weg, alles zu richten. Vielleicht sind sie mit Absicht nicht erreichbar, einfach deswegen, weil es nicht ihre Hürde ist, die sie bewältigen müssen. Es ist deine. Schau tief in dich hinein und sag mir: ist es dein Problem oder ihrs?"

Grace hielt inne. Es war nicht, als würde sie zu ihren Eltern rennen, damit sie ihre Probleme lösten; nein, dafür war sie viel zu unabhängig. Es war eher, dass sie es gewohnt war, sie an jedem Aspekt ihres Lebens teilhaben zu lassen. Es war komisch, so etwas Wichtiges nicht mit ihnen zu teilen.

„Es ist mein Problem. Und ich werde es lösen. Es ist nur komisch, Mama nichts davon zu erzählen", sagte Grace.

„Manchmal braucht Liebe Platz zum Erblühen ohne das Gewicht der elterlichen Beurteilung oder Erfahrung. Es gibt dir die Freiheit, darüber nachzudenken, was du aus deiner Beziehung haben willst und nicht, was sie erwarten oder für dich wollen", sagte Fiona.

Graces Kinnlade fiel herunter. „Es ist nicht...ich rede nicht über Liebe. Ich rede darüber, von diesem Land vertrieben zu werden und dass Dylan an der Bucht bauen und dein Haus abreißen will." Ihre Stimme wurde bei seinem Namen weicher.

„Und warum redest du nicht über Liebe? Dies ist der Mann, von dem du seit langer Zeit träumst. Was hat er dir im letzten Traum erzählt, als du ihn gefragt hast, was du von ihm lernen sollst?"

„Er hat mir gesagt, dass er hier ist", sagte Grace. Ihre Stimme brach, als sie sich daran erinnerte. „Er hat gesagt, dass er genau hier ist."

„Und das ist er. Du glaubst doch nicht, dass du mir etwas vormachen kannst, oder? Dies ist deine große Liebe. Was hast du damit vor?" Fiona kreuzte ihre Arme über ihrer Brust.

„Ich...ich habe absolut keine Ahnung", gab Grace zu,

überrascht, dass das wirklich stimmte. Sie hasste es, keine Lösungen zu haben, und dieses spezielle Problem hatte gerade Dornen entwickelt, Zweige um ihr Herz gewickelt und drohte, sie zu ersticken.

„Also du findest das besser heraus, denn wenn du für einen Moment denkst, dass Dylan gelassen darauf wartet, dass du etwas tust, liegst du völlig falsch. Der Mann ist eine Naturgewalt – an ihm wächst kein Moos. Während du hier sitzt und schmollst, bereitet er einen Gegenangriff vor. Ich schlage vor, dass du ihn auf beiden Ebenen schlägst – Herz und Geschäftssinn. Aber was weiß ich schon? Ich bin nur eine alte Frau, die ab und zu als Gespenst in deiner Küche auftaucht."

Damit verschwand Fiona. Wahrscheinlich war sie beleidigt. Grace starrte auf den Platz, wo sie gerade noch gesessen hatte.

„Wenn ich dich daran erinnern darf, ich habe schon mehrere Leben hinter mir", grummelte Grace und stand aus dem Schaukelstuhl auf. „Ich habe keine Angst vor einem Kampf."

Trotzdem duckte Grace ihren Kopf, als Fiona Donner über dem Haus grollen ließ und Rosie warf einen besorgten Blick aufs Dach.

„Ja, ja, ich höre dich", sagte Grace, aber sie warf ihr trotzdem einen Kuss zu. Fiona wusste immer, wie sie ihren Standpunkt vertrat.

KAPITEL ZWÖLF

Obwohl sie nicht glaubte, dass Dylan auftauchen würde, um ihr Häuschen abzureißen, wollte Grace ihr Grundstück nicht verlassen und verbrachte sie den restlichen Tag damit, die irischen Gesetze über Landbesitz zu recherchieren. Zum vielleicht hundertsten Mal starrte sie ins Leere, ihre Gedanken hoffnungslos fixiert auf das lässige Selbstvertrauen, das er zur Schau stellte und auf die eine Haarsträhne, die der Wind über Dylans Stirn geweht hatte.

Mit Abscheu darüber, dass sie sich wie ein verliebter Teenager fühlte, nachdem sie mit dem Mann nur ein paar Worte gewechselt hatte, schob Grace ihren Laptop weg und ging zum Schrank, der eine kleine Auswahl der besten Whiskeys beinhaltete, die Irland anzubieten hatte. Sie blickte auf die Flaschen, konnte sich aber nicht entscheiden, also nahm sie einfach einen beliebigen und goss sich ein Glas ein, bevor sie sich in den Schaukelstuhl vorm Feuer gleiten ließ, das sie vor Stunden angezündet hatte. Rosie lag auf dem Boden ausgestreckt und hob ihren Kopf, um zu sehen, ob es eine Chance auf einen Keks gab, bevor sie weiter dämmerte.

Es war zum Verrücktwerden, dachte Grace, als sie die Flammen beobachtete und einen großen Schluck von ihrem Whiskey nahm. Die Schichten zwischen ihren Leben verschwommen und es war, als würde sie in die Launen und Gefühle einer anderen Frau gezogen, und doch musste sie sich irgendwie für diese Zeit normal verhalten. Sie konnte nicht wegen eines Mannes, den sie gerade kennengelernt hatte, total aus dem Häuschen sein – noch dazu einer, der ihr Gegner war. Nicht ein Mensch würde ihre Gefühle glauben oder verstehen, selbst wenn sie versuchen würde, sie zu erklären – na ja, ihre erweiterte Familie vielleicht, mit ihren magischen Gaben. Aber im Moment musste Grace sich damit abfinden, dass Dylan Kelly der oberste Feind in ihrer Welt war.

Sie musste also in seiner Gegenwart mit ihrem Verhalten aufpassen und sicherstellen, dass er ihre Gefühle für ihn nicht spitzbekam. Sollte er es merken, war Grace sich sicher, dass er es gegen sie verwenden würde. Dylan war ein Mann, der jedes verfügbare Mittel nutzen würde und sie war überzeugt, dass er sich nicht zu schade wäre, mit einer an ihm interessierten Frau zu spielen, wenn er dadurch bekam, was er wollte. Und Grace weigerte sich, eine der Frauen in den Reihen seiner Eroberungen zu sein, die auf allen Bildern an seinem Arm zu hängen schienen.

Sie seufzte und kniff ihre Nase, nahm einen weiteren Schluck Whiskey und ließ ihn ihr Inneres aufwärmen. Es hatte nicht lange gedauert, sie von den langweiligen Gesetzen über Land- und Nutzungsrechte abzulenken und stattdessen die Klatschseiten durchzublättern, die den goldenen Jungen Dylan Kelly zu lieben schienen. Wenn jemand sie gefragt hätte, hätte Grace gelogen wie gedruckt über die Anzahl der Stunden, die sie damit verbracht hatte, ihn zu googeln. Sie hatte sich mit gerümpfter Nase und spöttischem Lächeln ein Foto nach dem anderen angesehen, auf denen Models und Gesellschaftsflittchen an seinen Armen hingen. Die Presse liebte ihn – von seiner philanthropischen Art über seine Geschichte vom Tellerwäscher, der durch harte Arbeit zum Millionär wurde, bis hin zu der Tatsache, dass keine der Frauen, mit denen er ausging, jemals etwas Schlechtes über ihn zu sagen hatten. Abgesehen davon, dass er sich nicht binden wollte. Es schien, dass er sich sanft und nett von einer Frau zur nächsten bewegte und sie alle seufzend hinter sich ließ als der Mann, der nicht zu fassen war. Ob es seine Vorliebe zum Junggesellendasein oder sein Hunger und Eifer, Geld zu machen, war, Grace war eindeutig verärgert über seine Lebensentscheidungen.

Der Dillon, den sie gekannt hatte, mochte die einfachen Dinge des Lebens – die Welt zu erkunden, Geschichten zu teilen, neue Gewerbe zu lernen. Anschein und Extravaganzen waren ihm nicht wichtig. Es wäre gut, wenn Grace sich daran erinnern würde, dass der Mann, den sie heute getroffen hatte, viele Leben geführt hatte, seit sie zusammen gewesen waren.

Genau wie sie.

Grace leerte ihr Glas und pfiff nach Rosie für die Abendroutine. Sie dämpfte das Feuer und machte sich bettfertig, erschöpft nach den Turbulenzen des Tages und dem Mangel an Schlaf in der vorherigen Nacht. Sie wusste nur, dass ihre Emotionen aufgewühlt waren. Ihre

Gedanken waren ein Knäuel der Verwirrung und ihr Herz fühlte sich an, als ob es aus ihrer Brust springen wollte.

Es dauerte nicht lange, bevor sie sich wieder am Ufer des Wassers fand. Ihr Herz wurde unwiderstehlich und unerklärlich von dem Ort angezogen, an dem ihr Mann wartete. Nur dieses Mal war es nicht der schöne kleine Streifen Strand oder das Haus, das sie einmal geteilt hatten.

„Da ist sie ja", lachte Dylan, der knietief mit einer Angelleine in seiner Hand im Wasser stand.

„Du solltest hier nicht fischen", sagte Grace automatisch, als sie auf den fast perfekten Halbkreis der Klippen blickte, die die verwunschenen Gewässer von Grace's Cove schützten – ihre Bucht.

„Essen für meine Liebe. Liebe gibt und Liebe nimmt, so ähnlich wie Ebbe und Flut, oder?" Dylan lächelte sie leicht an, als er die Leine erneut auswarf und Grace kam näher. Sie konnte nicht anders als bei ihm sein. Er strahlte Selbstvertrauen und Liebe aus und lächelte lässig über seine Schulter, während er weiterhin seine Leine fürs Abendessen auswarf.

„Liebe sollte nichts nehmen", sagte Grace und hockte sich auf einen Felsen neben ihm, unsicher, wohin sie dieser Traum führen würde.

„Natürlich sollte sie das, Grace", sagte Dylan. Er benutzte ihren Namen aus diesem Jahrhundert, ein Zeichen dafür, dass er sich nicht an sie aus der Vergangenheit erinnerte. „Wenn eine Person immer nur Liebe gibt, aber im Gegenzug keine annimmt, endet sie mit einem leeren Brunnen. Glaubst du nicht, dass Liebe wie ein Kreis zwischen zwei Menschen fließen sollte? An manchen

Tagen liebst du sie mehr als sie dich und umgekehrt, aber ist das nicht das Schöne daran? Zusammen seid ihr stärker als getrennt."

Grace dachte über seine Worte nach, unsicher, wo sie hier und in dieser Zeit stand. Ihr Herz kannte diesen Mann vor ihr, aber ihr Kopf nicht. Es könnte eine magische Lektion von Fiona oder einem der anderen Geister sein, die sich in ihr Liebesleben einmischten. Da Grace alles andere als dumm war, beschloss sie, vorsichtig zu sein.

„Ich vermute, dass es eine Art Fluss der Liebe ist, so wie Yin und Yang, Dylan. Du scheinst aus Erfahrung zu sprechen. Welche deiner Frauen hat dir diese Liebe beigebracht?"

Offensichtlich war Grace immer noch sauer über die Frauen, die sie vorher in den Onlinezeitschriften gesehen hatte, sonst wäre ihr das wohl nicht in den Sinn gekommen. Dennoch war es da.

„Es gibt nur eine Frau für mich, Grace", sagte Dylan mit einem breiten Lächeln und geduldigen Augen.

„Entschuldige, wenn ich im Moment Schwierigkeiten habe, das zu glauben", sagte Grace mit einem mürrischen Gesichtsausdruck. „Wenn man bedenkt, dass du mich noch nicht mal wiedererkennst."

Dylan watete herüber, um sich neben Grace zu hocken. Er nahm ihr Kinn mit vom Meerwasser nassen Fingern und zwang sie, in seine Augen zu sehen. Ihr Herz hämmerte in ihrer Brust – sie sehnte sich danach, diesen Dylan zu küssen, um zu sehen, ob er sich genauso anfühlte wie der andere.

„Mein Herz sieht dich", sagte Dylan ganz sanft, als er seine Handfläche auf seine Brust legte.

Grace schloss ihre Augen und drehte sich beiseite, um die Tränen zurückzublinzeln, die plötzlich drohten.

„Aber *du* nicht", flüsterte Grace und drehte sich wieder zu ihm, als ihre Augen klar waren.

„Noch nicht. Glaub an mich", sagte Dylan.

Grace wachte mit Tränen auf, die auf ihren Wangen trockneten – diesmal nicht für die Liebe, die sie erneut erlebt und verloren hatte, sondern für einen neuen stechenden Schmerz, der in ihrer Brust erblühte. Mit all den Herausforderungen vor ihnen glaubte Grace nicht, dass sie darauf vertrauen konnte, dass Dylan sie wirklich sehen würde als das, was sie für ihn war.

Sie hatte die Befürchtung, dass dies der eine Kampf sein könnte, den sie verlieren würde.

KAPITEL DREIZEHN

Normalerweise war Dylan ein Frühaufsteher, da er oft mit seinen Büros in anderen Ländern kommunizieren musste. Aber heute Morgen überließ er es seinen mehr als kompetenten Geschäftsführern, sich um die Angelegenheiten zu kümmern und blieb stattdessen im Bett. Sein Kopf war ein Morast aus Gedanken und Emotionen, die aus seinen verworrenen Träumen aus der vorigen Nacht hängengeblieben waren. Meistens hatte Dylan nach dem Einschlafen traumlose Nächte, bevor er morgens früh aufwachte, erfrischt und bereit für alle neuen Herausforderungen, die sich ihm stellten.

Aber heute trödelte er. Auf dem großen Doppelbett lagen weiche Baumwolllaken und eine handgewebte Überdecke in sanften Tönen aus Grün und Gold. Wie immer hatte er das ganze Bett für sich beansprucht, seine Arme weit ausgestreckt und alle Kissen hinter seinem Kopf aufgetürmt. Der Blick aufs Wasser vom breiten Fenster gegenüber dem Bett verhieß einen regnerischen Morgen und Dylan hatte keine Lust, seinen gemütlichen Platz zu verlassen.

Er hatte von ihr geträumt.

Dylan zog eine Grimasse, als er ein Kissen schlug und sich höher aufsetzte, damit er dorthin sehen konnte, wo das Wasser auf den Horizont traf und kaum zu unterscheiden war, da eine graue Linie mit einer anderen verschmolz. Irgendwie hatte er gewusst, dass sie in seinen Träumen sein würde, aber es gab keinen Grund dafür. Außer der Tatsache, dass es ewig her war, dass er mit einer Frau geschlafen hatte und sie ein erquickliches Wunderland aus Kurven und erhitzter Haut war. Dylan verzog nochmal das Gesicht, als Lust durch ihn ging. Seine Träume waren alles andere als jugendfrei gewesen und er war voller Verlangen nach ihr aufgewacht.

Lust machte Dylan nichts aus. Es war etwas Natürliches, wenn ein Mann seinen Blick auf jemandem hatte, der seine Sinne erfreute. Das Problem waren eher die Worte, von denen er geträumt hatte, die er in ihre Lippen geflüstert hatte. Versprechen einer Liebe, die alle Zeit überwindet. Worte, die ihm im kalten Tageslicht unangenehm waren, als ob jemand einen Spalt in seine Rüstung gemacht hatte, die er ums Herz trug. Es war ein Gefühl, das er nicht mochte und eins, von dem er hoffte, dass es versteckt werden könnte. Denn egal wie reizvoll eine flüchtige Affäre mit Grace sein würde, letztendlich wäre es nicht ethisch. Er war ihr Vermieter und es war besser, Geschäft und Vergnügen nicht zu mischen.

Es war eine Regel, die ihm über die Jahre gut gedient hatte. Er hatte diese Lektion nur einmal lernen müssen, ganz am Anfang, als er während seines Studiums hinter der Bar eines örtlichen Pubs gearbeitet hatte. Es war nicht ungewöhnlich, dass seine Kollegen kurze Liebesabenteuer miteinander hatten – und mit vielen der anderen Studenten, die durch die Tür kamen. Er hatte eine gute Anzahl von Affären mit Gästen gehabt, aber er war sehr angetan gewesen von einem neuen Mädchen, Shelly, die kurz nach ihm dort angefangen hatte zu arbeiten. Jung, naiv und voller Lust hatte er mit dem falschen Kopf gedacht und war in eine hitzige dreiwöchige Affäre eingetaucht, die am Ende seine Arbeitsstelle vergiftet hatte, als er es mit Shelly beendete. Dylan hatte herausgefunden, dass sie kein Problem damit hatte, sich mit mehr als einem Mann gleichzeitig zu vergnügen, worüber er nicht sehr glücklich war. Als ihre anderen Liebhaber auch mit ihr Schluss machten, war Shelly zurück zu Dylan gekommen in der Hoffnung, wieder mit ihm anzubändeln. Er hatte ihre Annäherungen abgelehnt und sie hatte sein Arbeitsleben zur Hölle gemacht. Seitdem hatte er gelernt, niemals diese Grenze zu überschreiten, egal, welche Versuchung aufkam. Das führte zu intelligenten geschäftlichen Entscheidungen und letztendlich hatte er damit mehr Freunde gefunden und sich Respekt verschafft, weil er diese Regel einhielt.

Und eine Affäre mit Ms O'Brien, wie verlockend sie auch sein möge, würde ganz bestimmt die Situation verwirren – eine Situation, für die er lange und hart gearbeitet hatte. Endlich war er in der Lage, an einem Projekt zu arbeiten, für das er Leidenschaft empfand – nicht nur eins, das rein auf einem finanziellen Erfolg basierte. Die Gelegenheit hatte sich zu einem perfekten Zeitpunkt in seinem Leben präsentiert und Dylan war schlau genug, sich nicht mit der Verlockung einer Frau seinen Kopf zu vernebeln und seinen Blick vom Ziel zu nehmen.

Er seufzte und streckte seinen langen Körper aus, während seine Gedanken über die interessanteren Aspekte seines Traums flogen. Wenn das wirkliche Leben mit Grace auch nur annähernd so war wie sein Traum, war es verdammt schade, dass er es ausschlagen würde. Aber Dylan war mehr als fokussiert, wenn er ein Endziel im Kopf hatte. Es war eine Eigenschaft, die ihm die Bewunderung vieler, die mit ihm arbeiteten, eingebracht hatte, zusammen mit seiner Bereitschaft, mit anzupacken. Ob es darum ging, eines seiner Boote zu putzen oder bei einem Bau zu helfen, Dylan war sich nie zu schade, seine Hände dreckig zu machen.

Dylan ließ seine Gedanken über all die Unternehmen wandern, die er aufgebaut hatte, seit er an der Uni in der Bar gearbeitet hatte. Das Studium war für ihn einfach gewesen, und er hatte seine Kurse verdoppelt, damit er so schnell wie möglich fertig war, um die wirkliche Welt anzugehen. Er hatte ganz am Anfang Glück gehabt, als ein Stammgast der Bar ihn eines Tages eingeladen hatte, um sich sein Boot anzusehen. Dylan schlug niemals einen Tag auf dem Wasser aus, hatte zugesagt und in kürzester Zeit hatte er Freundschaft mit dem Mann geschlossen. Dieser hatte schnell die Rolle eines Mentors angenommen, und hatte ihm viel über Bootsbau beigebracht sowie Einzelheiten darüber, wie man eine Firma leitet und worauf man achten muss, wenn man Leute einstellt. Sein Förderer hatte erkannt, dass er ein gutes Auge fürs Geschäft und ein herausragendes Talent hatte und finanzierte Dylans erstes Boot. Der Rest war Geschichte, wie es so schön heißt.

Dylan hatte sein erstes Boot *Piratenkönigin* genannt, sehr zur Freude seines Investors. Innerhalb von fünf Jahren hatte er seinen Bootsbestand verdreifacht, tägliche Touren organisiert und Transportrouten in ganz Irland eingerichtet. In zehn Jahren hatte er seine Firma als weltweites Unternehmen etabliert. Dylan hatte nie aufgehört zu lernen und er liebte jede Herausforderung. Aber in den letzten zwei Jahren waren die Dinge für ihn flau geworden. Erst als er eines Tages beschloss, mit seinem Lieblingsboot, der *Piratenkönigin,* und ein paar seiner besten Freunde für ein paar Wochen die irischen Küsten entlangzusegeln, hatte er etwas entdeckt, das sein Herz erfreute.

Sie hatten eine tolle Zeit mit Liam am Ruder, fuhren mit dem Boot in verschiedene Häfen an der Küste, erzählten wilde Geschichten in kleinen Hafenstädten und trafen hübsche Frauen, die sie im Morgengrauen verließen. In dieser Zeit nahmen sie eine dringend nötige Auszeit von den Anforderungen, eine globale Firma zu leiten. Aber als sie weiter an der Küste entlangkamen und über das kleine Dorf Grace's Cove stolperten, wurde Dylans Aufmerksamkeit geweckt.

Es hatte sich angefühlt, als würde er nach Hause kommen.

Bunte Häuser drängten sich auf den grünen Hügeln, die vom Wasser hochführten, wie farbenfrohe Dekorationen an einem Weihnachtsbaum. Einspurige Straßen wanden sich hier und da. Die Autofahrer scherten sich nicht viel darum, wo sie fuhren, sie hupten nur ab und zu und winkten anderen zu, dass sie vorbeifahren sollten, wenn sie sich auf einer Spur begegneten. Fischerboote lagen dicht gedrängt im Hafen und der köstliche Geruch des frischen Fangs, der in den Restaurants gegrillt wurde, zog durch die Luft. Vielleicht war es nicht besser oder hübscher als die anderen Hafenstädte, in denen er mit der *Piratenkönigin* angedockt hatte, aber Dylan verliebte sich augenblicklich und kopfüber in Grace's Cove.

Seitdem war Dylan entschlossen, einen Weg zu finden, um zurückzukommen. Am Anfang hatte Liam vorgeschlagen, dass er einfach ein Ferienhäuschen im Dorf kaufte und ein paar Wochen im Jahr zu Besuch kam. Aber das war nicht genug gewesen für Dylan. Er wollte sich unbedingt verewigen – hier *etwas tun* – und der Gedanke daran, zu Grace's Cove zurückzukehren, war wie ein Jucken zwischen seinen Schultern, an das er nicht herankam. Das ging so lange, bis er alle neuen Projekte ablehnte und ins Dorf gekommen war, um seinen Traum zu verwirklichen. Seine Geschäftsführer waren alle schockiert, als er ihnen persönlich Gehaltserhöhungen gab, mehr Verantwortung und die Vollmacht, Entscheidungen zu treffen, ohne dass er jedes Dokument unterzeichnen musste. Dylan vertraute den Leuten, die er in seine Firma gebracht hatte, vorbehaltlos, und sie hatten sich über die Jahre mehr als bewährt.

Hier war er jetzt, allein in seinem Bett und träumte von einer Frau mit den Augen einer Hexe und Haaren einer Meerjungfrau, von der er sicher war, dass sie irgendeine Magie in sich hatte. Mit einem stillgelegten Bauprojekt, keinen dringenden Fristen in seinen Unternehmen und einem Haufen unbeantworteter Fragen darüber, mit welcher Art von Magie er es in der Bucht tatsächlich zu tun hatte.

Seine Lippen zuckten, als er an seine Mutter dachte und wie erfreut sie sein würde, wenn sie wüsste, dass er

Magie ernst nahm. Sie hatte schon immer eine wilde Seite gehabt und hatte Dylan von den Mythen über Meerjung-frauen oder *Selkies*, mystische Robbenwesen, die in den Gewässern spukten, vorgelesen. Catherine liebte nichts mehr, als Steinkreise zu finden, über heidnische Rituale zu lesen und Kristalle aufzustellen, um die Feen aus ihrem Garten zu scheuchen. Sie hatte Dylan versprochen, dass er eines Tages, wenn er mit seinem Boot auf dem Meer unter-wegs war, etwas sehen würde, das er nicht mit seiner prag-matischen Logik und seinem Geschäftssinn erklären konnte. Als Seemann war Dylan seiner Mutter gegenüber nachsichtig bei ihren Geschichten – und ja, ein- oder zweimal hatte er vielleicht – *vielleicht* – auf See etwas am Horizont gesehen, das er nicht erklären konnte. Catherine bestand gern darauf, dass es Meerjungfrauen waren. Dylan bestand gern darauf, dass sie vorm Schlafengehen einen Whiskey zu viel getrunken hatte.

Als er auf das vibrierende Telefon neben ihm blickte, erschien auf Dylans Lippen ein Lächeln.

„Mama, du wirst es nie erraten. Ich glaube, ich habe endlich eine Meerjungfrau gesehen."

Ihr Jubelschrei reichte aus, um ihn aufzuheitern und bald hatte er die verstörenden Träume der letzten Nacht vergessen und war bereit, seinen Tag anzugehen.

Als erstes würde er die angeblich „verwunschenen Gewässer" dieser Bucht erforschen, von denen er beim Essen am Vorabend so viel gehört hatte.

KAPITEL VIERZEHN

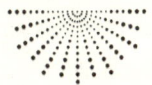

Grace hatte ihren Morgen damit begonnen, Martin zu besuchen, der zu ihrer Freude den vorherigen Tag hauptsächlich damit verbracht hatte, die einstweilige Verfügung zu schreiben und einzureichen. Es schien außerdem, als ob er Fortschritte mit seiner Sekretärin gemacht hatte.

Er hatte Grace gerade über ein paar Dinge informiert, die sie, falls notwendig, ihrer Strategie hinzufügen könnte.

„Also du meinst, dass ich ihn verklagen kann?", fragte Grace mit über der Brust verschränkten Armen. Im Hinblick auf das neblige Wetter trug sie ihre jagdgrüne Lieblingsjacke aus Segeltuch. Enge Jeans steckten in Gummistiefeln und ein fröhlicher rotblau karierter Schal war um ihren Hals gewickelt. Ihre Haare waren bei feuchtem Wetter immer eigenwillig und fielen ihren Rücken herunter, da es Grace heute mehr Energie gekostet hätte, sie zu bändigen, als sie dafür aufwenden wollte.

„Du musst ihn nicht verklagen", sagte Martin mit gefalteten Händen über dem Notizblock auf seinem

Schreibtisch. „Sollte aber die Verfügung nicht wirksam sein – und du weißt, wie gern große Unternehmen kleine Leute herumschubsen – kannst du ihn dafür verklagen, dass er dich nicht formell über seinen Kauf informiert hat. Eigentlich hättest du ausreichend Zeit haben sollen, entweder die Pacht selbst zu verlängern oder das Haus zum fairen Marktpreis angeboten zu bekommen. Ich würde sagen, sofern kein Brief in der Post verlorengegangen ist, hat er sich nicht die Mühe gemacht, dich zu benachrichtigen. Und das Gesetz verlangt, dass man einige Male versuchen muss, die andere Seite zu informieren – man kann nicht einfach eine Postkarte schicken und glauben, die Angelegenheit wäre damit erledigt."

Martin hatte sehr zufrieden mit seiner Arbeit ausgesehen und das noch mehr, als Grace um den Schreibtisch herumging, um ihn auf die Wange zu küssen, bevor sie mit einer glücklichen Rosie an ihren Fersen zum Vorzimmer ging.

„Du siehst gut aus heute, Anne", hatte Grace zu der Assistentin gesagt, die eine fröhliche Bluse mit roten Tupfen trug, die in engen schwarzen Hosen steckte.

„Danke, Grace", hatte Anne erwidert und dann einer grinsenden Grace zugezwinkert, als sie das Büro verließ.

Grace fühlte sich sehr viel besser, jetzt, da sie wusste, dass sie einen Ausweg hatte oder wenigstens etwas Munition, um diesen Kampf zu kämpfen. Was die Herzensangelegenheiten anging, das war etwas ganz anderes. Sie würde sich um ein Problem zurzeit kümmern. Ihr Zuhause, ihre Bucht und ihren Lebensunterhalt zu sichern hatte Vorrang. Liebe – na ja, das müsste einfach warten.

Sie summte auf der Fahrt nach Hause an den Klippen

entlang. Es war ein sehr produktiver Morgen gewesen mit dem, was sie im Anwaltsbüro gelernt hatte, bis hin zur Besorgung verschiedener Dinge in der Gärtnerei und im Laden, die sie für ihre verschiedenen Tinkturen brauchte, mit denen sie experimentierte. Normalerweise zog und verzauberte sie die meisten ihrer Zutaten selbst, aber manche Bestandteile ihrer Mixturen brauchten diese spezielle Aufmerksamkeit nicht. Wie ein befreundeter Koch ihr mal gesagt hatte: warum sollte man eine Bechamelsoße selbst machen, wenn man sie einfach aus einer Flasche in das Gericht schütten konnte?

Als ihr Wagen den letzten Hügel erklomm, der zur Bucht und ihrem Haus führte, verschwand Graces gute Laune.

„Der Mann hat vielleicht Nerven", zischte Grace und Rosie richtete sich bei Graces Ton auf.

Grace parkte neben Dylans Auto und zwang sich, nicht heftig auf die Bremse zu steigen oder wütend am Steuer sein – hauptsächlich, weil Rosie im Auto saß. Grace würde sich nie selbst vergeben, wenn ihr Hund durch die Windschutzscheibe fliegen würde, weil sie unvorsichtig gefahren war und ihr Temperament mit ihr durchging. Außerdem behielt ein kühler Kopf immer die Oberhand, erinnerte sie sich selbst und pfiff nach Rosie, damit sie mit ihr über das feuchte Gras zur Bucht ging.

Rosie wusste genau, wo sie hingehen wollten, und schoss den Pfad, der zur Bucht ging, hinunter. Der Weg ging im Zickzack an den Klippen herunter und führte zu einem von Menschenhand unberührten Strand, der von den Felswänden und der Magie, mit der Grace die Bucht vor so vielen Jahrhunderten gefüllt hatte, geschützt wurde. Blutmagie – von der bedeutsamen Art, für die sie ihr Leben hergegeben hatte – hatte ihre Ruhestätte beschützt, die Gewässer verwünscht und denen, die von ihrer Blutlinie abstammten, magische Gaben gegeben, um ihnen in ihren Leben zu helfen. Es war ein Opfer gewesen und eins, das es wert gewesen war. Grace hatte gewusst, dass ihre Krankheit nicht geheilt werden konnte, und das Ende war nah gewesen. Sie war nie stolzer auf sich oder auf ihre Tochter gewesen als in der Nacht vor so langer Zeit auf dem Strand, der sich jetzt unter ihr ausbreitete.

Grace schüttelte ihren Kopf, um die Erinnerung wegzuwischen und begann, den Pfad herunterzugehen. Dabei schimpfte sie die ganze Zeit über idiotische Männer, die sich in Dinge einmischten, von denen sie keine Ahnung hatten. Sie hoffte, dass Dylan genug nachge-forscht hatte, um zu wissen, dass er die Bucht nicht allein betreten sollte – jeder Einheimische hätte ihn davor gewarnt. Mal ganz abgesehen von den Schildern, die aufgestellt waren und vor unbefugtem Betreten und vor gefährlichen Strömungen warnten.

Als Grace den Strand erreichte, blickte sie bei Rosies scharfem Bellen auf und fluchte laut, als ihr Magen sank. Rosie umkreiste einen Körper, der auf dem Strand lag, und winselte besorgt.

Im Laufen konnte Grace nur beten, dass sich nach all diesen Jahren ihre eigene Magie nicht gegen sie wenden würde.

KAPITEL FÜNFZEHN

„V on allen bescheuerten Dingen", fluchte Grace, als sie neben Dylans Kopf auf die Knie fiel. Sie strich mit ihren Fingern über seinen Hals, um seinen Puls zu finden. Er lebte, war aber bewusstlos und Grace ließ einen Schwall Flüche heraus, bei dem ein Seemann rot geworden wäre.

Zumindest reichten sie aus, um einen sehr vergrätzten Seemann aufzuwecken.

„Was...was ist passiert?", fragte Dylan und blinzelte Grace aus seinen hellblauen Augen an. Sie waren vor Verwirrung getrübt, als sein Blick auf ihr landete. „Meer-jungfrau."

„Was?", fragte Grace und sah hinter sich.

„Du. Meerjungfrau", sagte Dylan und streckte seine Hand aus, um mit den Haaren zu spielen, die über ihre Schulter fielen. „Sonnenuntergangshaare und Hexenaugen. Meerjungfrau."

„Was ich bin, ist eine sehr verärgerte Frau", sagte Grace und strich kurzerhand grob mit ihren Händen über seinen Körper. Mit ihrem Geist suchte sie nach Beulen, inneren Blutungen oder gebrochenen Knochen. Erst als sie mit ihren Händen durch seine vollen blonden Haare strich, fand sie die Beule. Sie zog eine Hand zurück und merkte, dass sie blutbedeckt war. Sie fluchte erneut.

„Meerjungfrau mit einem dreckigen Mundwerk. Sexy", sinnierte Dylan. Sein Lächeln sah aus wie von jemandem, der geistig nicht ganz beieinander war.

„Das bin ich, so sexy, wie es nur geht. Halt still, bitte", sagte Grace, während er immer noch versuchte, mit seinen Händen durch ihre Haare zu streichen. Sie legte ihre Hände auf seinen Kopf und mit einer uralten Methode, die in ihrer Familie weitervererbt worden war, konzentrierte sie ihre Gedanken und heilte ihn augenblicklich. Als ein Felsen weiter entfernt am Strand herunterkrachte, riss Dylan seinen Blick von ihr, um hinüberzusehen.

Grace zog sich zurück und wartete. Sie beruhigte sich selbst, wie sie es immer nach einer Heilung brauchte, bevor sie Dylans forschenden Blick erwiderte.

„Was hast du gerade gemacht?", fragte Dylan.

„Ich habe einfach ein bisschen Salbe auf deine Wunden gestrichen", log Grace locker über ihre Gabe und hielt ein Glas hoch, das sie in ihrer Handtasche mit sich trug. „Ist ein altes heidnisches Heilmittel. Dir geht es bald wieder gut."

Sie mochte die Art nicht, wie er sie ansah, also stand sie auf, stremmte ihre Hände in ihre Hüften und starrte auf ihn herunter.

„Bist du ein kompletter Idiot?", fragte Grace und ließ ihre unterdrückte Wut an die Oberfläche blubbern.

Dylans Ausdruck wechselte von nachdenklich zu störrisch und Grace verstand sofort, dass sie seinen männlichen Stolz verletzt hatte. Nur schade, dass ihr männliche Egos egal waren, genau wie all die besänftigenden Dinge, zu denen sich andere Frauen bemüßigt fühlten. Der Mann war ein Idiot gewesen. Die Tatsache war unwiderlegbar.

„Das ist kein Wort, das normalerweise für mich gewählt wird", sagte Dylan und sprang auf seine Füße, damit er sich nicht mehr in einer unvorteilhaften Position im Sand befand. Grace schaute ihn an, vom Sand, der an seinen feuchten Jeans klebte, bis zu den paar Tropfen Blut, die seine graue Wolljacke befleckten. Sie schüttelte ihren Kopf und legte absichtlich einen verächtlichen Ausdruck aufs Gesicht, während ihr Blick über ihn schweifte.

„Ich weiß doch, was ich sehe, oder? Und das ist ein idiotischer Mann. Einer, der die Schilder mit Zutrittsverbot auf privatem Land ignoriert. Einer, der die Schilder über die gefährlichen Strömungen an diesem Strand ignoriert. Einer, der höchstwahrscheinlich die Warnungen der Einheimischen, nicht hierherzukommen, ignoriert. Und jetzt versuch nicht, mir weiszumachen, dass dich keiner der Dorfbewohner gewarnt hat. Das wäre schwer zu glauben. Wir haben über die Jahre einige Menschen verloren wegen ihrer Blödheit. Du hättest der nächste sein können." Damit drehte Grace sich auf den Fersen um und stürmte den Strand herunter zum Pfad. Zur Hölle mit ihm, dachte sie. Es war unmöglich, dass sie einen so hirnverbrannten – so sturen – Mann lieben könnte, der mit Absicht und aus reiner Neugier sein Leben in Gefahr brachte.

„Jetzt wart mal", sagte Dylan und ergriff Graces Arm. Sie wirbelte mit erhobener Faust herum, bereit, ihm eine zu verpassen, falls er irgendetwas Dummes versuchte.

Dylan wurde sofort klar, dass er zu grob war, fluchte und nahm seine Hände von ihr. Stattdessen steckte er sie in seine Taschen.

„Hände weg, Kelly", sagte Grace mit verengten Augen und weigerte sich zuzugeben, dass ihr Herz insgeheim darauf bestand, dass sie eigentlich doch seine Hände auf ihr haben wollte.

„Es tut mir leid, ich hätte dich nicht so grabschen sollen. Besonders, nachdem du mir geholfen hast. Ich...ich weiß gar nicht wirklich, was passiert ist. Ich habe noch nicht mal versucht, ins Wasser zu gehen. Ich wollte mir nur den Strand etwas näher ansehen, von dem alle reden. Ich..." Dylan zuckte mit den Achseln. Verwirrung zog über sein attraktives Gesicht, als er zurück über den Strand blickte.

„Hier gibt es eine starke Strömung. Manchmal sind die Wellen stärker als erwartet und viel höher, als die Leute auf dem Strand erwarten. Ich vermute, dass eine wilde Welle dich geschlagen hat und du mit deinem Kopf auf einem Stein aufgeschlagen bist. Gut, dass ich auf dem Weg nach Hause war und dein Auto gesehen habe, wer weiß, wie lange du sonst hier unten gelegen hättest", sagte Grace. „Nächstes Mal... egal; es *wird* kein nächstes Mal geben. Du hast nichts auf meinem Land zu suchen. Nächstes Mal lasse ich dich ertrinken, wenn du darauf bestehst, so blöd zu sein."

„Ich habe langsam genug davon, wie oft du meine Intelligenz in Frage stellst, Grace", sagte Dylan und trat näher, so dass er über ihr ragte. Grace konnte den Moment erkennen, als seine Energie von Wut zu einer verwirrten

Mischung aus Lust und Anziehungskraft wechselte. Er ließ seine Fingerspitzen über ihre Haarenden tanzen.

„Für dich ist das Ms O'Brien. Und ich sage nur, wie es ist. Du kannst mir gerne das Gegenteil beweisen, aber bisher bin ich nicht beeindruckt", sagte Grace. Damit drehte sie sich auf der Ferse, pfiff nach Rosie und begann, den felsigen Pfad hochzuklettern – und hinterließ einen sehr wütenden, sehr frustrierten und sehr erregten Mann.

„Ich nehme die Herausforderung an, Ms O'Brien", rief Dylan hinter ihr her.

Und verdammt nochmal, aber seine Worte zauberten ein Lächeln auf ihr Gesicht.

KAPITEL SECHZEHN

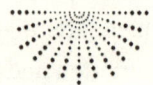

„Also du bist allein zur Bucht gegangen", sagte Liam kopfschüttelnd, während er sein Guinness trank. Dylan und er waren in einem kleinen Restaurant, das einer Fischerhütte ähnelte, und dessen äußeres Erscheinungsbild im Widerspruch stand zu den köstlichen Gerüchen, die aus der Küche hinter der Bar kamen. Es würde eine Stunde dauern, bis sie essen konnten, und sie hatten noch Glück gehabt, zwei Hocker an der kleinen Bar zu ergattern. Dylan war endlich entspannt genug, dass er von seinem Tag erzählen konnte.

„Ja, das bin ich. Ich wollte sehen, was das ganze Getue darüber ist." Dylan zuckte mit den Achseln, nicht in der Lage, die Anziehungskraft zu erklären, die er von der Bucht spürte. Oder vielleicht war es die Anziehungskraft von Grace. Er hatte Schwierigkeiten, sie aus seinem Kopf zu bekommen, seit sie vorhin von ihm weggestürmt war. Er würde lügen, wenn er sagte, dass er das blitzende Feuer in ihren Augen und den Schwung ihres Haars, als sie weglief, nicht genoss, oder die Art, wie ihre engen Jeans ihren Hintern umschlossen. Dabei würde den meisten Männern das Wasser im Mund zusammenlaufen. Sie war ein gefährliches Paket – und eins, von dem er sich besser fernhielt.

„Wie ist dir das bekommen?", fragte Liam mit einem amüsierten Gesichtsausdruck.

„So gut wie erwartet", gab Dylan zu und Liam lachte.

„So wie ich es gehört habe, musst du eine Art Ritual durchführen, bevor du den Strand überhaupt betreten kannst. Und es ist nichts, das weit verbreitet ist – vor Jahren haben sich Einheimische zusammengeschlossen und eine Art Beschluss gefasst, um Leute davon abzuhalten, dort ins Wasser zu gehen."

„Ich würde sagen, dass das eine kluge Entscheidung von ihnen war", sagte Dylan, leerte seinen Gin und Tonic und signalisierte dem Bartender für einen weiteren. Er war den ganzen Tag schon unruhig, seit er die Bucht verlassen hatte.

„Ist etwas passiert?"

„Das könnte man so sagen", sagte Dylan und rollte die Anspannung aus seinen Schultern. Er hatte seit dem Vorfall keine Schmerzen und kaum eine Beule am Kopf. Jedenfalls war da nichts, was erklären würde, warum er bewusstlos geworden war. Das musste eine ganz spezielle Salbe sein, die Grace hatte, sinnierte er.

„Die Geschichte wird spannend", sagte Liam. Er zwinkerte der jungen Frau zu, die ihnen ihre Getränke servierte und sie lächelte zurück.

„Alles schien normal", grummelte Dylan. „Bis es das

nicht mehr war. Es ist atemberaubend da unten. Die Fels-
wände gehen so hoch um dich herum, sie schließen dich in
diesem fast kompletten Kreis ein. Es ist auch ruhig –
nichts als die aufschlagenden Wellen und ein paar Vögel,
die vorbeifliegen. Kein Wunder, dass die Einheimischen da
keine Touristen wollen. Es ist ein pures Paradies dort."

„Es sieht jedenfalls von oben atemberaubend aus",
stimmte Liam zu.

„Also da bin ich, genieße die Schönheit, wandere
etwas herum und nehme alles auf – versuche, die Energie
dort zu spüren", sagte Dylan.

„Aha, man ist nicht immun gegen das Gefühl der
Magie", sagte Liam.

„Man ist Seemann genug, um zu wissen, dass es Dinge
gibt, die man nicht erklären kann", stimmte Dylan zu.

„Und trotzdem versuchst du, das Hupen und das
Knallen der Autotüren als Windstoß abzutun." Liam lachte
in sich hinein.

„Es ist eine Möglichkeit", grummelte Dylan und
zerdrückte eine Limette in seinem Getränk.

„Eine kleine", sagte Liam. „Aber ich schweife ab. Also
du hast da einen netten kleinen Spaziergang auf diesem
magischen Strand gemacht, vor dem du gewarnt wurdest,
und was dann?"

„Und dann...ich weiß es nicht. Das nächste, das ich
weiß, ist, dass ich meine Augen öffne und da ist eine Frau
mit einem reichen Schatz an Flüchen, flammenfarbigem
Haar und einem Temperament, was dazu passt", sagte
Dylan.

„Ms O'Brien. Sie ist eine tolle Frau", sagte Liam und
hob sein Guinness, um Grace in Gedanken zuzuprosten.

„Während sie mir zu verstehen gab, was für ein kompletter und totaler Idiot ich ihrer Meinung nach war, gingen ihre Hände über meinen ganzen Körper –"

„Hm, es gefällt mir, wo das hinführt. Erzähl mir mehr", sagte Liam mit einem anzüglichen Grinsen auf seinem Gesicht.

„Sie hat nach Verletzungen gesucht, nicht beabsichtigt, sich an mich zu schmeißen", seufzte Dylan.

„Das ist schade", sagte Liam und sie tranken beide wortlos bei dem Gedanken.

„Ich war noch ziemlich benommen und davon überzeugt, dass sie eine Meerjungfrau war, als sie eine Wunde an meinem Hinterkopf fand. Eine, die recht ernst war, in Anbetracht des Bluts, das nachher in der Dusche herunterkam. Sie legte ihre Hände über die Wunde und dann..." Dylan zuckte mit den Achseln, unsicher, wie er beschreiben sollte, was er gefühlt hatte. Er war noch recht duselig gewesen.

„Und dann?", fragte Liam Dylan mit erhobener Augenbraue.

„Es fühlte sich an wie eine Art kühlende Brise...beruhigend, verstehst du? Als ich danach meinen Kopf angefasst habe, war die Wunde nur noch eine kleine Beule. Ganz sicher nicht genug, um mich bewusstlos zu schlagen oder so zu bluten, wie sie es getan hatte", sagte Dylan und sah in Liams Augen. „Du weißt, dass ich durchaus ein paar harte Schläge auf den Kopf verkraften kann."

„Ja, das weiß ich. Da war diese eine Nacht in Glasgow..." Liam schürzte seine Lippen in Erinnerung an einen ihrer ausschweifenden Abende, an dem sie beide mit wunden Knöcheln und Dylan mit einem geschwollenen Auge endeten.

„Das war es", sagte Dylan und zeigte dann auf seinen Hinterkopf. „Fühl mal."

Liam streckte seine Hand aus, tastete Dylans Kopf ab und fand nichts von Interesse. Er zog seine Hand zurück und sah Dylan an.

„Keine Beule."

„Genau, keine Beule. Sollte da nicht eine Beule sein, wenn ich einen Schlag abbekommen habe, der hart genug war, um zu bluten und mich bewusstlos zu machen?", fragte Dylan.

„Sie hat dich geheilt."

„Genau. Sie behauptet, dass sie nur eine heidnische Salbe auf meinen Kopf gestrichen hat und dass ich keinen Schmerz fühlen würde, aber ich bin mir da nicht so sicher. Ganz ehrlich, ich war so betäubt von dem Gedanken, dass sie eine Meerjungfrau war, dass mein Hirn einen Moment gebraucht hat, um die Realität einzuholen."

„Ich kann sie mir als Meerjungfrau vorstellen. Sie würde viele Seemänner betören, das wäre mal verdammt sicher", sagte Liam zustimmend.

„Ich hatte kaum Zeit, betört zu werden, bevor sich mich von neuem beschimpft hat. Sie nannte mich einen Idioten in mehreren Formen und stürmte dann den Pfad entlang mit ihrem Hund an ihrer Seite. Es war, als würde ich von einem Tornado der Schönheit zerstört."

Liam brachte seine Finger zu seinen Lippen und küsste sie.

„Meine Art von Frau. Du weißt doch, die, die nie ihre

Meinung zu irgendwas sagen, werden dich letztendlich zu Tode langweilen", sagte Liam.

„Ich habe kein Interesse an einer Beziehung mit Grace", sage Dylan geduldig, da sein Freund sich gern auf so viele Liebschaften wie möglich einließ und immer nach Liebe Ausschau hielt, wo auch immer er sie finden konnte.

„Du bist vielleicht nicht daran interessiert, aber ich habe den Verdacht, dass dich trotzdem eine gefunden hat", sagte Liam mit erfreuter Stimme bei dem Gedanken.

„Noch nicht mal annähernd. Denk dran, ich bin ihr Vermieter und ich schmeiße sie aus ihrem Haus. Ich werde diese Grenze nicht überschreiten", sagte Dylan. Dann blickte er auf, als ein Mann näherkam, sein Gesicht in ernsten Falten.

„Em, Entschuldigung, meine Herren. Mein Name ist Daniel und ich bin der Manager des Restaurants. Es tut mir sehr leid, aber wir können Ihnen heute Abend kein Essen servieren." Daniel wrang seine Hände. Er war offensichtlich nicht glücklich darüber, solche Nachrichten auszurichten.

„Wirklich?" Dylan lehnte sich zurück und lächelte den Mann an. „Ist Ihnen der frische Fisch ausgegangen?"

„Oh nein. Das passiert uns nie", sagte Daniel und blickte mit einem sorgenvollen Gesichtsausdruck zwischen Liam und Dylan hin und her.

„Was ist dann das Problem, mein guter Mann?", fragte Liam. Sein Ton war leicht, aber seine Augen waren hart geworden.

„Ich bin nicht sicher, wie ich das am besten sage...", sagte Daniel und Dylan hatte den Verdacht, dass er wusste, was kommen würde.

„Am besten einfach raus damit", sagte er.

„Der Besitzer dieses Restaurants ist Grace O'Briens Vater. Wir haben Anweisungen bekommen, dass wir Ihnen oder Ihrer Crew kein Essen oder Getränke servieren dürfen. Ich entschuldige mich, ich hätte Sie sonst gar nicht an die Bar gesetzt. Es ist mir gerade erst klar geworden, wer Sie sind."

„Und wer sind wir?", fragte Dylan.

„Na, Sie sind die Firma, die versucht, Graces Haus abzureißen und auf ihrem Land Eigentumswohnungen zu bauen. Das ist einfach nicht akzeptabel. Meine aufrichtige Entschuldigung, aber ich muss Sie jetzt darum bitten zu gehen", sagte Daniel mit strenger Stimme, während die Gespräche um sie herum leiser wurden, da alle die Szene beobachteten.

„Natürlich, ich verstehe", sagte Dylan und zog ein paar Scheine aus seinem Portemonnaie, um die Getränkekosten abzudecken. Sie verließen das inzwischen fast stille Restaurant. Liam grinste frech die niedliche Kellnerin an und kurz danach waren sie wieder in der kühlen Nachtluft.

„Papa hat Verbindungen", sagte Liam.

„Papa ist berühmt für seine Restaurants und Angeltouren in ganz Irland", grübelte Dylan und verlagerte sein Gewicht auf seine Fersen, als er seine Hände in seine Taschen steckte. „Ich habe ihn kenngelernt und mag ihn. Aber ich verstehe, warum er diese Anweisungen gegeben hat. Ich hätte dasselbe gemacht."

„Warum hast du ihm nicht gesagt, dass du keine Eigentumswohnungen bauen wirst?", fragte Liam.

„Lass sie denken, was sie wollen. Ich vermute, das

Element der Überraschung wird mir eines Tages noch nützen."

„Spielst du ein Geduldsspiel?", fragte Liam, als sie sich umdrehten, um irgendwo anders warmes Essen zu finden.

„Ja, genau, ein Geduldsspiel."

KAPITEL SIEBZEHN

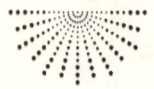

Das Klopfen an ihrer Haustür in der Morgendämmerung ließ Rosie verrückt werden und Grace fluchte, als sie sich ein Handtuch umwickelte und zur Tür stürzte. Ihr Kopf war immer noch benebelt nach einer schlaflosen Nacht. Grace öffnete die Tür ohne Zögern. Sie vermutete, dass es jemand aus ihrer Familie war, weil niemand mit etwas Verstand um diese Zeit bei ihr auftauchen würde.

„Ah, gut, du bist wach", sagte Dylan und lächelte sie von hinter einem Korb an, den er vor sich hielt.

Grace starrte ihn an. Sie fühlte sich unleidlich, da sie noch keinen Tee gehabt hatte und der Mann sie halbangezogen und tropfnass erwischt hatte. Ihre Haare hingen ihren Rücken herunter und hinterließen eine kleine Pfütze Wasser auf dem Boden. Grace musste entscheiden, ob sie sich anziehen oder Dylan wegschicken sollte.

„Gerade so. Hast du dich verfahren?", sagte Grace, lehnte sich gegen den Türrahmen und entschied, dass es besser war, ihn nicht hereinzubitten.

„Das könnte man vielleicht denken. Aber ich fange an, mich hier richtig wie zu Hause zu fühlen", sagte Dylan und warf ihr ein Lächeln zu, während seine Augen über ihre Schultern gingen, die von der Hitze der Dusche etwas gerötet waren.

„Lass die anzüglichen Blicke stecken, okay, Kelly? Du bist Staatsfeind Nr. 1 und hier nicht willkommen", sagte Grace und erhob ihr Kinn.

„Das verstehe ich. Aber ich habe eine Art Friedensangebot mitgebracht." Dylans Blick ging an Grace vorbei zu ihrem Herd. „Und ich sehe, du hast noch keinen Tee gemacht. Warum mache ich das nicht für dich, während du dich anziehst, und dann kannst du dein Geschenk aufmachen?" Dylan übernahm lässig die Kontrolle der Situation, schlüpfte an einer erstaunten Grace vorbei und stellte seinen Korb auf den Tisch. Er bückte sich, um eine ekstatische Rosie zu streicheln – die Verräterin – bevor er zu dem Regal ging, auf dem die Teebecher standen. Grace wollte nicht darüber nachdenken, wie gut er in ihrer Küche aussah und zog sich schnell in ihr Schlafzimmer zurück. Es schien, als plante der Mann, sich für einen Besuch einzurichten, und sie würde sich sehr unbehaglich fühlen, wenn sie ihren tropfnassen Körper die ganze Zeit nur mit einem Handtuch bedecken würde. Für einen Moment dachte sie daran, ihn mit Magie wegzuscheuchen, aber sich selbst zum Trotz wollte sie sehen, was in dem Korb war, den er mitgebracht hatte.

Grace wickelte schnell ein Handtuch um ihre Haare und zog weiche Leggings und ein übergroßes Sweatshirt an, bevor sie kurz versuchte, so viel Wasser wie möglich aus ihren Haaren zu wringen. Sie ließ die Masse ihren

Rücken herunterfallen, zog dicke Socken an und tapste leise zur Tür. Sie öffnete sie und beobachtete Dylan, der den Tee an der Arbeitsfläche vorbereitete, während er anscheinend eine Diskussion mit ihrem Hund hatte.

„Ich bin sicher, dass es nicht gut ankommen würde, wenn ich dir ein Stück von diesen Scones geben würde. Aber ich denke mal, hier steht irgendwo eine Keksdose für dich", sagte Dylan. Beim Wort „Keks" rannte Rosie und setzte sich vor den Behälter. Es ärgerte Grace, wie heimisch sich Dylan in ihrem Haus machte – einem Haus, aus dem er sie zwangsräumen wollte, erinnerte sie sich. Seine Präsenz hier fühlte sich überlebensgroß an, der Kontrast seiner Größe und Stärke zu den delikaten Spitzenvorhängen und der niedrigen Decke schien seine harte Männlichkeit hervorzuheben. Mit einem kurzen Ausatmen trat Grace in den Raum.

„Hah, da ist sie ja. Und sie sieht taufrisch aus heute Morgen", sagte Dylan, brachte Tee zum Tisch und stellte den Korb mit Scones, die sie diese Woche gemacht hatte, vor sie hin. Grace sah ihn argwöhnisch an, während er sie in ihrem eigenen Haus bediente.

„Setz dich, trink deinen Tee, dann geh", grummelte Grace und Dylan warf lachend seinen Kopf zurück.

„Ich fange an, dich zu mögen, Grace."

„Ob du mich magst oder nicht ist irrelevant", sagte Grace. Ihre Augen blitzten ihn warnend an. *Lügnerin, Lügnerin*, flüsterte ihr Herz.

„Nichtsdestotrotz, es ist nun mal so", sagte Dylan und glitt auf die Bank auf der anderen Seite des Tischs. Das Blau seines karierten Hemds brachte seine Augen zum Leuchten und Grace juckte es, ihre Hände durch seine blonden Haare zu streichen, die gerade anfingen, sich zu locken. Nur, um seine Wunde zu überprüfen natürlich, erklärte sie sich selbst. „Ich habe dir ein Geschenk mitgebracht."

„Mich kann man nicht so einfach kaufen", sagte Grace schärfer als beabsichtigt – aber der Mann wollte sie von dem, was er als sein Land betrachtete, entfernen.

Dylans Augen blitzten warnend, aber Grace sah ihn nur mit erhobener Augenbraue an und kreuzte ihre Arme über ihrer Brust. Sie mochte diese gemütliche kleine Szene nicht, die er versuchte zu erschaffen, und sie wollte auch nicht sein Freund sein. Vielleicht, wenn er eingestanden hatte, dass das Land ihr und ihrer Familie gehörte, würde Grace sich die Zeit nehmen und ihre Anziehungskraft zu ihm näher untersuchen.

„Als Dankeschön", sagte Dylan in mildem Ton, aber Grace erkannte den Stahl dahinter.

„Ein Danke ist nicht nötig. Ich bin nicht sicher, wie es da ist, wo du herkommst, aber wir hier lassen einen verletzten Mann nicht einfach ungeachtet liegen", sagte Grace achselzuckend und weigerte sich immer noch, den Korb vor ihr anzufassen.

„Komisch; es fühlt sich überhaupt nicht so an, als wäre ich verletzt", sagte Dylan und lehnte sich zurück. Er ließ seinen Blick über die Regale mit Gläsern an der Wand hinter Graces Kopf schweifen. „Das ist eine tolle Salbe, die du hast."

„Das ist sie. Wir sind Heiler hier. Auf althergebrachte Art", sagte Grace aber führte es nicht weiter aus.

„Das scheint für dich gut zu funktionieren", nickte Dylan.

„Das tut es. Also wenn es ein Geschenk aus Dankbar-
keit ist, das du bringst, werde ich es öffnen. Aber sei nicht
überrascht, falls es gespendet oder mit anderen geteilt
wird. Ich möchte vielleicht die negative Energie nicht im
Haus haben", sagte Grace. Sie wusste, dass ihre Worte fast
gemein waren, aber kümmerte sich nicht viel darum.

„Findest du, dass ich negative Energie habe?", sagte
Dylan unberührt von ihren Worten. Seine leuchtend blauen
Augen schauten sie über den Rand seiner Teetasse an.

„Ich glaube, dass du ein pragmatischer Geschäftsmann
bist, der es gewohnt und entschlossen ist, auf seine eigene
Art seinen Willen zu bekommen. Nun bin ich bestimmt
niemand, der einen Mann verurteilt, weil er sein Leben
verbessern und etwas aufbauen will, das für ihn Bedeutung
hat. Aber die Art, wie er es erreicht, ist wichtig. Meiner
Meinung nach bist du mit dieser ganzen Situation sehr
schlecht umgegangen. Das wiederum bringt schlechte
Energie in dieses Haus." Grace zog an dem Band, das die
Henkel des Korbs zusammenhielt. Der Ton ihrer Stimme
blieb leicht.

„Vielleicht habe ich das", gab Dylan zu und umklammerte den Becher mit seiner Hand, während er ins Leere
schaute. „Kann ich es wiedergutmachen?"

Ihr Herz hüpfte in ihrer Brust bei dem Gedanken –
und was es bedeuten könnte. Ihm so nahe sein – und
doch nicht fähig, ihn anzufassen, zu halten und ihre
Liebe für ihn herauszusingen – nahm sie mit. Ihr Schild
permanent hochzuhalten und ihre innere Piratenkönigin
zu verdecken, wurde um Dylan herum immer
schwieriger.

„Ich weiß es noch nicht", sagte Grace.

„Fangen wir doch mit dem Geschenk an", sagte Dylan und schob den Korb näher zu ihr.

Grace hatte Geschenke immer geliebt und sie tat ihr Bestes, ihren reservierten Ausdruck beizubehalten, als sie den Deckel des Korbs öffnete.

„Das ist eine gute Flasche Whiskey", sagte Grace und zog eine Flasche fünfzehnjährigen Tyreconnell heraus. Grace stellte fest, dass er genug für die Flasche ausgegeben hatte, damit es ein schönes Geschenk war, aber trotzdem nicht protzig oder angeberisch, obwohl sie sicher war, dass der Mann wahrscheinlich die ganze Destillerie kaufen konnte, wenn er wollte.

„Ja. Ich habe gedacht, dass in den Adern einer Frau, die so bunt fluchen kann wie du, irgendwo Seemannsblut fließt. Daher schien Whiskey ein passendes Geschenk", sagte Dylan und sich selbst zum Trotz lächelte Grace ihn an.

„Und ich wäre keine gute irische Frau, wenn ich nicht einen guten Whiskey mögen oder ab und zu einen Mann an seinen Platz weisen würde", sagte Grace und sah Dylan frech an.

„Ich habe es zur Kenntnis genommen", sagte Dylan, lachte leise und nickte, damit sie fortfuhr.

„Ein Buch?"

„Mir wurde gesagt, dass es recht rar ist", sagte Dylan achselzuckend, während Grace mit den Händen über das alte Leder strich und es herumdrehte, um den Titel zu lesen.

„,Die Heilungen der Erde: Rezepte und Heilmittel von ungebändigten Frauen'", las Grace überrascht und war erfreut über seine Wahl. Sie blätterte durch die Seiten und sah sofort mehrere Rezepte und Mischungen, die sie gern ausprobieren würde. Sie hielt es hoch und gab Dylan ihr erstes aufrichtiges Lächeln. „Das ist wirklich toll. Ich werde es bestimmt benutzen. Danke."

„Ich hatte mich schon gefragt, ob ich es je sehen würde", sagte Dylan. Fältchen bildeten sich an seinen Augenwinkeln, als er sie ansah.

„Was sehen?"

„Ein richtiges Lächeln auf deinem Gesicht. Es ist schade, dass du das nicht öfter machst. Natürlich bist du umwerfend, so wie du bist, aber dein Lächeln ist wie die Sonne."

Unfreiwillig verzaubert lächelte Grace ihn noch einmal an, diesmal mit etwas Frechheit durchzogen.

„Wenn ich gewusst hätte, dass es nur ein richtiges Lächeln von mir gekostet hätte, damit du nett zu mir bist, hätte ich es eher benutzt."

„Bin ich nicht nett zu dir gewesen?", sagte Dylan mit Verwirrung im Gesicht.

Grace warf ihren Kopf zurück und lachte lange und laut, so dass Rosie herüberkam, um zu sehen, worum es bei dem Spaß ging.

„Mir zu drohen, mich von meinem Land zu vertreiben und ein Haus abzureißen, das seit Generationen meiner Familie gehört, ist nicht wirklich nett, nein", sagte Grace amüsiert.

„Ich verstehe, dass es nicht ideal ist", gab Dylan zu und Grace lachte erneut. „Aber ich glaube nicht, dass ich bösartig zu dir war."

„Nein, du warst nicht böse. Nur gleichzeitig wahnsinnig ruhig, stur und herablassend, das schon. Ich bin sicher, du bist in Vorstandssitzungen eine Bulldogge", lachte Grace und dann sah sie auf den Korb. „Ist das ein Gummiknochen?"

„Ja! Er ist für Rosie", sagte Dylan, zog den roten Gummiknochen aus dem Korb und hielt ihn vor sich. „Siehst du die Schlitze in der Seite? Du kannst Kekse hineintun und dann muss sie sie herausholen. Es ist wie eine Art Puzzle."

Er hatte ein Puzzle für ihren Hund mitgebracht. Grace starrte ihn total verzückt an, während er Rosie den Knochen hinhielt, damit sie ihn beriechen konnte. Dann ging er selbstbewusst zur Anrichte und holte ein paar Kekse heraus. Rosie tanzte zu seinen Füßen, begierig auf die Leckerli, und dann legte sie ihren Kopf schräg, als er ihr den Knochen wieder hinhielt.

„Siehst du?", sagte Dylan und ließ sie den Knochen beriechen. „Sie sind da drin. Du musst nur daran arbeiten, sie herauszubekommen." Rosie schien seine Worte zu verstehen, nahm ihm den Knochen aus der Hand und ging zu ihrem Bett am Kamin, komplett absorbiert in ihrem neuen Spiel.

„Sie liebt es", sagte Grace. „Also noch einmal, vielen Dank."

„Zwei Dankeschön, ein Lächeln und ein Lachen – ich sehe das als ein Zeichen des Fortschritts", sagte Dylan, lehnte sich an die Wand neben der Tür und nickte zu ihrem Korb. „Da ist mehr."

„Mehr?" Grace schüttelte ihren Kopf und griff in den Korb um...Socken herauszuziehen. „Socken?"

„Sie erinnern mich an dich", sagte Dylan mit einem schüchternen Lächeln. Grace sah ihn verwirrt an, bevor sie die Socken aufrollte und Schuppen in Regenbogenfarben sah, die zusammen eine Flosse formten.

„Was ist das?"

„Meerjungfrauensocken", sagte Dylan erfreut über sich selbst. „Ich war gestern davon überzeugt, dass du eine Meerjungfrau bist. Ich habe sie gesehen und an dich gedacht. An dein Sonnenuntergangshaar und deine verhexten Augen."

„Ich bin keine Meerjungfrau", sagte Grace, obwohl ein Teil von ihr heimlich entzückt war von dem Gedanken.

„Was bist du dann, Grace?", fragte Dylan und sah sie an. Ein Zittern ging über ihre Haut, als sie fühlte, wie sich die Energie im Zimmer veränderte.

„Was, das weißt du nicht, Dylan? Ich bin natürlich eine Piratenkönigin." Grace warf ihre Worte mit einem frechen Lächeln von sich. Sie wollte die Anspannung auflösen und gleichzeitig die wirkliche Frage vermeiden, die er versuchte zu fragen. Sie war noch nicht bereit, mit ihm über ihre Magie zu reden.

„Was hast du gesagt?", schnappte Dylan und Grace zog sich zurück, als die Farbe aus seinem Gesicht zu verschwinden schien.

„Ich habe gesagt, ich bin eine Piratenkönigin", sagte Grace und fragte sich, woher die Veränderung in seinem Verhalten kam. Erinnerte er sich endlich daran, wer sie war? Hoffnung blühte in ihrer Brust auf und sie wartete mit einem kleinen Lächeln auf ihren Lippen. *Ich bin hier*, flüsterte ihr Herz.

Dylan schüttelte seinen Kopf, als wollte er ihn klären, und was immer er hatte sagen wollen, war weg.

„Ich muss los, Grace. Kann ich dich auf einen Drink einladen?"

Grace sah ihn an und hielt die Flasche Whiskey hoch. „Das hast du schon."

„Dann Abendessen? Ich möchte es gern gutmachen. Vielleicht können wir zusammenarbeiten."

„Das bezweifle ich, da unsere Ziele viel zu weit auseinander sind. Aber ich werde darüber nachdenken", sagte Grace, ihr Blick auf den schönen Geschenken, die er mitgebracht hatte.

„Ich bin heute Abend im Pub. Ich werde auf dich warten."

Dylan wartete nicht auf ihre Antwort. Stattdessen ließ er sie allein mit einem Haufen Geschenke, einem Kopf voller Fragen und einem Herzen, das zu hoffen wagte.

KAPITEL ACHTZEHN

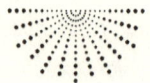

Er musste aus dem Haus.

Dylan hielt mit seinem Auto an der Bucht. Er ignorierte den leichten Nebel, der Wassertröpfchen durch die Luft schickte, ging zur Kante des Kliffs und sah hinunter auf das Wasser, das den Sand unter ihm liebkoste.

Noch nie in seinem Leben war seine Entschlossenheit so ernsthaft getestet worden. Als Grace die Tür geöffnet hatte, bedeckt von nichts als einem Handtuch, mit offenen Haaren und von der Dusche geröteter Haut, war es, als würde ihm jemand von hinten die Beine wegtreten. Dylan wollte nichts mehr als sich vorzulehnen und einen Kuss auf die zarte Haut ihres Schulterblatts legen, mit seinen Händen über die Kurven streichen, die das lächerlich kleine Handtuch kaum versteckte und sie hochheben und zurück ins Schlafzimmer tragen. Alles in seinem Körper hatte ihn dazu aufgefordert, und es war nur sein stählerner Geschäftssinn, der ihn davon abhielt, diesen riesigen Fehler zu begehen.

Als sie aus ihrem Schlafzimmer kam, hatte er Zeit gehabt, sich etwas abzukühlen, aber sie hatte immer noch verführerisch ausgesehen in ihrem übergroßen Sweatshirt, mit offenen Haaren und einem ungeschminkten Gesicht. Ihre Augen, riesige Teiche in nebligem Meeresblau, dominierten ihr Gesicht und er fragte sich, ob sie wusste, dass sie die Farbe wechselten, wenn sich ihre Laune änderte.

Er war nicht für eine Romanze hierhergekommen, auch wenn Liam ihn gern daran erinnerte, dass es dafür immer Zeit gab. Unglücklicherweise könnte selbst Liam Dylan nicht helfen, wenn er Grace verführte und sie dann aus ihrem Haus warf. Es wäre unverzeihlich.

„Piratenkönigin", zischte Dylan zwischen seinen Zähnen, als er auf das launische Wasser tief unter ihm schaute. Er fragte sich, was für ein Spiel sie plante oder welche Magie sie anwendete. Sie hatte das ganz sicher gesagt, um ihn zu verwirren. Irgendwie hatte Grace den Namen seines ersten und Lieblingsbootes herausgefunden. Aber die *Piratenkönigin* segelte gerade an der Küste Irlands entlang, ihr Stauraum vollgeladen mit Vorräten, und niemand in Grace's Cove hatte sie im Dorf angedockt gesehen.

Es sei denn, Grace hatte das Boot gesehen, als er hierher gesegelt war. Das musste es sein, beschloss Dylan, drehte der Bucht seinen Rücken zu und begann im inzwischen heftigen Regen zurückzugehen. Grace war sich nicht zu schade, Tricks anzuwenden, um ihren Willen zu bekommen, dachte Dylan und er musste zugeben, dass er sie dafür bewunderte.

Wenn dies ein Schachspiel wäre, hätte er Schwierigkeiten zu sagen, wer der Gewinner werden würde. Als ein Mann, der nicht gern verlor, würde Dylan sein Geld immer noch auf sich selbst setzen. Solange Grace ihr Lächeln für sich behielt.

Allein das konnte einen stärkeren Mann als ihn in die Knie zwingen.

KAPITEL NEUNZEHN

„Ich gehe nicht in den Pub, um ihn zu treffen", sagte Grace zu Rosie. Der Hund sah sie von der Seite an und ging dann, um ihren neuen Knochen aufzuheben. Sie kam zu Grace zurück, die vor ihrem Kleiderschrank stand und ließ das Spielzeug vor ihren Füßen fallen.

„Es ist mir egal, was du sagst. Ich gehe, um Cait zu sehen. Sie macht sich Sorgen um mich", sagte Grace, während sie die Kleiderbügel in dem kleinen Schrank in ihrem Zimmer herumschob.

„Rosie glaubt dir nicht und ich auch nicht." Fionas Stimme erschreckte Grace so, dass sie fast ihren Kopf an der Schranktür anstieß. Grace drehte sich, um über ihre Schulter zu blicken und verzog ihren Mund.

„Du musst mich gar nicht so ansehen. Du weißt, dass ich recht habe", sagte Fiona und setzte sich mit einem fröhlichen Lächeln auf Graces Bett.

„Ich sehe dich so an, weil du dir immer die ungünstigsten Momente aussuchst, um aufzutauchen und Hallo zu sagen. Ich schwöre, es ist fast, als ob es dir Spaß macht,

Leute zu erschrecken." Grace sah Fiona an. „Das tut es, oder? Oh, meine Güte, es gefällt dir, bei Leuten zu spuken."

„Na ja, ich würde niemals mit Absicht bei jemandem spuken. Aber wenn ich gelegentlich jemanden erschrecke, kann ich nicht anders, als es amüsant finden, oder?", sagte Fiona mit erhobener Nase.

„Du willst mir sagen, dass du jetzt als Gespenst Streiche spielst?", fragte Grace mit ihren Händen auf ihren Hüften.

„Ich würde nicht sagen Streiche. Nur...Momente, um die Stimmung zu verbessern, das ist alles", sagte Fiona.

„Die Stimmung verbessern, sagt sie. Was für dich Spaß ist, ist wahrscheinlich furchterregend für wen auch immer du hereinlegst." Grace schüttelte ihren Kopf und drehte sich zurück zu ihrem Schrank.

„Ich mag die rote Bluse", sagte Fiona.

„Die hier?", fragte Grace und zog eine rote Seiden-bluse heraus, die ihre Kurven an all den richtigen Stellen umschmiegte.

„Ja. Mit deinen dunklen Jeans. Und diesen hübschen hängenden Silberohrringen, die Aislinn dir aus Griechen-land mitgebracht hat."

„Oh ja, das sind tolle Ohrringe", stimmte Grace zu. Kurz darauf war sie angezogen und stand vorm Spiegel, um ihr Makeup aufzulegen.

„Mach nichts, was zu auffällig ist. Und lass deinen Mund natürlich. Männer schauen gern auf einen Mund, den sie küssen können", instruierte Fiona und Grace sah sie an.

„Es gibt kein Küssen. Und ich trage das Makeup, das

ich mag oder das mich glücklich macht – nicht, um einen Mann zu beeindrucken oder ihm zu gefallen. Egal welcher Mann. Verstanden?"

„Ich habe deinen Mumm immer gemocht, Gracie", sagte Fiona.

Grace lächelte sie an. „Und ich deinen."

„Also, er hat dir Geschenke gebracht, hm?"

„Ja, das hat er. Sogar richtig gute. Rosie spielt gerade mit einem", sagte Grace und nickte zu Rosie, die den Knochen mit der Nase im Zimmer herumschob.

„Cleverer Mann, dass er an den Hund denkt. Und nett dazu", sagte Fiona.

„Vielleicht, aber ich sehe immer noch keinen Ausweg. Er will das Land. Ich werde für das Land kämpfen. Er kann mich mögen, so viel er will – oder ich ihn – aber solange er nicht nachgibt und von diesem Projekt Abstand nimmt, haben wir keine gemeinsame Zukunft. Das muss ich akzeptieren", sagte Grace und hielt eine Hand hoch, um Fiona vom Sprechen abzuhalten. „Ich verstehe, dass du glaubst, dass er meine große Liebe ist. Aber ich bin auch eine Realistin und erwachsen. Ich muss die Tatsache hinnehmen, dass, wenn der Mann seine Meinung nicht ändert, ich unmöglich mit ihm zusammen sein kann. Ich könnte ihm nie dafür vergeben, wenn er mich von meinem Land vertreibt und dieses Haus abreißt. Das verstehst du, oder?"

„Das tue ich", sagte Fiona mit leiser Stimme und traurigen Augen.

„Fiona, er erinnert sich nicht an mich. Ich...ich weiß, dass wir in einem anderen Leben etwas Besonders hatten.

Aber er sieht mich nicht. Und ich glaube nicht, dass er das wird."

„Er hat seine Augen auf dir. Er sieht dich", sagte Fiona und blickte auf Rosie und ihren Knochen herunter.

„Er sieht mich, aber er kennt mich nicht. Zwischen uns ist jetzt zu viel. Ich muss mit einem Problem zurzeit fertigwerden. Im Moment ist es vorrangig, dieses Land zu sichern und die Bucht und mein Zuhause zu beschützen."

„Warum machst du dich dann so hübsch, nur um in den Pub zu gehen?", fragte Fiona.

„Bist du nicht diejenige, die mir beigebracht hat, dass eine Frau jede Waffe in ihrem Arsenal nutzen sollte?", entgegnete Grace, ergriff ihre Handtasche und steckte ein paar letzte Dinge hinein.

„Also hörst du doch gelegentlich zu", murmelte Fiona.

Grace kicherte. „Ich liebe dich. Danke, dass du immer für mich da bist. Ich halte dich auf dem Laufenden, was passiert. Bitte versuch, mir beim nächsten Besuch keinen Herzinfarkt zu geben – oder jemandem anders", sagte Grace. Sie warf Fiona eine Kusshand zu und steckte mehr Leckerli in Rosies Knochen. Sie ließ die beiden in ihrer Gesellschaft – der Hund und das Gespenst – und ging raus, um den nächsten Schritt in ihrer Kriegsstrategie einzuleiten.

Er sollte vor ihr zu Kreuze kriechen.

KAPITEL ZWANZIG

Cait begrüßte Grace mit einem Lächeln und sah sie dann langsam von oben bis unten an.

„Was sollte der Blick?", fragte Grace und stellte sich an den Thekendurchgang. Es sah aus, als würde es heute Abend voll werden.

„Du hast dich so rausgeputzt heute", sagte Cait.

Grace fühlte sich sofort lächerlich. „Ist es zu viel? Es ist nur eine Bluse und Ohrringe", sagte sie und blickte an sich herunter.

„In einem knalligen Rot", sagte Cait und blinzelte ihr zu, bevor sie sich umdrehte und ans Ende der Bar rief: „Immer mit der Ruhe, Sean McMadden, du bekommst deine Biere, wenn ich sie dir gebe."

„Fiona hat gesagt, ich soll das anziehen", schmollte Grace und Cait lachte.

„Sie ist eine Kupplerin, das ist sicher."

„Was ist, wenn ich nicht verkuppelt werden will?", fragte Grace und drehte sich, um den Raum abzusuchen. In den Nischen saßen Familien bei einem frühen Abendessen und mehrere Männer genossen ihre Pints, während sie auf dem kleinen Bildschirm an einer Wand ein Hurlingmatch anschauten. Dylan war nirgends zu sehen.

„Willst du das nicht?", entgegnete Cait, selbstgefällig wie ein Kobold, während sie die Bestellungen fertig machte, die die einzige Kellnerin Mary Shannon ihr zurief.

„Ich habe andere Dinge im Kopf als Liebeleien", log Grace.

Cait schüttelte nur ihren Kopf. „Das kannst du bei anderen versuchen, aber nicht bei mir. Du hast nur Glück, dass ich gerade viel zu tun habe, sonst würden wir das hier und jetzt klarstellen", sagte sie. Während sie Bier zapfte und Flaschen aufmachte, bewegte sich ihr zierlicher Körper mit der Lässigkeit, die daher kam, dass sie jeden Zentimeter ihrer Bar auswendig kannte.

„Brauchst du Hilfe? Wo ist Casey?" Normalerweise engagierte Cait samstagabends zwei Frauen, die die Bestellungen entgegennahmen, Bier zapften und generell mit allem aushalfen. Mit zwei Köchen in der Küche lief in Gallagher's Pub alles wie geschmiert. Wenn es gelegentlich mal etwas haperte, störte es niemanden – das war der Weg der Dinge im Dorfleben.

„Sie ist heute Abend ein bisschen spät dran. Ihr Kind ist krank und Danny ist noch nicht von der Arbeit zu Hause", sagte Cait.

„Ich helfe", sagte Grace, duckte sich unter dem Thekendurchgang und legte ihre Handtasche in ein kleines Fach hinter dem Tresen. Es war nicht das erste Mal, dass sie für Cait Bier zapfte und bestimmt nicht das letzte. Sie fühlte sich heimisch hier und warf Mr Murphy ein Lächeln zu, so dass der alte Mann sie anstrahlte und sein halb volles Glas hinhielt, damit sie es füllte.

„Ich muss gestorben und im Himmel gelandet sein, weil ich einen Engel sehe", sagte Mr Murphy und zwinkerte ihr von seinem Barstuhl zu.

„Nicht täuschen lassen, weil ich kein Engel bin", sagte Grace, aber sie lehnte sich hinüber, um einen Kuss auf seine papierne Wange zu drücken.

„Noch besser. Ich habe meine Frauen immer temperamentvoll gemocht", sagte Mr Murphy und Grace warf ihren Kopf zurück und lachte.

In diesem Moment betrat Dylan den Pub. Sein Blick fand ihren wie eine wärmesuchende Rakete und seine Augen leuchteten, als sie ihre trafen. Hinter ihm stand Liam, der seinem Freund bei diesem Austausch zusah, bevor er ihn aus seiner Trance schubste und nach vorn ging.

„Mr Murphy, Sie müssen aufpassen – ich bin vielleicht kein Engel, aber da ist gerade der Teufel persönlich hereingekommen", sagte Grace. Es war ihr bewusst, dass sie etwas gehässig war, aber es war ihr ziemlich egal. Sie war es leid, die ständige Sehnsucht nach diesem Mann zu fühlen, Angst über ihr Zuhause und ihren Lebensunterhalt zu haben und deswegen dauernd schlechtgelaunt zu sein. Da das Objekt ihrer miesen Stimmung gerade durch die Tür gekommen war, sah sie keinen Grund, ihn vor den Einheimischen nicht bloßzustellen.

„Sie verwundet mich wirklich", sagte Dylan mit einem verstörten Ausdruck, als er eine Hand auf sein Herz hielt und sich neben den alten Mann auf seinem Hocker stellte.

„Das haben Frauen so an sich. Einmal sind sie nur

Zucker und Sahne, und am nächsten Tag Pfeffer und Schärfe. Zumindest bleibt es so interessant", sagte Mr Murphy.

Dylan lachte. „Kann ich Ihnen ein Pint ausgeben?"

„Da würde ich nicht nein sagen", sagte Mr Murphy.

„Drei Guinness, bitte. Und natürlich etwas für dich selbst", sagte Dylan mit einem herausfordernden Lächeln an Grace. Er hatte die Situation aalglatt herumgedreht und Mr Murphy auf seine Seite gezogen. *Dein Zug*, schien sein Ausdruck zu sagen.

„Ich trinke nicht, wenn ich arbeite", sagte Grace, nur um aufmüpfig zu sein, und ging die Bar hinunter, um das Guinness zu zapfen. Sie bewegte sich außerhalb Dylans Hörweite und verbrachte einige Zeit damit, mit den Einheimischen zu reden und mit ein paar Stammgästen zu flirten, bevor sie mit den Getränken zurück zu den Männern kam.

„Möchtet ihr etwas essen? Das Tagesgericht ist Colcannon."

„Ich nehme eine Portion, danke", sagte Liam und lächelte sie an. „Ich bin übrigens Liam. Wir hatten neulich nicht die Gelegenheit, uns formell vorzustellen."

Er meinte den Tag, als sie mit den Bulldozern auf ihrem Kliff standen, dachte Grace und sah ihn mit erhobener Augenbraue an. Er hatte den Anstand, rot zu werden, bevor er einen großen Schluck von seinem Getränk nahm.

„Und du musst das DK in DK Enterprises sein, wovon ich schon so viel gehört habe", sagte Cait und stand an Graces Seite.

„Ja, das bin ich, Dylan Kelly und mein Projektmanager Liam Mulder", sagte Dylan. Cait nahm seine ausgestreckte

Hand und sah ihn kühl und abschätzend an, bevor sie sie losließ und Liam strahlend anlächelte.

„Ich sollte euch eigentlich aus meinem Pub werfen für das, was ihr dem Besitz meiner Familie androht", sagte Cait und sah Dylan mit stählernem Blick an. „Aber in diesem Fall lasse ich Grace die Wahl. Denkt daran: die Dame entscheidet, ob euer Hintern einen Sitz in meinem Pub wärmen darf oder nicht. Verstanden?"

„Jawohl", sagte Dylan, nickte mit seinem Kopf und tat sein Bestes, um wie ein Chorknabe auszusehen. „Ich werde mein Bestes tun, auf ihrer guten Seite zu bleiben."

„Das wäre auch besser so." Cait nickte noch einmal, bevor sie forsch zur anderen Seite der Bar ging, um weitere Bestellungen entgegenzunehmen.

„Sie ist ganz schön furchteinflößend", sagte Mr Murphy und schüttelte seinen Kopf hinter Cait.

„Lassen Sie sie das nicht hören", riet ihm Grace.

Er lachte und zog seine Kappe tiefer ins Gesicht. „Ich bin vielleicht alt und halb blind, aber nicht dumm", sagte Mr Murphy.

„Also das muss Dylan sein."

Grace rollte fast ihre Augen, als Aislinn sich mit einem kleinen Lächeln auf dem Gesicht hinter Dylans Hocker stellte. Dylan drehte sich automatisch um und stand halb auf, um ihr seinen Platz anzubieten, aber sie winkte ab.

„Bleib sitzen. Ich bleibe nicht lange."

„Dylan und Liam, das ist meine Tante Aislinn, eine sehr berühmte und außergewöhnlich talentierte Künstlerin." Und sie konnte Auren lesen, war ein Empath und insgesamt eine knallharte Person, fügte sie wortlos in Gedanken hinzu. Sie beobachtete, wie Aislinn die Männer abschätzte, während Grace ein paar Flaschen Bier öffnete und sie auf ein bereitstehendes Tablett stellte. Der Pub füllte sich langsam und eine Nische war abgesperrt für Musiker. Obwohl es für Bands eine kleine Bühne gab, drängten sich die meisten Musiker einfach in eine Sitzecke, zogen eine Fiedel heraus und spielten drauflos. Grace verlor den Faden von Aislinn und Dylans Unterhaltung, als sie andere Gäste an der Bar bediente. Sie lächelte und lachte mit den Stammkunden, die erfreut waren, sie auf der anderen Seite der Bar zu sehen.

Es war nur eine Frage der Zeit, bevor sich die Anspannung aus ihren Schultern löste und sie begann, es zu genießen. Sie konnte fast vergessen, dass Dylan an der Bar saß, so einfach fügte er sich in die Atmosphäre des Pubs ein. Sie lehnte erneut eine Einladung zum Essen von einem der Jungs ab, die das Spiel anschauten. Ryan hatte sie schon einmal gefragt. Ein netter Mann, aber nicht für sie, dachte Grace, als sie ihn sanft abwies und stattdessen zu Mary deutete, die ihn wirklich mochte.

„Schenk dir ein Glas Wein ein, du bist fertig", sagte Cait. „Casey ist gekommen und kann übernehmen."

„Oh, das habe ich gar nicht gemerkt. Die Zeit verfliegt, wenn man hinter der Bar Spaß hat", lachte Grace und bückte sich, um einen trockenen Weißwein herauszuziehen, den sie schon länger probieren wollte. „Es sieht aus, als würde es ein toller Abend werden. Ist das Shane da in der Ecke mit der Fiedel? Ich wusste gar nicht, dass er spielt."

„Ja, er hat Unterricht genommen – in seinem Alter! Er hat sogar richtiges Talent dafür. Wer hätte das gedacht?" Cait strahlte sie an, während ihr Mann den Takt zählte und

die Gruppe Musiker in der Ecke „Dirty Old Towne"
spielten.

„Ich mag ihn", verkündete Aislinn und kam herüber,
um auf der anderen Seite der Theke gegenüber von Cait
und Grace zu stehen.

„Shane? Da stimme ich dir zu. Cait sollte ihn behalten", sagte Grace und grinste Aislinn frech an.

„Das werde ich wohl auch tun", sagte Cait und strahlte
Shane wieder an, der ihr von seinem Platz zuzwinkerte, wo
er mit Leichtigkeit die Fiedel spielte.

„Aha, interessant. Sie geht dem Thema aus dem Weg",
sagte Aislinn.

„Nur, weil du mit einem Psychiater verheiratet bist,
musst du mich noch lange nicht analysieren", sagte Grace
und war verärgert über Aislinns Einschätzung.

„Man braucht keinen Psychiater, um zu sehen, dass ihr
sehr aneinander interessiert seid", bemerkte Aislinn.

„Sie sagt die Wahrheit. Eure Blicke gehen schon den
ganzen Abend zueinander. Bei euch beiden", nickte Cait
und trank von einem Glas Wasser.

„Wie kannst du ihn mögen, wenn du weißt, was er mir
antun will? Fionas Haus antun will?", fragte Grace Aislinn
mit erhobener Augenbraue.

„Seine Aura ist rein. Ich glaube, da sind andere Dinge
im Spiel. Sprich mit ihm", riet Aislinn ihr.

„Niemand hat eine reine Aura", grummelte Grace und
duckte sich unter dem Durchgang mit ihrer Handtasche
und ihrem Wein.

„Das stimmt. Seine ist nicht komplett rein. Aber dann
wäre er ja auch nicht interessant, oder?" Aislinn zwinkerte
ihr zu und Grace rollte mit ihren Augen. „Geh und setz

dich neben ihn. Sie haben einen Tisch, also kannst du deine Füße jetzt ausruhen, nachdem Casey gekommen ist. Ich gehe in die Küche, um etwas Essen einzupacken, und dann gehe ich nach Hause, um mit meinem Mann zu kuscheln."

„Grüß ihn ganz lieb", sagte Grace, küsste Aislinn auf die Wange und schaute durch den Pub, um Dylan und Liam zu finden. Es war ihr nicht entgangen, dass die Einheimischen sie beobachteten, als sie den Raum durchschritt, um sich an den kleinen Tisch zu setzen, den die Männer ergattert hatten. Würde sie Signale senden, dass sie diesen Mann jetzt guthieß? Ihre Gefühle und Gedanken waren durcheinander. Grace ließ sich auf den Stuhl fallen, den Dylan für sie herausgezogen hatte und knabberte an ihrer Unterlippe.

„Harte Arbeit?", fragte Liam nach einem Blick auf ihr Gesicht.

„Was meinst du? Oh nein, überhaupt nicht. Ich liebe es, bei Cait auszuhelfen. Es macht Spaß", sagte Grace und trank den Wein, dessen Geschmack sie mochte. Sie seufzte erleichtert auf, dass sie nicht mehr auf ihren Füßen stand, streckte sich etwas aus und bewegte einen ihrer Knöchel in den weichen kurzen Stiefeln.

„Es sah aus, als ob du viel Spaß gehabt hättest. Die männlichen Gäste sind jedenfalls alle an die Bar gegangen", sagte Dylan mit einem Unterton in der Stimme.

„So wie es sein sollte. Ich bin beliebt hier", sagte Grace leichthin und weigerte sich, sich schlecht zu fühlen oder fürs Flirten zu entschuldigen. Es war nicht, als ob der Mann einen Anspruch auf sie geltend gemacht hätte. Eigentlich war das Einzige, was er wirklich versucht hatte, sie so weit zu bezirzen, dass er sein Endziel erreichte.

„Dylan hat früher auch in einer Bar gearbeitet. So hat er seinen Geschäftsmentor kennengelernt", sagte Liam, der den Ausdruck auf dem Gesicht seines Freundes klar erkannte und die Unterhaltung in eine andere Richtung steuerte.

„Stimmt das?", fragte Grace und trank noch etwas von ihrem Wein, als die Band Pause machte und der Lärmpegel in der Bar herunterging zu gedämpften Unterhaltungen. „Ich vermute, dass dein Mentor vor sich hin trinkt und dir verruchte Geschäftsmethoden beigebracht hat, damit man die kleinen Leute dazu bringt, dass man bekommt, was man will, oder?"

Sie war nicht sicher, warum sie das gesagt hatte – eine Mischung aus Ärger über Dylan, weil er sie immer noch nicht sah und trotzdem Eifersucht zeigte, und einfach Frust über die ganze Situation.

„Wenn du meine Geschäftsethik in Frage stellst, darfst du gern alle meine Firmen und Kunden kontaktieren. Du wirst von niemandem etwas Schlechtes über mich hören", sagte Dylan mit eisiger Stimme. Er lehnte sich zurück und überkreuzte seine Arme über seiner Brust – Arme, die Grace unbedingt um sich haben wollte – und starrte sie nieder.

„Oh, dessen bin ich mir wohl bewusst. Ich habe meine Nachforschungen über dich betrieben, Dylan Kelly", sagte Grace. Sie hatte immer noch das Bedürfnis, schlafende Hunde zu wecken. „Du hast vorsichtig gelebt, oder? Sehr philanthropisch, mit einem guten Geschäftssinn und einer langen Reihe von Freundinnen, und nie gab es ein böses

Wort gegen dich. Das macht mich misstrauisch...was hat dieser Mann zu verbergen? Es ist fast, als hättest du eine *zu* polierte Existenz geführt", sagte Grace mit schräggelegtem Kopf und sah ihn unbekümmert an, obwohl ihre Worte wie Dolche waren.

Liam öffnete seinen Mund, um etwas zu sagen, aber dann änderte er seine Meinung und lehnte sich auf seinem Stuhl zurück, um die Schau zu beobachten, genau wie viele der Dorfbewohner. Auch wenn Grace und Dylan es nicht zu merken schienen, es war im Pub fast still geworden, weil niemand die wirkliche Abendunterhaltung verpassen wollte.

„Erfolgreich zu sein mit dem, was ich tue, und nett zu meinen Freundinnen zu sein, sollte eigentlich niemanden dazu verleiten zu denken, dass ich etwas zu verbergen hätte. Wenn überhaupt, dann habe ich nichts zu verstecken – es ist alles offen, oder? Also du meinst, dass du mich kennst nach dem, was du in der Klatschpresse gelesen hast?" Dylan schob eine Hand durch sein unordentliches Haar und trank die Hälfte seines Guinness auf einmal aus. Er knallte das Glas mit dem ersten äußerlichen Anzeichen von Wut auf den Tisch.

„Nein, das denke ich nicht, ich *weiß* es. Deswegen bin ich misstrauisch darüber, wer du wirklich bist und was deine Motive sind", sagte Grace. Ihr Temperament brodelte knapp unter der Oberfläche ihrer Worte. „Jemand, der so viel Zeit damit verbringt, so sorgfältig sein öffentliches Image zu kreieren und auszuwählen, hat offensichtlich Angst, sein wirkliches Wesen zu zeigen."

Es war, als hätte jemand eine rote Flagge vor dem

Bullen gewedelt und sie freute sich wahnsinnig zu sehen, wie Wut über Dylans attraktives Gesicht ging.

„Angst…", stotterte Dylan. Seine Männlichkeit war ernsthaft verletzt und er war das erste Mal in seinem Leben sprachlos. „Ich habe nichts zu verbergen, Puppe."

„Du bist es so gewohnt, dass du deinen Willen bekommst, dass du jetzt, wo du nicht bekommen kannst, was du willst, etwas ausrastest. Ich sehe die Risse in der Fassade. Wo ist der vorsichtige, ruhige Geschäftsmann jetzt?", schrie Grace fast. Sie war auf ihre Füße gesprungen, und Dylan ebenfalls. Sie standen fast Nase and Nase und Spannung knisterte zwischen ihnen wie Blitze, kurz bevor ein Gewitter ausbrach.

„Das hat nichts mit mir zu tun, aber alles mit dir", sagte Dylan mit zusammengekniffenen Augen.

„Natürlich tut es das!" Grace warf ihre Hand frustriert hoch. „Du denkst, du kannst in die Stadt rollen, alle bezirzen und den doppelten Stundenlohn bieten, nur damit die Arbeiter deine dreckige Arbeit für dich machen."

„Ich musste meine sowieso schon großzügigen Löhne verdoppeln, weil jemand aktiv daran gearbeitet hat, meine Pläne zu zerstören", merkte Dylan an. Er war offensichtlich verschnupft darüber, dass er mehr bezahlen musste.

„So wie es sein sollte! Glaub nicht, dass du von mir eine Entschuldigung bekommst. Es ist mein Leben, das du ruinieren willst", sagte Grace und bebte fast, als die volle Kraft ihrer Wut in sie einschlug. Donner rüttelte am Gebäude und die Dorfbewohner sahen besorgt an die Decke. Grace war für ihr Temperament berüchtigt und die meisten wussten, dass es besser war, sie nicht zu verärgern, wenn man schönes Wetter behalten wollte.

„Und es ist mein Traum, den du versuchst zu zerstören", kochte Dylan und markierte die Worte mit seinem Finger in der Luft.

„Toller Traum. Hast du noch nicht genug Geld in deinen Taschen?", rief Grace. Sie begann, sich selbst dafür zu hassen, dass sie sich immer noch von einem so widerwärtigen Mann angezogen fühlte.

„Es hat nichts damit zu tun, ob es genug ist oder nicht –", begann Dylan, aber Grace schnitt ihm das Wort ab.

„Gewöhn dich daran, einiges davon loszuwerden, Dylan Kelly, weil ich dich verklagen werde", sagte Grace, ihr Gesicht nur Zentimeter von seinem entfernt. Donner begleitete ihre Worte, als Schock über sein attraktives Gesicht ging. Grace ergriff ihr Glas, leerte den Wein und warf ihre Handtasche über ihre Schulter. Ohne ein weiteres Wort schritt sie aus dem Gebäude und ließ einen wütenden Dylan hinter sich, der ihr mit offenem Mund hinterherstarrte.

„Mich verklagen? Die Nerven dieser Frau...", sagte Dylan, nahm seine Jacke vom Stuhl und rannte Grace hinterher. Die Dorfbewohner warfen einen besorgten Blick zur Tür, dann auf Liam, und dann drehten sie sich gemeinsam zum wirklichen Leiter des Pubs, Cait.

Sie legte ein ledergebundenes Buch auf die Theke und holte eine Geldtasche mit Reißverschluss heraus. Sie öffnete das Buch, nahm einen Stift in die Hand und sah hoch.

„Ich wette mein Geld darauf, dass sie innerhalb von zwei Wochen zusammen sind", sagte Cait, zog einen Zehner aus ihrer Tasche und legte ihn in die Geldtasche. Liam warf seinen Kopf zurück und lachte, während sich die Leute an der Bar drängten, um Wetten abzuschließen darauf, wie lange Dylan brauchen würde, Grace für sich zu gewinnen.

Kein Wunder, dass Dylan sich in diesen Ort verliebt hatte, dachte Liam und zog einen Zwanziger aus seiner Geldbörse. Kein Grund, warum er bei dem Spaß nicht mitmachen sollte.

KAPITEL EINUNDZWANZIG

G race stapfte durch den Regen zu ihrem Auto und es war ihr egal, dass ihre Bluse nass wurde. Die dicken Regentropfen, die ihre Haare an ihre Schultern pflasterten und ihre Kleidung durchnässten, schienen ihre Haut abzukühlen, die sich anfühlte, als würde sie brennen. Als sie die Autotür erreichte, zog sie sie auf und kreischte, als sie wieder zugeschlagen wurde. Sie wirbelte mit erhobenen Fäusten herum.

„Mich verklagen? Du hast bereits eine Verfügung beantragt", schrie Dylan.

„Ja, und seit ich mitbekommen habe, dass du versuchst, die Dorfbewohner zu überreden, dass sie trotz der Verfügung für dich arbeiten, musste ich feststellen, dass du vor nichts Halt machst, um zu bekommen, was du willst", rief Grace zurück.

„Ich habe das Recht, hier zu bauen."

„Nein, das hast du nicht. Es ist nicht dein Land. Und wenn du das nicht in deinen Knochen fühlen kannst, dann bist du ein Idiot", erklärte Grace während der Regen in Strömen herunterkam.

„Du hast die schlechte Angewohnheit, meine Intelligenz zu beleidigen", sagte Dylan. Er trat gefährlich nahe und zwang Graces Rücken gegen das Auto.

„Ich sage es, wie ich es sehe", sagte Grace mit erhobenem Kinn.

„Und doch ignorierst du das?", sagte Dylan und ließ seinen Blick absichtlich von ihrem Gesicht zu ihrer nassen, fast durchsichtigen Bluse schweifen, die an jedem Zentimeter ihren Kurven klebte. Der Regen half nicht gegen die Hitze, die sie durchlief – diesmal aus Lust, nicht vor Wut.

„Ja, ich kann zugeben, dass du gut aussiehst", sagte Grace. „Aber ich habe kein Interesse an einem Mann, der sich durch Frauen arbeitet, als wären sie eine Art leckere Süßigkeit."

„Frauen sind lecker, und ich habe kein Problem damit, sie zu probieren", sagte Dylan und kam etwas näher.

„Wie dem auch sei, ich habe kein Interesse an einem Mann, der wie eine hirnlose Motte von einer Frau zur nächsten flattert", sagte Grace und legte ihre Hand an seine Brust, um ihn zurückzuschieben. Stattdessen ergriff er sie mit seiner und hielt sie gegen sein Herz, das unter ihrer Handfläche schlug.

„Lügnerin", sagte Dylan und Grace öffnete ihren Mund, um zu protestieren, aber dann wurde er von seinem überdeckt.

Oh, sie wollte ihn zurückweisen. Sie hasste es, wenn Männer dachten, sie könnten sich von einer Frau nehmen, was sie wollten. Aber...es war nur ein Kuss. Und sie vertraute ihm genug, dass er sich zurückhalten würde, wenn sie ihm ernsthaft sagte, dass er seine Hände von ihr nehmen sollte. Außerdem, wenn es wirklich darauf ankäme, hätte Grace genug Macht in der Kuppe ihres kleinen Fingers, um ihn zu verjagen.

Und dann konnte sie überhaupt nicht mehr denken.

Ihn zu küssen war, wie nach Hause kommen. Alle ihre Träume wurden in diesem Moment lebendig – sein Geschmack und seine Berührung waren dasselbe, aber doch so anders. In ihren Träumen hatte sie sich immer so gefühlt, als wäre sie in diesen gestohlenen Augenblicken mit ihm in der Vergangenheit, aber das Jetzt war so anders. So viel mächtiger. Grace stöhnte, als er den Winkel des Kusses änderte, ihn vertiefte und sie mit ihm herunterzog, während der Regen auf sie prasselte.

Erst als Grace zu spät merkte, wo sie waren und wie viele Leute aus den Fenstern des Pubs zuschauen könnten, brach sie den Kuss ab und trat zurück.

Sie starrten sich an und sie fragte sich, was für Gedanken hinter diesen magnetisch blauen Augen stürmten. Sah er sie jetzt? Wie konnte er eine Frau so küssen und nicht fühlen, was sie fühlte? Sie durchsuchte sein Gesicht nach Antworten, aber fand keine – zumindest keine, die sie haben wollte.

„Komm mit mir nach Hause", sagte Dylan mit rauem Atem.

„Nein", sagte Grace. Sie blockierte ihre Emotionen und berührte ihn leicht im Gesicht. Er überraschte sie, indem er einen Kuss in ihre Handfläche legte.

„Warum? Hast du Angst?", wiederholte Dylan ihren früheren Vorwurf.

„Vor so viel...", sagte Grace. Sie war dankbar für den

Regen, der die Tränen versteckte, die ihr in die Augen stiegen. „Mehr, als du verstehen kannst. Gute Nacht, Dylan. Ich bitte dich, von meinem Land wegzubleiben."

Er ließ sie gehen, so wie sie es gewusst hatte. Trotz der hässlichen Dinge, die sie über ihn im Pub gesagt hatte, hatte der Mann Ehre. Es war sie, die in diesem Moment wünschte, dass sie etwas weniger Ehre hätte und alle Vorsicht in den Wind schlagen könnte. Ihr Körper schrie danach, seine Hände auf ihr zu haben und sie fuhr nach Hause mit Gedanken, die von Lust und Bedauern benebelt waren.

Selbst wenn sie mit ihm gegangen wäre und die Nacht Spaß gemacht hätte, wäre der Morgen leer gewesen – und Grace war stolz auf sich, dass sie die Kämpfe gewann, die sie anfing.

Und war wahre Liebe nicht einen Kampf wert?

KAPITEL ZWEIUNDZWANZIG

G race war direkt in die Dusche gegangen, als sie nach Hause kam und ließ das dampfende Wasser die Anspannung des Abends auflösen. Als das Wasser kalt wurde, war Grace erschöpft. Sie kroch nackt ins Bett, zog eine riesige Daunendecke über sich und schloss ihre Augen. Beim Klang des Regens, der aufs Dach trommelte und Rosies Wärme, die angeschmiegt an ihrer Seite lag, fiel Grace sofort in den Schlaf.

Sie war an jenem Tag losgegangen, um Blumen zu sammeln. Eine lächerliche Aktivität für eine Piratin, dachte sie. Aber Grace hatte selten hübsche Dinge auf ihrem Schiff, das für Schlachten und Gütertransporte gebaut war. Es machte keinen Sinn, ihre Kapitänskajüte schön zu dekorieren, wenn alles kaputtgehen würde. Aber – na ja, sie liebte Blumen sehr. Sie betrachtete sie als fröhliche Farbtupfer, die in der Landschaft auftauchten und der Welt ihre Schönheit freizügig gaben.

Sie war in der letzten Zeit ein bisschen sentimentaler geworden, dachte Grace, nach den Abenden mit Dillon.

Oh, wie sie den Mann liebte! Von den Geschichten, die er ihr jeden Abend am Feuer erzählte, bis zu der Art, wie sie sich bei seiner Berührung fühlte. Nichts war zu vergleichen mit dem Gefühl, jeden Morgen in seinen Armen aufzuwachen und das schläfrige Lächeln auf seinem Gesicht zu sehen, wenn er sie anschaute. Sie hatte in ihrem Leben noch nie solche Freude gekannt. Sicher, sie hatte ihren ersten Mann geliebt und über seinen Tod getrauert. Aber – immer die Realistin – Grace hatte sich gefangen und ihr Leben weitergelebt.

Sie bückte sich, um etwas Klee zu schneiden und legte es summend in den Korb. Sie würde die Blumen im Haus verteilen, wenn sie zurückkam, in verschiedenen Ecken und am Fenstersims entlang.

Heute, dachte Grace. Heute war der Tag, an dem sie Dillon fragen würde, ob er mit ihr nach Hause kommen wollte. Ihre Kinder kennenlernen. Ihr Zuhause sehen, ihr Land – alles, was sie aufgebaut und wofür sie gekämpft hatte. Sie vermutete, dass er es mögen würde, aber sie würde nie versuchen, ihn zum Bleiben zu zwingen. Grace erkannte ein wanderndes Herz, wenn sie es sah und sie wusste, dass der Mann nie ohne das Meer glücklich sein würde. Das war sie auch nicht, wenn sie sich selbst gegenüber ehrlich war. Vielleicht würden sie ein paar Abenteuer zusammen erleben, sinnierte sie und erklomm den Hügel. Grace folgte dem Pfad, der zum Strand führte, wo ihre kleine Hütte geschützt stand, und kam zu einem abrupten Halt.

Die Blumen lagen vergessen und verstreut hinter ihr auf dem Pfad. Grace rannte und zog ihre Dolche, die sie immer bei sich hatte, aus ihrem Hosenbund heraus. Dillon hatte sie damit aufgezogen, dass sie sich wie ein Mann kleidete, aber sie wusste, dass er es schätzte, wie ihre gutgeformten Beine dadurch betont wurden. Hosen gaben ihr Bewegungsfreiheit, auf dem Schiff und an Land.

Sie schrie den Männern, die am Strand mit Dillon kämpften, eine Warnung zu. Ihr Herz sank, als er mit dem Gesicht nach unten in den Sand fiel und sich nicht mehr bewegte. Er versuchte noch nicht einmal aufzustehen.

„Nein..." Blind vor Wut gab Grace dem ersten Mann noch nicht mal eine Chance zu sprechen, bevor sie den Dolch direkt in seine Kehle stieß und sie durchschnitt. Der Mann war tot, bevor sie mit bluttriefender Hand herumwirbelte, um den Mörder ihres Liebhabers zu konfrontieren.

„Da haben wir aber ein hübsches Mädchen", sagte der Mann anzüglich. Sein teurer Mantel zeigte klar seinen gesellschaftlichen Stand. Graces Blick landete auf dem Wappen, das auf der Tasche eingestickt war und merkte sich den Namen des Clans. Falls Dillon wirklich für sie verloren war, würde sie nie wieder schlafen, bis der Clan ihren Schmerz zehnfach spürte.

„Oh? Gefällt dir, was du siehst?", sagte Grace, ließ die Hand mit dem Dolch fallen und gab ihm einen einladenden Blick. Als er innehielt und seine Hand mit dem Schwert gerade lange genug zögerte, um sie anzulächeln, stürzte Grace nach vorn, stieß den Dolch in sein Herz und drehte ihn mitleidlos. Grace sah noch nicht einmal hin, als er fiel. Sie drehte sich um und rannte zu Dillon. Mit aller Kraft rollte sie ihn herum.

„Dillon", sagte Grace und legte seinen Kopf in ihren Schoß. Tränen liefen ihre Wangen hinunter auf sein Gesicht. Das Blut...oh, so viel Blut. Eine einsame Möwe schrie über ihr, ihr melancholischer Ruf so einsam, während Graces Herz in eine Million Stücke zerbrach.

„Gráinne. Meine ewige Liebe. Jetzt und immer...", stotterte Dillon erstickend heraus. Ein dünner blauer Streifen blitzte zwischen den fast geschlossenen Lidern. „Durch alle Zeit. Mein Herz für deins."

Grace drückte ihre Lippen auf seine und bettelte, dass er bei ihr bleiben sollte. Sie erklärte ihre Liebe immer und immer wieder.

Aber er war gegangen und war für sie für immer verloren. Nach einer Ewigkeit, als Grace endlich aufstand, war sie eine neue Frau – eine verhärtete Frau – und sie schwor, sich an denen zu rächen, die ihr Licht von ihr gestohlen hatten. Grace schwor, dass sie ab diesem Moment nie wieder so verletzlich sein würde.

KAPITEL DREIUNDZWANZIG

Das raue Lecken einer Zunge über ihre Wange weckte Grace auf und sie weinte ungehemmt, während Rosie verzweifelt ihr Gesicht leckte, um ihre Tränen zu trocknen.

„Danke, Baby", sagte Grace, kuschelte sich eng an den Hund und atmete ein paarmal stockend. Eingewickelt in ihrer Bettdecke zog sie Bilanz dessen, was sie gerade in ihrem Traum erlebt und gefühlt hatte.

Also stimmte es, was sie über Dillons Ermordung gelesen hatte. Ein Teil von ihr hatte gehofft, dass es nicht die Wahrheit war, einfach deshalb, weil sie niemals davon geträumt hatte. Die grausameren Aspekte dieser Zeit waren ihr erspart geblieben, sie hatte nur die erfreulichen gesehen. Jetzt fragte sie sich, warum sie seinen Tod erlebt hatte.

Und dann auch noch so ein furchtbarer Tod. Grace schüttelte sich wieder, als sie zurückdachte an das Blut, das von seinem Körper auf ihre Beine floss.

„Grace."

Grace drehte sich um und sah Fiona am Bettrand mit einem besorgen Ausdruck auf ihrem Gesicht.

„Er wurde ermordet."

„Das tut mir leid", sagte Fiona mit sanfter Stimme. „Aber du hast ihn gerächt."

„Ich habe etwas darüber gelesen", sagte Grace schulterzuckend. Wie wichtig war Rache, wenn die Liebe weg war?

„Ja, du hast dann wieder geheiratet, so wie Frauen in der Zeit das taten. Es war mehr eine geschäftliche Vereinbarung als eine Ehe, weil es euch beide politisch stärkte. Selbst nachdem du geheiratet hast, bist du zurück und hast die Burg des Clans belagert. Der Clan, der Dillon von dir genommen hat."

Ein kleines Lächeln ging über Graces Gesicht. Das klang nach ihr. Sie konnte sich nicht vorstellen, dass viele Männer glücklich damit wären, dass ihre neue Frau in eine Schlacht ging, um Rache für einen ermordeten Liebhaber zu suchen, aber es gab keine Beschreibung, die besser auf sie passte.

„Habe ich gewonnen?"

„Natürlich hast du gewonnen", spottete Fiona.

„Das ist zumindest etwas", sagte Grace.

„Er hat dich geküsst", stellte Fiona fest, setzte sich auf die Bettkante und schaute ihr ins Gesicht.

„Das hat er. Es war wunderbar und unerträglich und… oh, ich wollte ihn einfach anschreien, damit er mich sieht. Alles von mir", sagte Grace und ballte ihre Hände zu Fäusten.

„Warum glaubst du, dass dir dieser Traum gezeigt wurde?", fragte Fiona und strich Graces Haar aus ihrer

Stirn. Obwohl Fiona ein Gespenst war, konnte Grace trotzdem den Hauch der Berührung auf ihrem Kopf spüren.

„Soll ich den Schmerz fühlen, ihn zu verlieren? Das tue ich schon. Ich hätte nie gedacht, dass ich ihn finde, und jetzt ist er direkt vor mir und ich kann ihn nicht haben", sagte Grace. Ihre Wut brodelte direkt unter der Oberfläche. Fiona hob eine Augenbraue, als das Trommeln des Regens draußen stärker wurde.

„Er ist nicht verloren für dich. Zumindest noch nicht", sagte Fiona.

„Dann ist es vielleicht, weil ich mich verloren fühle? Oder dass ich im Kampf stecke? Obwohl ich mich in Wirklichkeit gefangen fühle. Ich will ihn...oh, ich sehne mich danach, ihm nahe zu sein, als ob er eine Droge wäre, die alle meine Probleme löst. Und dann erinnere ich mich daran, dass er versucht, mir dieses Land wegzunehmen und unser Haus abzureißen und ich hasse ihn. Warum muss er so sein? Warum kann er nicht in einem anderen Mann erschienen sein? In einem Mann, der nicht versucht, alles von mir zu nehmen, das ich am meisten liebe?", fragte Grace. Angesichts der Ungerechtigkeit wollte sie schreien.

„Ich glaube, jeder zeigt sich in deinem Leben aus einem Grund. Wir alle haben verschiedene Lektionen voneinander zu lernen", sagte Fiona und stand wieder auf. Sie war froh zu sehen, dass die Farbe wieder in Graces Wangen erschienen war. „Meinst du nicht, dass hier eine Lektion für dich ist?"

„Danach zu urteilen, wie ich mich in dem Traum der letzten Nacht gefühlt habe, ist es, dass ich mein Herz beschützen muss, koste es, was es wolle. Ich würde lieber nie wieder so leidenschaftlich lieben, als mich erneut so viel Schmerz auszusetzen", gab Grace zu.

„Das ist verdammt schade, Grace O'Brien. Ich habe nie gedacht, dass du ein Feigling bist." Fiona verschwand, bevor Grace antworten konnte. Sie war schockiert über die Worte ihrer Urgroßmutter.

Feigling? Das war das Letzte, was sie war. Offensichtlich hatte Fiona keinen klaren Überblick über die aktuelle Situation. Die Wirklichkeit war, dass Grace ihr Herz beschützen musste und für das kämpfen, was ihres war. Die Wirklichkeit war, dass man manchmal einfach nicht alles haben konnte. Es war besser, auf Nummer Sicher zu gehen, ihre Mauern aufrechtzuerhalten und Grace's Cove zu retten.

„Und wenn ich allein und unbefriedigt alt werden muss – dann ist das eben so."

KAPITEL VIERUNDZWANZIG

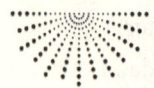

„D ie Achse ist gebrochen", sagte Liam, der neben dem Bagger stand. Der war auf einem Anhänger gewesen, seit Grace sie von ihrem Grund und Boden verjagt hatte – Korrektur, besser gesagt *seinem* Grund und Boden.

„Vandalismus", sagte Dylan und schüttelte seinen Kopf, obwohl er darüber nicht überrascht war. Seit es sich im Dorf herumgesprochen hatte, was er plante, schienen die Gegner seines Projekts in der Mehrzahl gegenüber den Unterstützern zu sein.

„Vielleicht. Es ist aber schwierig, sie zu brechen", sagte Liam und strich mit seiner Hand über seinen Bart, als er darüber nachdachte. „Er ist auf dem Anhänger ziemlich fest gesichert, man müsste erst hinaufkommen, darunter kriechen und – dann was? In welchem Winkel kannst du ein Werkzeug ansetzen, das groß genug ist, um eine Achse zu brechen? Und eine in der Größe? Ich habe echt Schwierigkeiten zu verstehen, wie das passieren konnte."

„Die Teile müssen verrostet sein. Du weißt, wie es ist,

wenn man in der Nähe von Salzwasser lebt", sagte Dylan. Sein Ton war angespannt, als er den Bürgersteig entlangging. Der Morgen hatte mit einer leichten Kühle in der Luft gedämmert, aber er war froh zu sehen, dass der Regen, der sie seit Tagen plagte, endlich aufgehört hatte.

Er hatte den gestrigen Tag hauptsächlich zu Hause verbracht und Bücher gelesen, die Geschichte von Grace's Cove recherchiert und sein Bestes getan, die unerträgliche Grace O'Brien aus dem Kopf zu verbannen. Leider war er daran gescheitert und hatte einen großen Teil des Tages damit verbracht, im Haus zu trödeln und sich zu wünschen, dass sie da wäre, um mit ihm zu streiten. Oder sich in anderen lebhaften Ablenkungen zu engagieren.

Das Dorf summte um ihn herum mit der Geschäftigkeit eines Montagmorgens, wenn Kinder zur Schule geschickt wurden, die Läden öffneten und Leute zur Arbeit gingen. Der Geruch eines richtigen irischen Frühstücks wehte ihm von einem Restaurant zu, an dem er vorbeiging, und Dylans Magen knurrte als Antwort darauf. Wenn sein Boot nicht bald docken würde, hätte er für Frühstück, Tee und eine Chance, die Zeitung durchzublättern, angehalten. Stattdessen war er auf dem Weg zu den Docks, um einige der Arbeiter zu treffen, die er bestochen hatte, damit sie für ihn arbeiten – und die Männer, die ihm gegenüber sowieso loyal waren. Er wollte mit ihnen darüber sprechen, was sie diese Woche zu erreichen hofften, und konnte die Gelegenheit nutzen, nach der *Piratenkönigin* Ausschau zu halten.

Bei dem Namen zog sich sein Magen immer noch jedes Mal zusammen, wenn er sich daran erinnerte, dass Grace leichthin gesagt hatte, dass sie keine Meerjungfrau sei, sondern eine Piratenkönigin. Obwohl er entschlossen war zu glauben, dass sie mit ihm spielte, war in seinem Unterbewusstsein etwas, das ihn plagte, als ob es wusste, dass er sich selbst belog. Wenn er mit sich selbst total ehrlich war – was er normalerweise anstrebte – würde er zugeben, dass er Grace nicht als so hintertrieben erachtete. Sie war wirklich überrascht gewesen, als er in ihrem Haus mit Geschenken aufgetaucht war, und er bezweifelte, dass sie diesen Moment benutzt hätte – besonders, bevor sie überhaupt richtig wach war – um ihn zu verwirren.

Trotzdem. Es musste ein Zufall sein. Es war nicht so ungewöhnlich, dass man über Piraten redete, besonders, wenn man auf dem Wasser lebte. Sie hatte die Idee wahrscheinlich einfach aus der Luft gegriffen und gesprochen, ohne nachzudenken. Es bedeutete nicht mehr als das.

„Es ist ein brandneuer Bagger", sagte Liam und holte ihn wieder zur Unterhaltung zurück, als ob er gemerkt hatte, dass Dylans Gedanken woanders waren.

„Dann ist es Vandalismus. Nur weil wir nicht wissen, wie sie es gemacht haben, bedeutet es nicht, dass es keine Vandalen waren. Denk dran, wir haben eine Zielscheibe auf dem Rücken, oder?"

„Gut, also ist es Vandalismus", sagte Liam gutmütig, als sich die Morgensonne durch die Wolken kämpfte. Er hatte sogar die Unverfrorenheit, ein kleines Lied zu pfeifen, während sie an den bunt angestrichenen Geschäften vorbeigingen.

„Ist da etwas, was dir auf dem Herzen liegt?", sagte Dylan, verärgert über die Reaktion seines Freundes.

„Du bist der Chef. Wenn du es richtig findest, es als Vandalismus zu bezeichnen, dann ist das okay für mich", sagte Liam mit einem Lächeln auf seinen Lippen. Dylan sah ihn aus verengten Augen an, als sie einer Gruppe Schuljungen aus dem Weg gingen, die in ihren Uniformen den Bürgersteig entlangrannten und über das Hurlingmatch vom Wochenende schnatterten.

„Liam, ich habe heute keine Geduld dafür. Sag einfach, was du denkst", sagte Dylan. Er hatte wieder eine Nacht voller belebter Träume gehabt, zerrissen vor Lust, halb verliebt, mit Grace als Mittelpunkt der Schau.

„Ich denke nur gerade zurück an neulich, als die Autos alle anfingen, von allein zu hupen und zu tanzen. Ich frage mich, ob da andere Tricks in der Luft sind, das ist alles", sagte Liam, hielt einen Finger hoch und drehte ihn im Kreis.

„Geht es wieder um Magie?" Dylan kniff in seine Nase und seufzte.

„Du bist niemand, der nicht alle Möglichkeiten in Betracht zieht, oder?", fragte Liam und ging der Frage aus dem Weg.

„Nein, das bin ich nicht. Aber...ich glaube, dass dieser ‚verwunschene Fluch' allen zu Kopf gestiegen ist. Meine Vermutung ist, dass es für alle diese Begebenheiten sehr logische und vernünftige Erklärungen gibt", sagte Dylan, als sie sich einer Gruppe Männer näherten – eine kleinere Gruppe, als er angeheuert hatte – die am Dock zusammenstanden.

„Wenn du meinst, Chef", sagte Liam und klopfte Dylan mit der Hand auf den Rücken, bevor er vorging, um die Männer zu begrüßen.

„Ich weiß wirklich nicht, warum ich mit dir befreundet bin", rief Dylan ihm hinterher und bekam als Antwort nur ein übermütiges Grinsen über Liams Schulter.

Er drehte sich kurz, um den Hafen anzusehen. Die See war heute ruhig. Es gab nur eine kleine Brise, die durch sein Haar wehte und es war ein ganz normaler Tag für die Fischer. Sein Boot sollte schon längst hier sein, dachte Dylan, besonders an einem so ruhigen Tag. Er fragte sich, was der Grund für die Verspätung war, aber er vertraute seiner Crew und drehte sich zurück zu der Gruppe, die auf ihn wartete.

„Es scheint, dass wir noch andere Probleme haben", sagte Liam und steckte seine Hände in die Taschen seiner Fleecejacke.

„Guten Morgen, meine Herren. Haben wir ein Problem?", fragte Dylan und lächelte sie nacheinander an. Ein paar scharrten mit ihren Füßen, einige hatten die Schultern hochgezogen und abgesehen von der Mannschaft, die er mitgebracht hatte, wichen die meisten seinem Blick aus.

„Nun?", fragte Dylan wieder, als sich die Stille hinzog.

„Ryans Auto startet nicht. John hat die Grippe. Derek hatte eine allergische Reaktion auf etwas, das er gegessen hat und ist mit Ausschlag übersät. Davids Werkzeuge sind verschwunden. Erik kann die Schlüssel zu seinem Geräteschuppen nicht finden oder für seine Baumaschinen. Bei Ron ist im Haus der Strom ausgefallen und bei Sean läuft kein Wasser", zählte Liam schnell auf und Dylan wurde wieder daran erinnert, warum er diesen Mann als Projektmanager angestellt hatte. Er bezweifelte, dass er in der Lage wäre, sich jeden einzelnen Namen so schnell zu merken, mal ganz abgesehen von all diesen speziellen Sorgen, die jeden heute Morgen plagten.

„Na ja, das ist eine ganz schöne Litanei von Problemen, oder? Sagt mir...hat eine gewisse rothaarige Frau, die in der Nähe der Bucht lebt, euch bestochen, damit ihr euch das alles ausdenkt?", fragte Dylan geradeheraus. Der Schock auf ihren Gesichtern war Antwort genug.

„Nein. Wir brauchen das Geld, das ist die Wahrheit. Schau, ich bin trotz Krankheit gekommen", sagte Derek und zog sein Hemd hoch, um einen heftigen Ausschlag zu zeigen, der seinen Bauch bedeckte.

„Und du bist trotzdem zur Arbeit gekommen? Guter Mann", kommentierte Dylan und zog Liam ein paar Schritte zur Seite.

„Ich habe von so etwas schon gehört. Es ist wie...ich habe den Namen vergessen", sagte Dylan. „Aber wenn ein ganzes Dorf etwas glaubt, werden sie alle krank oder denken, es ist ein Fluch und Dinge passieren, weil sie alle daran glauben." Dylan hörte auf, weil er merkte, dass er gefährlich nah daran war, hirnlos zu plappern.

„Wenn du das sagst, Chef", sagte Liam, immer noch viel zu fröhlich für Dylans Geschmack.

„Zahl den Männern ihren Tageslohn und schick sie nach Hause. Sag ihnen, dass ich sie kontaktiere, wenn wir so weit sind."

„Kein Problem", sagte Liam und drehte sich, um mit den Männern zu reden. Sie protestierten, weil sie ihren Lohn lieber mit ehrlicher Arbeit verdienten, aber Liam konnte sie am Ende davon überzeugen, dass sie das Geld für ihre Probleme bekamen, und nahm ihnen das Versprechen ab, bereitzustehen, wenn es mit der Arbeit losging.

„Sag jetzt gar nichts, sag es nicht", sagte Dylan, als Liam endlich neben ihm stand und den Horizont nach der *Piratenkönigin* absuchte.

„Würde mir überhaupt nicht in den Sinn kommen", sagte Liam, zog eine dünne Zigarre aus seiner Tasche und zündete sie an. Zwischen ihnen dehnte sich eine freundschaftliche Stille, während sie die Boote weit draußen im Hafen beobachteten.

Dylans Gedanken wirbelten. Klar, seine Mutter hatte immer Freude an allen magischen Dingen und Feen gehabt, aber es schien sehr weit entfernt von der Realität. Zumindest der Realität, in der sie lebte.

„Es gibt eine Erklärung für alles. Ich habe den Verdacht, dass sich das Dorf zusammengerottet hat, um zu versuchen, uns aus der Stadt zu jagen", sagte Dylan letztendlich.

„Und der Ausschlag?"

„Zufall. Eine einfache Ausrede", sagte Dylan achselzuckend.

„Und wenn nicht?", fragte Liam.

„Dann kenne ich die Frau mit den Hexenaugen, die ich konfrontieren muss", grummelte Dylan.

„So ist es richtig", sagte Liam und schlug ihm auf die Schulter.

KAPITEL FÜNFUNDZWANZIG

„W"enn du dir sicher bist, Grace, dann mache ich die Papiere heute fertig", sagte Martin und sah sie über seinen Schreibtisch hinweg abschätzend an.

„Oh, ich bin sicher. Vor allem, da ich es neulich Abend vor allen im Pub laut verkündet habe", sagte Grace und Martin war so nett vorzutäuschen, dass er überrascht war.

„Wirklich?"

„Oh, tu nicht so, als ob du es nicht gehört hättest. Ich schwöre, Klatsch verbreitet sich in dieser Stadt mit Lichtgeschwindigkeit", sagte Grace und zupfte an einem losen Faden an ihrer Hose. Sie hatte gestern den ganzen Tag nichts anderes gemacht, als Anrufe von verschiedenen Familienmitgliedern und Freunden anzunehmen. Das Gute daran war, dass sie endlich eine Chance hatte, mit ihren Eltern zu sprechen, denen sie mehrmals versicherte, dass sie ihre Kreuzfahrt nicht abbrechen mussten. Nachdem sie zum tausendsten Mal versprochen hatte, dass sie es ihnen sagen würde, wenn sie nach Hause kommen sollten, falls die Situation sich verschlimmerte, und dass sie ihnen

Kopien der juristischen Papiere schicken würde, konnte sie das Gespräch beenden. Es hatte etwas länger gedauert, Caits Tochter Fiona zu überzeugen.

„Fi, du genießt gerade ein tolles Leben. Komm nicht nach Hause", hatte Grace beharrlich wiederholt.

„Dann kommst du zu mir", sagte Fi.

„Ich glaube, es wäre eine schlechte Idee, jetzt von hier wegzugehen ", sagte Grace sanft und lachte, als Fi am anderen Ende der Leitung stöhnte.

„Ach nee, sag bloß. Du musst da sein, um ihm in den Hintern zu treten. Und ihn dann wegen seines verletzten männlichen Stolzes zu küssen, wenn du gewonnen hast", sagte Fi. Grace lachte und stellte sich ihre Freundin vor, wie sie an der Amalfiküste Limoncello trank und viele aufregende Affären hatte.

„Ich verspreche, dass ich dich bald besuchen komme. Lass mich das hier erst beenden."

„Halt mich auf dem Laufenden mit Dylan. Ich glaube, dass er für dich bestimmt ist, Grace. Gib nicht auf, was ihr habt", sagte Fi mit Sorgen in der Stimme.

„Ich berücksichtige es. Aber ich denke, ich muss aus unserer Vergangenheit lernen. Es tut zu weh, weißt du? Ich kann nicht lieben oder leben in dem Wissen, dass ich nochmal meinen Partner verliere. Ich bin glücklich mit meinem Leben. Ich liebe es, wo ich lebe, ich liebe es, Menschen zu helfen und ich bin begeistert darüber, wie meine Geschäfte in New York laufen. Ich habe keinen Grund, das alles durch einen Mann zu vermasseln. Du weißt, dass ich durchaus in der Lage bin, meine körperlichen Bedürfnisse zu befriedigen, wenn nötig", sagte Grace.

„Wie dem auch sei, ich glaube, dass du es bedauern wirst, wenn du dem Ganzen keine Chance gibst", sagte Fi und Grace konnte fast ihre Sorgen durch das Telefon spüren.

„Bulldozer, Fi. Du erinnerst dich?"

„Natürlich, klar. Bulldozer. Schon verstanden." Fi hatte aufgelegt mit dem Versprechen, später in der Woche anzurufen. Grace hatte den Rest des Tages damit verbracht, ihr Telefon zu ignorieren und an den ersten Phasen der Schlacht zu arbeiten, die sie gegen einen gewissen Dylan Kelly führen würde.

„Ich gebe zu, dass ich von der Auseinandersetzung gehört habe", sagte Martin und brachte sie zu der aktuellen Unterhaltung zurück.

„Martin, ich glaube nicht, dass es einen anderen Ausweg gibt. Er ist entschlossen, sein Land zu bekommen und ich bin entschlossen zu behalten, was meins ist." Grace hielt ihre Hände verzweifelt hoch.

„Dann setze ich die Papiere gern für dich auf. Es wird ein paar Tage dauern und natürlich müssen wir sie ihm und seinem Anwalt formell zukommen lassen", sagte Martin. Dann hielt er inne und sein Gesicht erhellte sich.

„Was?", fragte Grace und sah sich um.

„Mir ist gerade was eingefallen... Der Mann braucht Genehmigungen, oder? Für seine Gebäude und so?" Martin sah sie mit großen Augen an.

„Und? Ich gehe davon aus, dass er die relevanten Erlaubnisse eingeholt hat", sagte Grace achselzuckend.

„Naja, normalerweise braucht man mehr als eine Genehmigung. Es ist ein Prozess, wenn so ein Bauvorhaben vonstatten geht. Die Bauaufseher fahren hin und so weiter." Martin wedelte mit seiner Hand in der Luft. „Wenn da eine Genehmigung angefochten wird oder, sagen wir mal, ein Rechtsstreit vor das Dorfkomitee gebracht wird... Es gibt eine Versammlung des Ortsrats, wo jeder hingehen und eine Beschwerde einreichen kann."

„Na, da schau mal an. Ich hatte keine Ahnung, dass du diese Seite an dir hast, Martin. Es gefällt mir", sagte Grace hocherfreut.

„Es ist natürlich alles koscher. Ich wollte dich nur darauf aufmerksam machen, falls es nötig ist." Martin räusperte sich, aber seine Wangen erröteten leicht vor Freude.

„Und was ist, wenn die ganze Stadt zu der Versammlung geht?"

„Es kommt darauf an, wie viele Beschwerden vorgelegt werden, und dann kann es sich von einer Vorstandsabstimmung zu einer Dorfabstimmung verwandeln. Ganz ehrlich, ich glaube, dass wir seit Jahren keine Dorfversammlung mehr hatten, in der wir alle abgestimmt haben", sinnierte Martin und rollte seinen Stift zwischen seinen Fingern, als er sich zurücklehnte und darüber nachdachte.

„Das klingt, als wäre es höchste Zeit für eine neue Versammlung, meinst du nicht?" Grace lächelte ihn lieb an.

„Ja, wir mögen es total gern, wenn wir unsere Meinung zu Dingen kundtun können", stimmte Martin zu und brach in ein Lächeln aus.

„Du bist der Beste, Martin. Ein Heiliger unter Männern. Ich werde die Klatschtanten in der Stadt gleich auf diesen kleinen Leckerbissen aufmerksam machen", sagte Grace und eilte aus der Tür. Sie vergaß fast, sich von einer erfreut aussehenden Anne zu verabschieden. Ihr erster Halt wäre der Pub, beschloss Grace. Es war fast Mittag und so konnte sie das Ganze zumindest ins Rollen bringen. Es war nur ein kurzer Weg vom Anwaltsbüro und Grace tanzte fast die Straße herunter.

Bei Rosies hellem Bellen sah Grace hoch, um einen sehr wütenden Mann zu sehen, der direkt auf sie zukam. Seine langen Beine machten schnellen Fortschritt, und die Distanz zwischen ihnen wurde immer kleiner, bis er etwas zu nah vor ihr stand.

Grace weigerte sich zurückzutreten und hob ihr Kinn, bis sie in Dylans Augen sah.

„Kann ich dir helfen?", fragte Grace, amüsiert über den Frust, den sie in seinen herrlichen meeresblauen Augen sah.

„Danke der netten Nachfrage, Ms O'Brien", sagte Dylan. Er sprach sie mit Absicht mit ihrem Nachnamen an. „Da ist etwas, womit du mir helfen kannst."

„Heraus damit", sagte Grace mit den Händen auf den Hüften und einem erhobenen Kinn.

„Ich weiß nicht, was für kleine Spiele du da spielst, aber du hast keinen Grund, die Leute in der Stadt zu überreden, dass sie unsere Maschinen sabotieren", sagte Dylan und beobachtete sie genau.

„Das habe ich nicht", sagte Grace ohne Zögern.

„Du willst mir erzählen, dass du nicht verantwortlich bist dafür, dass unsere Maschinen kaputt sind?", fragt Dylan mit schmalen Augen.

„Ich sage dir, dass ich niemanden im Ort dazu ermutigt habe oder ermutigen würde, deine Maschinen zu zerstören", sagte Grace und wich der Frage geschickt aus.

„Aber du sagst nicht, dass du nicht verantwortlich bist?", fragte Dylan. Er war zu clever, um ihr das durchgehen zu lassen.

Grace sah zur Seite und merkte, dass sie wieder einmal eine Menge anzogen. Eine Gruppe Frauen auf dem Weg zum Mittagessen im Pub wartete auf dem Bürgersteig auf der anderen Straßenseite und beobachtete sie mit lebhaftem Interesse.

„Ich bin verantwortlich", sagte Grace und wusste im Herzen, dass sie ihn nicht anlügen konnte.

„Wie?", fragte Dylan.

„Du würdest es mir nicht glauben, wenn ich es dir erklärte", sagte Grace und machte einen Schritt, um an ihm vorbeizugehen. Als er ihren Arm ergriff, hielt sie inne und sah hinunter auf seine Hand, bis er sie wieder fallen ließ.

„Versuch nicht, mir zu erzählen, dass es dieser Unsinn mit dem Fluch der verwunschenen Bucht ist. Ich verstehe Mystik und Magie und all das, aber das geht ein bisschen weit", sagte Dylan. Falten erschienen auf seiner Stirn.

„Okay", sagte Grace achselzuckend und fing an wegzugehen. Sie war es gewohnt, mit Skeptikern umzugehen und hatte festgestellt, dass es einfacher war, sie in ihrem Glauben zu lassen, statt zu versuchen, ihnen die Wahrheit zu erklären oder sich zu rechtfertigen. Es war nicht ihr Job, sich selbst zu beweisen – vor irgendjemandem.

„Warte, das war es? Einfach ‚okay'?", sagte Dylan und blockierte sie wieder, als sie versuchte vorbeizugehen. Grace rollte mit ihren Augen und seufzte.

„Ja, das war es. Sonst noch irgendwas?"

„Geh mit mir zum Essen."

Es war nicht, was sie von ihm erwartet hatte und es war ganz sicher nicht, was *er* von sich erwartet hatte, angesichts seines überraschten Ausdrucks.

„Nein, danke", sagte Grace und entließ ihn aus der Verantwortung.

„Du schuldest mir etwas", sagte Dylan.

„Das tue ich nicht", sagte Grace, verärgert darüber, dass sie sich schon wieder vor einer wachsenden Menschenmenge stritten.

„Du hast zugegeben, dass du verantwortlich bist für den Schaden an meinen Maschinen. Meinerseits bin ich bereit, die Kosten und den Schadensersatz zu vergeben, wenn du mit mir zu Abend isst", sagte Dylan.

„Wie würdest du beweisen, dass ich deine Maschinen beschädigt habe?", fragte Grace mit schräggelegtem Kopf.

„Dein Eingeständnis."

Erwischt seufzte sie auf – Grace war normalerweise eine moralische Person, auch wenn sie nichts gegen ein paar hinterhältige Taktiken im Kampf hatte.

„Na gut. Komm zum Haus zum Abendessen."

„Nein. Ich sage, wann und wo. Ich melde mich."

Grace sah ihm stirnrunzelnd hinterher und fühlte sich unsicher, so, als könnte sie ihre Seefestigkeit nicht finden. Das war genau das, was der Mann wollte, erinnerte sie sich selbst und ging in den Pub, um die Neuigkeiten über die Ortsversammlung zu verbreiten. Sie befand sich schließlich immer noch im Krieg.

KAPITEL SECHSUNDZWANZIG

„Du willst, dass ich dich am Hafen treffe?", fragte Grace, hielt das Handy von sich und sah verwirrt auf den Bildschirm. Sie hatte dem Mann ihre Nummer nicht gegeben, aber irgendjemand – und sie hatte ein paar Kandidaten im Kopf – hatte es.

„Ja, um fünf Uhr bitte", sagte Dylan.

„Das ist ein bisschen früh fürs Abendessen, oder?"

„Du wirst es überleben", sagte Dylan und beendete das Gespräch. Der Mann war offensichtlich immer noch verärgert über das Chaos, das sie mit seinen Maschinen und seiner Crew veranstaltet hatte, aber Grace fühlte sich deswegen nicht schlecht.

Zugegeben, wenn es um ihre Magie ging, hielt sie sich normalerweise an die jahrhundertealte Praxis, niemandem zu schaden. Ihren Dorfnachbarn die Grippe und Ausschlag zu geben war technisch gesehen Schaden – aber sie hatte es sofort wiedergutgemacht und sie geheilt, und sogar einen extra Schuss Magie dazugegeben, um ihre Genesung zu beschleunigen. Sie war selbst zu ihnen nach Hause gegangen, um sicherzustellen, dass es ihnen wieder gut ging. Im Gegenzug und als Strafe hatte sie die Krankheiten in sich selbst aufgenommen und hatte dann als Konsequenzen Grippe und Ausschlag gleichzeitig erlitten. Sie hatte den Rest des Tages im Bett verbracht und eine schlechte Nacht gehabt, war aber ohne Anzeichen der Erkrankungen aufgewacht, wenn man von den dunklen Schatten unter ihren Augen absah. Fiona war nicht gekommen, als sie krank war, aber dafür war Grace dankbar.

Sie brauchte niemanden, der ihr ihre eigene Dummheit aufzeigte.

Sie war nicht perfekt, dachte Grace, während sie den Vormittag damit zubrachte, ein paar Rituale über einer neuen Creme auszusprechen, die sie zusammenrührte, um Koliken zu besänftigen. Eine Freundin von ihr hatte Probleme mit einem besonders anfälligen Baby und Grace fühlte sich besser, wenn sie etwas Positives für die Welt tun konnte. Um ehrlich zu sein, fühlte sie sich elend zu wissen, dass sie gestern diese Magie angewandt hatte. Und obwohl sie den Preis dafür gezahlt hatte, lag es ihr unbehaglich auf der Seele.

„Ich vermute, dass ich ab jetzt fair spielen muss, Rosie", sagte Grace zu dem Hund, der auf dem Knochen herumkaute, so glücklich wie es nur ging. Grace musste lernen, geduldiger zu sein. Wenn sie nur gewartet hätte mit ihren magischen Streichen bis nach ihrem Treffen mit Martin, hätte sie einen sehr viel intelligenteren und ethischeren Weg gehabt, Dylan mit seinen eigenen Waffen zu bekämpfen. Nachdem sie jetzt einen schlimmen Grippeanfall überstehen musste und wenig Schlaf bekommen hatte, müsste sie auch noch Abbitte leisten und sich bei dem

Mann beim Abendessen entschuldigen. Ein Essen, zu dem sie nur aus Schuldgefühl zugesagt hatte und dem sie hätte entgehen können, wenn sie nicht so viel Ärger verursacht hätte.

Zufrieden mit dem Ergebnis der Creme füllte Grace sie in ein Glas und stellte es zur Seite, um es auf dem Weg zum Abendessen bei ihrer Freundin abzugeben. Mit einem Blick auf die Uhr merkte sie, dass sie gerade genug Zeit hätte für ein kleines Nickerchen, bevor sie sich für den Abend fertig machte. Grace ging es nach der schlaflosen Nacht nicht gut und es wäre wahrscheinlich nicht ratsam, wenn sie noch reizbarer als sonst zum Essen auftauchen würde. Entschlossen nahm sie Rosie mit in ihr Zimmer und schlief schnell ein.

Sie war erfreut, dass sie nach einem traumlosen Schlaf erfrischt aufwachte und gerade genug Zeit hatte, um sich für den Abend fertig zu machen. Grace war nicht sicher, ob sie es verkraftet hätte, noch einmal von Dillon zu träumen, besonders vor dem Essen heute Abend.

Wetterfeste Kleidung, hatte der Mann gesagt.

Sie wollte nicht zu viel darüber nachdenken, beschloss Grace, da es definitiv kein Date war. Am besten war es, sie würde mit einer geschäftsmäßigen Einstellung hingehen, herausfinden, was er vorhatte und dann wieder gehen. Sie zog enge Jeans an und einen leuchtend blauen Pullover, der ihre Augen hervorhob – sie war nicht total dagegen, *einige* ihrer Tricks zu benutzen – und eine Kette, die sie über Keelin von Fiona geerbt hatte und die jetzt wieder in ihrem Besitz war. Grace hielt den Amethyst ins Licht, bewunderte den Stein und erinnerte sich an die uralte Heilerin, die ihn ihr vor Jahrhunderten in die Hand gedrückt hatte. Der Stein hatte vermutlich einen geringen Geldwert. Aber die Macht, die er hatte und die Liebe, mit der er durchtränkt war, waren unbezahlbar.

„Du musst hierbleiben, mein Schatz. Aber ich bin sicher, Fiona kommt vorbei, um dich zu besuchen", sagte Grace, steckte ein paar Leckerli in den Spielzeugknochen, den Dylan gebracht hatte und gab ihn einer erfreuten Rosie, die davon trottete, um sich mit ihrem Preis hinzulegen. Grace legte einen Schal um ihren Hals, hängte sich ihre Leinentasche über den Arm und sah an sich herunter.

„Besser geht es nicht."

Auf der Fahrt in die Stadt merkte Grace, dass sie unerklärlicherweise nervös war, was kein Gefühl war, das sie gewohnt war oder sich erlaubte zu fühlen. Sie war ihr ganzes Leben lang kopfüber in alles eingetaucht, was sie wollte, ohne einen Gedanken an irgendwelche Konsequenzen zu verschwenden. Es war immer: erst handeln, dann mit den Folgen umgehen. Aber dies? Dies fühlte sich wichtig an, als ob sie sehr leicht etwas vermasseln könnte. Versagen war nicht etwas, das Grace akzeptieren würde.

Sie fuhr mit ihrem Wagen fast an ihm vorbei, so gedankenverloren war sie. Grace ignorierte den kleinen Hüpfer in ihrem Magen, als sie ihn ansah, parkte und ausstieg.

„Gehen wir segeln?", fragte Grace leichthin mit einem Nicken zum Hafen.

„Das ist genau das, was wir machen", sagte Dylan und kam auf sie zu. Sein attraktives Gesicht war ernst. Er sah wunderbar aus, dachte Grace, in einem grauen Pullover, dunklen Jeans, die seinen Hintern fantastisch aussehen ließen, und seinen wuscheligen blonden Haaren. Er hatte sich einige Tage lang nicht rasiert und seine Bartstoppeln vervollständigten das Bild eines Mannes, der sich auf See wohlfühlte. Es kostet sie alle Kraft, nicht sehnsüchtig zu seufzen.

„Du kaufst also nicht nur Boote, du fährst sie auch?", fragte Grace und dankte ihm, als er ihren Mantel nahm und seinen Arm durch ihren schob. Da waren die Nerven wieder, dachte sie, als sie wie ein freundschaftliches Paar die Planken entlanggingen, die zu den Docks führten.

„Ich nehme an, dass du weißt, dass ich segle. Nach all deinen Recherchen über mich", sagte Dylan. Aha, dachte Grace, da war jemand immer noch sauer. Aus irgendeinem Grund erheiterte es sie zu wissen, dass sie ihm unter die Haut gegangen war.

„Man muss seine Gegner kennen. Du bist ein Geschäftsmann. Du kannst mir nicht sagen, dass du nicht erhebliche Zeit und Mühe aufwendest, um deine Konkurrenz zu recherchieren", sagte Grace und legte ihren Kopf schräg, um ihn anzusehen.

„Ich kann nicht leugnen, dass ich das tue", gab Dylan zu und Grace hielt an, zog ihren Arm aus seinem und drehte sich, um ihn anzusehen. Sie musste es aus der Welt schaffen – Gegner oder nicht – oder der Abend wäre vorbei, bevor sie sich entschuldigt hatte.

„Ich...", begann Grace und Dylan sah auf sie herunter und wartete geduldig, dass sie sprach. „Ich muss mich bei dir entschuldigen."

„Wofür genau? Die Dinge, die du über meinen Charakter gesagt hast?", fragte Dylan mit erhobener Augenbraue.

„Dafür, dass ich verantwortlich bin für einige der...eh...Probleme, die du mit deiner Crew hattest. Ich verspreche, von jetzt an werde ich dich auf gleicher Ebene treffen, wenn es zu unseren Verhandlungen kommt", sagte Grace mit erhobenem Kinn.

„Ist es das, was wir machen? Verhandeln?", fragte Dylan.

Grace nickte. „Ich würde sagen, es ist ein Kampf, aber es war das erste Wort, das mir in den Sinn kam."

„Und das ist die Entschuldigung?", fragte Dylan.

Grace nickte wieder und weigerte sich nachzugeben. Eine Frau konnte schließlich nur so viel zugeben.

„Gut. Entschuldigung akzeptiert. Jetzt schulde ich dir eine", sagte Dylan und Grace lachte fast.

„Wofür denn das?"

„Dafür, dass ich dich geküsst habe", sagte Dylan mit einem ernsten Ausdruck, als er sie ansah.

„Oh, schon gut. Das macht nichts. Du warst nicht der erste, der sich bei mir einen Kuss gestohlen hat."

Grace tat es achselzuckend ab und fühlte sich unbehaglich über die Wende in der Unterhaltung. Dylans Gesicht wurde rebellisch bei der Bemerkung, dass andere sie geküsst hatten, was Grace sich merkte, um später darüber zu reflektieren.

„Ich hätte dich nicht küssen sollen. Zumindest nicht, während wir in...Verhandlungen stehen", sagte Dylan und schob seine Hände durch seine Haare. „Es ist nicht ethisch. Dafür entschuldige ich mich."

Interessant, dachte Grace, als sie sich umdrehten, um weiterzugehen. Der Mann hatte einen Ehrenkodex, den er nicht verletzen möchte. Und doch hatte er sie geküsst – was bedeutete, dass er die Regeln manchmal brach. Der Kontrast gefiel der Piratenkönigin in ihr, weil es Zeiten gab, wenn Regelbruch die einzige Lösung war. Nicht in diesem Fall natürlich, da es für ihn keinen Grund gab, sie zu küssen. Aber sie hatte in ihrem Leben ein paar Regeln gebrochen und würde es wahrscheinlich wieder tun.

„Mietest du ein Boot oder hast du eins hier?", sagte Grace und beschloss, jede Diskussion über Küssen hinter sich zu lassen. Sie war noch nicht bereit, ihre Gefühle darüber weiter zu untersuchen. Im Moment versuchte sie, ihren Feind eng bei sich zu halten. Mit der anstehenden Dorfversammlung am Ende der Woche würden sich ihre Verhandlungen zuspitzen und Dylan wäre bald weg. Sie würde sich dann um die Folgen für ihre Emotionen kümmern.

„Weißt du das nicht schon?", fragte Dylan und hielt an, so dass er vor ihr stand und ihren Blick versperrte.

„Woher sollte ich das wissen?", fragte Grace.

„Mein Boot wurde durch irgendwelche komischen Umstände unterwegs aufgehalten und kam später an als geplant. Glücklicherweise ging es allen gut", sagte Dylan und überkreuzte seine Arme über seiner breiten Brust, als er auf sie herunterstarrte.

„Ich habe ganz ehrlich keine Ahnung, wovon du redest", sagte Grace schockiert. „Ich kann nicht behaupten, dass ich, wenn ich gewusst hätte, dass du ein Boot auf dem Weg in den Hafen hattest, nicht dem Hafenmeister etwas ins Ohr geflüstert hätte, damit er dir keinen Platz zuteilt. Aber ich verspreche dir, ich würde niemals mit einem Schiff spielen oder den Lebensunterhalt eines Seemanns gefährden. Mein Vater ist Segler. Das ist ein Code, nach dem ich lebe", sagte Grace und hielt ihre Hand aufs Herz.

„Das stimmt – Flynn ist dein Vater, oder? Ich habe ihn

schon mal kennengelernt", sagte Dylan und wechselte geschickt das Thema. „Warum benutzt du nicht seinen Nachnamen?"

„Oh...em...meine Mutter wollte es matriarchalisch haben. O'Brien kommt von ihr und Papa hatte kein Problem damit. Wir sind eine wilde Gruppe Frauen in meiner Blutlinie", sagte Grace und fragte sich, ob er den Gedankenspruch von Grace O'Brien zu Gráinne O'Malley machen würde.

„Da du ehrlich warst in Bezug auf deine Verwicklung mit den mechanischen Problemen meiner Crew, nehme ich dich beim Wort, dass du nicht versucht hast, mein Schiff zu beschädigen", sagte Dylan.

„Ich schwöre es." Grace legte ihr Hand auf seinen Arm und fühlte, dass die Muskeln hart wie Stein waren. „Ich verursache manchmal Ärger, aber ich übernehme immer die Verantwortung dafür."

„Na gut", sagte Dylan und Grace konnte spüren, wie die Wut langsam aus seinem Körper wich. „Da ist sie."

Er drehte sich und zeigte mit dem Finger, aber Dylan schaute nicht auf das Boot. Stattdessen waren seine Augen auf Grace, als sie sich umdrehte, um zu schauen.

„Die *Piratenkönigin*", flüsterte Grace und fühlte sich wie vom Schlag getroffen. Sie legte ihre Hand auf ihre Lippen und zitterte etwas, als sie merkte, dass an Dylan noch so viel war, was sie nicht verstand. Wenn er sein Boot so genannt hatte...war es möglich? Erinnerte er sich an ihre Liebe?

„Ja, die *Piratenkönigin*", sagte Dylan und beobachtete sie weiterhin, als er auf seinen Fersen wippte. „Mein erstes Boot und die Liebe meines Lebens."

„Warum…" Graces Mund war trocken geworden und sie schluckte an dem Klumpen in ihrer Kehle vorbei. „Warum hast du den Namen ausgesucht?"

„Das weiß ich nicht wirklich", gab Dylan zu. „Ich könnte sagen, dass es mir in einem Traum kam, aber ich denke, das ist zu weit hergeholt."

„Nein." Grace drehte sich zu ihm und überwältigte ihn fast mit der Kraft ihres Lächelns. „Ich würde sagen, dass das genau richtig ist."

KAPITEL SIEBENUNDZWANZIG

Die *Piratenkönigin* war schön, sinnierte Grace, als sie geübt über das Deck ging. Sie fühlte sich auf Booten und dem Wasser genauso wohl wie in ihrem Haus, spielte ersten Offizier und half Dylan, das Boot vom Steg zu lenken. Es war eine schöne kleine Schaluppe, ein perfektes erstes Boot und sie ließ sich wie ein Traum steuern. Kein Wunder, dass Dylan sie als erstes gekauft hatte. Und der Name – Grace seufzte, als sie die Reling umklammerte und über den Hafen blickte. Er erinnerte sich. Tief in ihm erinnerte er sich an sie. Wenn er es jetzt nur erkennen könnte, dachte Grace.

„Ich habe gedacht, wir machen einen Sonnenuntergangstörn und dann ankern wir fürs Abendessen", sagte Dylan, als sie herumging und neben ihm stand, während er das Schiff steuerte. Er legte das Boot so in einem Winkel, dass es eine schöne Brise erhaschte, und sie glitten in einem leichten Tempo dahin, während das dämmernde Licht die Szene beleuchtete.

„Das klingt gut", sagte Grace. Sie saß auf einer niedrigen Bank entlang der Reling und schloss ihre Augen für einen Moment, um das sanfte Schaukeln des Boots zu genießen. Es beruhigte das Chaos ihrer Emotionen. Verwirrung, Lust, Ängstlichkeit, Wut...sie kämpften miteinander in ihrem Magen wie eine Grube voller Schlangen.

„Durch Flynn als Vater bist du sicher gerne auf dem Wasser?", fragte Dylan. Grace öffnete ihre Augen und sah, dass er sie beobachtete. Er sah so gut aus am Ruder, die Ärmel seines Pullovers waren hochgeschoben und zeigten muskulöse Vorderarme, während der Wind mit seinem Haar spielte.

„Ich liebe es, auf dem Wasser zu sein, im Wasser, in der Nähe des Wassers, die Wellen nachts zu hören...es ruft mich. Es ist beruhigend, weißt du? Für meine Seele", sagte Grace und lächelte ihn an. „Meine Cousine Fi sehnt sich nach der Energie einer Großstadt – egal welche Stadt – und ist losgezogen, um ein Jahr lang die Welt zu erkunden, oder wer weiß wie lange. Sie liebt das Treiben und das Gewirr, die neuen Restaurants, den neuesten Trend, neue Bands finden – alles. Aber ich? Eine Woche ohne das Meer und ich fange an, verrückt zu werden."

„Das kann ich nachempfinden", sagte Dylan und nickte ihr zu. „Ich habe schon immer einen Drang zum Wasser gehabt. Ich sehe gern neue Horizonte und frage mich, was mich dort erwartet. Aber ich kann auch genauso gut an einem Platz bleiben, solange es nahe der See ist. Das Meer wird für mich nie alt. Es ist genauso interessant und launisch wie jede Stadt, die ich kennengelernt habe."

„Das ist es", sagte Grace, entzückt über das Bild. „Ich liebe es zuzusehen, wie das Licht über die Oberfläche spielt und jede neue Farbe aufleuchten lässt. In der Mitte einer Böe ist es sogar noch atemberaubender. Ich gebe zu, dass ich meine Öljacke anziehe und mitten in einem Sturm am Kliff stehe, nur um zu sehen, wie aufgewühlt es ist. Ich liebe es, wenn das Meer Temperament hat."

„Das ist vielleicht nicht die schlaueste Idee", sagte Dylan und lächelte sie an.

„Ich habe nicht gesagt, dass es schlau ist. Aber Leidenschaft führt mich dazu, ungeplant zu handeln. Ich neige dazu, erst loszustürzen und hinterher über die Konsequenzen nachzudenken", gab Grace zu.

„Das ist nicht gerade eine sichere Art zu leben."

„Nein, das ist es nicht. Aber es ist definitiv aufregend."

„Wir verlieren bald das Licht. Ich mache uns mal zum Ankern bereit", sagte Dylan, als er merkte, dass sich der Himmel verdunkelte. „Unten steht ein Picknickkorb. Würde es dir was ausmachen, ihn zu holen?"

Grace machte es etwas aus, weil sie es liebte zu helfen, wenn ein Boot den Kurs wechselte, aber ihre Neugier gewann. Allein hätte sie die Chance, ein bisschen herumzuschnüffeln.

Die Kombüse war aufgeräumt, wie Grace es erwartet hatte. Ein kurzer Blick in die Räume zeigte ordentlich gemachte Betten, ein sauberes Badezimmer und einen Stauraum. Nichts sah sehr persönlich aus und sie fragte sich kurz, ob er es an Kunden vermietete. Sie ging zurück in die Kombüse und fand den Picknickkorb auf der schmalen Arbeitsfläche.

„Im Kühlschrank steht Champagner, wenn du welchen möchtest", rief Dylan nach unten und Grace drehte sich und sah einen Sektkübel, in dem nur noch das Eis fehlte.

Sie fand die Gläser im Schrank und dann schüttete sie Eis aus der Truhe in den Kühler mit der Flasche. Sie stellte fest, dass sie zweimal nach oben gehen müsste, und als sie sich drehte, um hochzuklettern, landete ihr Blick auf der Wand direkt hinter ihr.

Eine Leinwand – es sah aus wie ein Ölgemälde – hing über dem kleinen Tisch und den Stühlen. Grace hatte nicht gewusst, wie sie es vorher übersehen konnte, aber ihr stiegen sofort Tränen in ihre Augen. Ihr Blick verschwamm für einen Moment, bevor sie sie hastig wegwischte.

Es war ein wunderschönes Bild ihres Hauses. Das kleine Steinhaus, in dem sie sich verstohlen stundenlang geliebt hatten, wo sie ihre Leidenschaften geteilt hatten und wo Dillon sein Leben verloren hatte. Es war während eines Sturms gemalt worden; Wellen schlugen ans Ufer, während ein einziger leuchtender Lichtstrahl wie eine Segnung durch die dunklen Wolken schien, um das Haus zu erleuchten. Es juckte ihr in den Fingern, das Bild anzufassen und mit ihren Händen über jeden Pinselstrich zu gehen, zu spüren was der Maler gefühlt hatte, als er es malte. War das Haus noch da? Hatte es jemand gefunden und gemalt?

„Ist alles okay?" Dylan steckte seinen Kopf von oben herein.

„Ja, tut mir leid, ich habe nur gerade das Gemälde bewundert. Es ist wirklich schön", sagte Grace und zwang sich, ihren Blick wegzureißen von dem glücklichsten Ort, den sie je gekannt hatte.

„Danke. Ich male nicht viel, aber versuche es, wenn

mich die Laune überkommt", sagte Dylan und hielt eine Hand herunter. „Gib mir den Korb, bitte."

Fast gelähmt trat Grace zum Küchentisch und hob den Korb hoch. Sie reichte ihn zu ihm hoch, während ihre Gedanken rasten. *Er* hatte das Häuschen gemalt? Wie hatte er es gewusst? Das war nicht, wie es ablaufen sollte. Irgendwie hatte sie sich vorgestellt, dass, wenn sie Dillon je wiedersah, es wie einer der Romane von Nicholas Sparks wäre, wo die Charaktere aufeinander zu rennen und sich im Regen küssen, während sie ihre unsterbliche Liebe füreinander erklären oder so. Stattdessen hatte sie die unbehagliche Entscheidung zu treffen, ob sie diesem Mann sagen sollte, dass er ihr Liebhaber aus einer anderen Zeit war.

Ihr habt euch im Regen geküsst, erinnerte sie ihr Unterbewusstsein.

Graces Herz machte wieder einen kleinen Purzelbaum, als sie mit dem Flaschenkühler hochkletterte und sah, dass Dylan eine karierte Decke auf dem Deck ausgerollt und darauf ein paar Sitzkissen verteilt hatte. Er war beschäftigt damit, den Korb auszupacken und das Essen anzurichten, so dass sie einen Moment Zeit hatte, ihre Emotionen zu beruhigen, bevor er sie sah.

„Ich hoffe, es macht dir nichts aus, auf dem Deck zu sitzen. Es ist einfacher so", sagte Dylan mit einem Lächeln.

„Nein, das ist schon okay. Dann ist die Gefahr geringer, dass Dinge vom Tisch rollen", sagte Grace und Dylan nickte zustimmend.

„Ich habe verschiedene Speisen wie eine Art Tapas zusammengestellt, da ich nicht ganz sicher war, was du isst. Einfach ein bisschen von allem", sagte Dylan mit den Händen auf seinen Hüften, als er seine Auswahl betrachtete. Eine sehr großzügige Auswahl, dachte Grace und blickte über die Auslage vor ihr. Ein Käsesortiment türmte sich auf einem Teller, mehrere Obstsorten auf einem anderen. Da waren Berge von Nüssen, verschiedene Brote, etwas dünn geschnittenes Fleisch, Kekse, Scones und sogar ein paar kleine Gläser mit Gelee und Marmelade.

„Ich glaube, du hast alles abgedeckt", lachte Grace und setzte sich auf ein Kissen. Sie steckte ihre Füße unter sich und stellte den Champagnerkühler auf die Decke. Dylan übernahm sofort die Aufgabe, die Flasche mit einem lauten Knall zu öffnen und goss ihr ein Glas der perlenden Flüssigkeit ein. Endlich zufrieden damit, wie alles angerichtet war, setzte er sich hin. Grace fragte sich, ob er bei seinen geschäftlichen Projekten auch so war – dass er sicherstellte, dass alles genau richtig war, bevor er endlich entspannen konnte.

„Sláinte", sagte Dylan und stieß mit seinem Glas an ihres, bevor er einen großen Schluck nahm.

„Das ist nett gemacht", sagte Grace, immer bereit, die Mühen eines anderen zu schätzen.

„Danke. Ich war nicht sicher, ob du kommen würdest", gab Dylan zu.

„Ich war nicht sicher, warum du mich gefragt hast. Du schienst über dich selbst überrascht", sagte Grace, ergriff einen kleinen Teller und legte etwas Käse darauf.

„Das war ich. Wie ich bereits erwähnte, bringe ich nicht gern alles durcheinander, indem ich Geschäftliches und Persönliches vermische."

„Und ist das hier geschäftlich oder persönlich?", fragte

Grace und hielt für einen Moment ihren Atem an, als sie auf die Antwort wartete.

Die Kanten seines Gesichts wurden im Licht der Laternen, die er angezündet hatte, etwas härter und sie beobachtete, wie widersprüchliche Emotionen über sein Gesicht gingen. Oh, der Mann war stur, dachte sie. Kein Wunder, dass er sich nicht an sie erinnerte – er weigerte sich wahrscheinlich.

„Ich weiß nicht", gab Dylan endlich zu, offensichtlich nicht froh über seine Antwort.

„Na gut", sagte Grace und schob ein Stückchen Käse in ihren Mund. Sie wollte unbedingt etwas mehr über diesen Mann lernen – zumindest den Mann im hier und jetzt – daher wechselte sie das Thema. „Erzähl mir, was dich zum Wasser gebracht hat. Warum Schifffahrt und Segeln?"

„Wie ich bereits sagte, mich hat das Wasser schon immer angezogen", sagte Dylan und überkreuzte seine Arme über seinen Beinen, als er sich nach vorn lehnte, um etwas vom Obst zu probieren. „Aber nachdem ich gelernt habe, wie hart das Leben eines Fischers ist, habe ich entschieden, dass es eine andere Möglichkeit geben muss, um sich auf dem Wasser den Lebensunterhalt zu verdienen. Es war Zufall, oder vielleicht einfach Glück, dass ich während meines Studiums meinen Mentor traf."

Grace zuckte leicht zusammen, als sie an die bösen Dinge dachte, die sie über seinen Förderer gesagt hatte, aber Dylan war so anständig, es nicht zu erwähnen.

„Also er hat dir das Geschäft mit Booten beigebracht", sagte Grace und ermunterte ihn weiterzureden.

„Das hat er. Er hat etwas in mir gesehen, hat er gesagt.

Er hatte alles gemacht – Angelfahrten, Ausflüge und so weiter. Später im Leben hat er eine Frau getroffen, die sein Geschäft auf Vordermann gebracht hat. Das war etwas, was er mir immer beibringen wollte, dass die richtige Frau mein Leben und mein Geschäft nur verbessern würde", sagte Dylan und lächelte, als er an seinen Mentor dachte.

„Es sieht aus, als hättest du einige ausprobiert", sagte Grace und biss sich dann auf ihre Lippe. Sie konnte ihre scharfen Bemerkungen noch nie so ganz für sich behalten.

„Das war nur Recherche, damit ich es weiß, wenn ich die Richtige finde", sagte Dylan so leichthin, dass Grace hin und her gerissen war zwischen Lachen und ihm eine überzuziehen. Am Ende grinste sie.

„Du bist komisch", grummelte sie.

„Was ist mit dir? Ich kann mir kaum vorstellen, dass du nicht eine Spur von gebrochenen Herzen hinter dir gelassen hast. Und doch bist du immer noch allein. Warum? Ist es, weil du hier aufgewachsen bist? Wie war das?", fragte Dylan. Er bombardierte sie mit Fragen und lenkte das Gespräch geschickt von ihm ab.

„Ich habe mein Bestes getan, keine Herzen zu brechen", sagte Grace und fügte stumm hinzu: *weil dich zu verlieren meins vor vielen Jahrhunderten gebrochen hat.* „Hier aufzuwachsen war perfekt. Wie könnte es das nicht sein? Ich hatte die Freiheit, in den Hügeln zu stromern; ich hatte überall Familie, bei denen ich sein konnte, mit denen ich spielen und von denen ich lernen konnte. Meine Mutter und Urgroßmutter haben mir die Kunst des Heilens beigebracht. Ich habe gelernt, schöne und wertvolle Produkte zu kreieren, die den Menschen helfen. Mein Vater mit mich gelehrt, ein Geschäft zu führen und zu vermarkten. Ich konnte reisen, wenn ich wollte, aber egal was, ich komme immer wieder hierher zurück. Dieses Dorf, diese Hügel, diese Gewässer – es ist mein Herz."

„Erzähl mir mehr über dein Geschäft", sagte Dylan und bewegte sich unbehaglich. Sie konnte seine unausgesprochenen Gedanken von einem Kilometer weit weg lesen. Er versuchte gerade, ihr all das wegzunehmen.

„Es ist eine Serie von komplett natürlichen Gesundheitsprodukten und ein paar Schönheitsprodukten", sagte Grace und ließ den Aspekt der persönlichen Heilungen, die sie in der Stadt vollzog, absichtlich weg. Der Mann lebte und atmete Geschäft, also sprach sie mit ihm über das, was er verstand. „Ich bin kurz davor, in verschiedenen Läden in New York diesen Sommer meine Produkte einzuführen. Ich hatte bisher tolle Reaktionen und freue mich darauf, meine Marke zu vergrößern. Ich müsste jemanden anstellen, wenn ich expandiere, aber im Moment bekomme ich das allein hin."

„Das ist wundervoll. Glückwunsch", sagte Dylan und lächelte sie an.

„Danke! Es fühlt sich gut an, wie du sicher weißt, etwas Eigenes aufzubauen", sagte Grace. „Du hast auch einiges erschaffen."

„Das habe ich. Ich glaube nicht, dass ich vorhatte, so viel aufzubauen wie ich habe, aber ich mag eine Herausforderung. Obwohl ich inzwischen etwas langsamer vorgehe, wenn ich ehrlich bin", sagte Dylan achselzuckend.

„Wirst du älter?", witzelte Grace, trank ihren Champagner aus und lächelte dankend, als er ihr Glas noch einmal füllte.

„Unzufriedenheit, vermute ich", sagte Dylan und zuckte mit einer Schulter.

„Es muss einsam sein ganz oben", sagte Grace.

„Mir geht es mehr oder weniger gut. Ich habe gute Freunde und ich liebe meine Familie", sagte Dylan. Er sah sie im schummrigen Licht an.

„Das klingt nach einem guten Leben", sagte Grace und wand sich etwas unter seinem Blick.

„Das ist es. Ich kann mich nicht beschweren", gab Dylan zu.

„Und doch..."

„Und doch bin ich hier", sagte Dylan und leerte sein Glas.

„Warum bist du hierhergekommen, Dylan?", fragte Grace und ließ den Frust, den sie innerlich fühlte, an die Oberfläche steigen. „Es gibt doch bestimmt jede Menge anderer Spielplätze, wo du dich austoben kannst, wenn dir langweilig ist. Warum hier?"

„Um eine Hinterlassenschaft zu bauen", sagte Dylan. Sein Gesicht verschloss sich wieder.

„Warum musst du das auf meinem Land machen?", fragte Grace. Sie wollte unbedingt, dass er zustimmte, ihr Land und ihr Haus in Ruhe zu lassen.

„Beantworte mir dies, Grace", sagte Dylan mit kühler Stimme. „Bist du wütend auf mich, weil ich eine Gelegenheit sehe und sie ergreife, oder bist du nicht eigentlich wütend auf dich selbst, weil du dich nicht besser um dein Land und deinen Besitz gekümmert hast? Weil du nicht geprüft hast, ob die Pacht erneuert wurde?"

Graces Kinnlade fiel nach unten. Wäre dies ein anderes Jahrhundert, hätte sie ein Messer an der Kehle jeden

Mannes, der sie so herausforderte. Hier in dieser Zeit und an diesem Platz konnte sie ihn nur anfauchen.

„Wie kannst du es wagen? Ich bin hier das Opfer. Ihr großen Unternehmertypen denkt immer, die kleinen Leute sind eure Beute", sagte Grace.

„Wohl kaum", lachte Dylan. „Ich habe alle Regeln beachtet und habe angemessene Sorgfalt angewandt. Da gab es keine Bestechungen oder fragwürdige Verhandlungen. Es ist an dir, dein Land zu beschützen."

„Keine Angst, Dylan Kelly, ich plane, mein Land vor dir zu beschützen, koste es, was es wolle", zischte Grace. Sie war wütend über sich selbst, dass sie zu diesem Essen mit ihm gekommen war – und sich selbst zu erlauben, ihn sogar ein bisschen zu mögen.

„Planst du immer noch, mich zu verklagen?"

„Planen?", spottete Grace mit Kampflust in ihren Augen. „Ich tue es."

„Dann, zum Teufel, scheiß drauf", sagte Dylan und warf sein Glas zur Seite. In einem Augenblick ware seine Lippen auf ihren. Es überraschte Grace so komplett, dass sie für eine Moment erstarrte, bevor sie einatmete, um ihn anzuschreien.

Und wurde überwältigt von einer Welle aus Lust und Liebe, die durch sie rollte.

Grace weigerte sich, vor ihm zurückzuschrecken und begegnete seiner Glut mit ihrer eigenen. Sie schob ihre Hände durch seine Haare und krümmte ihren Rücken nach hinten, als er den Kuss abbrach und seine Lippen an ihrem Hals herunterlaufen ließ, um an der zarten Haut ihrer Kehle zu knabbern. Hitze lief über ihre Haut und Grace wünschte sich verzweifelt, dass sie ihren Pullover ausziehen könnte, um ihre Haut dem Nachthimmel zu entblößen und ihn jeden Zentimeter ihres Körpers küssen zu lassen. Bevor sie weiterdenken konnte, waren seine Lippen wieder auf ihren, diesmal mit einem langsamen Kuss, der sich vertiefte, so dass er sanft an ihren Lippen knabbern und ihren Körper an seinen drücken konnte.

Grace fühlte sich sofort beschützt – geschätzt sogar – weil er sie küsste, als ob sie das wertvollste Ding der Welt für ihn wäre. Seine Hände strichen über ihren Körper und besänftigten sie, aber er nahm sich keine Freiheiten heraus. Nein, dachte Grace, er würde einen Kuss stehlen, aber er würde nicht weitergehen ohne ihre Erlaubnis. Dafür mochte sie ihn noch mehr, auch wenn sie ihn hassen wollte – und wenn sie vorgeben wollte, dass er jemand anders wäre. Aber unter all dem schlug das Herz eines Mannes, der sie über alle Zeiten liebte. Wenn er es nur realisieren würde.

Grace zog sich sanft zurück und legte ihre Hand auf seine Wange, damit er sie ansah.

„Warum hast du das Bild gemalt?", fragte Grace und überraschte ihn.

„In der Kombüse?"

„Ja", sagte Grace. Sie blieb, wo sie war, eingeschmiegt in seine Arme, ihr Herz hoffnungsvoll.

„Aus einer Laune heraus, denke ich. Das Bild hat monatelang in meinem Kopf gesteckt. Ich habe fast das Gefühl, als ob ich schon mal da gewesen wäre, aber ich habe keine Erinnerung daran von meinen Reisen", sagte Dylan.

Grace nickte. Traurigkeit durchlief sie und sie senkte ihren Blick und brach den Augenkontakt.

„Vielleicht warst du in einem anderen Leben dort", sagte Grace leise.

Dylan lachte und schüttelte seinen Kopf. Er liebkoste ihren Hals, um sie noch einmal zu küssen.

„Das bezweifle ich. Aber vielleicht...wer weiß. Vielleicht habe ich in einem vergangenen Leben dort gewohnt", sagte Dylan und lenkte Grace ab, während er an ihrem Ohr knabberte.

„Wie hast du dich gefühlt, als du es gemalt hast?", fragte Grace. Sie hielt ihren Atem an und versuchte, die Gefühle zu ignorieren, die Dylans Küsse tief in ihrem Bauch aufrührten.

„Als wäre es der beste und schlimmste Platz überhaupt", sagte Dylan, hielt inne und sah zum Himmel hoch, als er versuchte, die Worte zu finden. „Ich weiß, dass das komisch klingt. Aber das ist der Grund, warum da ein Sturm ist und Sonnenschein. Glück und Schmerz, vermute ich. Eine Erinnerung daran, wie schnell sich Dinge ändern können."

Was die Interpretation eines vergangenen Lebens anbelangte, war es haargenau getroffen, sinnierte Grace. Er hatte die Freude und Liebe, die sie dort erlebt hatten, eingefangen, genau wie den Schmerz und das Unglück des Todes und Verlusts. Selbst wenn Dylan sich weigerte, seinen Geist zu öffnen, um es zu sehen, seine Seele wusste es.

Er war noch nicht so weit, dachte Grace und entfernte sich sanft aus seinen Armen. Sie stand langsam auf und sah auf ihn hinunter.

„Ich würde jetzt gern nach Hause gehen", sagte Grace mit Traurigkeit in ihrer Stimme.

„Grace...ich –", begann Dylan. Sein attraktives Gesicht war eine Mischung aus Lust und Elend.

„Nein...Dylan, es geht einfach nicht. Es ist ein riesiges Durcheinander. Ich sollte nicht hier mit dir sein. Ich weiß nicht, wie wir einen Ausweg finden. Wir sind beide stur, wir wollen unseren Willen bekommen und keiner von uns wird nachgeben. Die Hitze des Moments ändert nichts daran, was in unseren Leben passiert. Es wäre am besten, wenn du mich jetzt nach Hause bringst", sagte Grace und rieb sich mit den Händen über ihre Arme, um sich selbst zu trösten.

„Ich will aber nicht. Ich will Zeit mit dir verbringen", sagte Dylan und stand auf, damit er ihr in die Augen sehen konnte. „Ich denke die ganze Zeit an dich."

„Und ich denke auch an dich", gab Grace zu und ließ sich von ihm in eine Umarmung ziehen. „Aber solange du dein Projekt nicht aufgibst und das Land mir und meiner Familie zurückgibst, kann das nie sein."

Sie sprachen nicht auf dem Weg zurück. Dylan ging mit ihr zu ihrem Auto und hielt die Tür, als sie sich anschnallte.

„Ich möchte dich wiedersehen. Egal, was mit unserer geschäftlichen Situation passiert", sagte Dylan mit einem sturen Gesichtsausdruck.

„Siehst du, du kannst die beiden trennen – aber ich nicht. Mein Geschäft *ist* persönlich", sagte Grace leise. Dann ließ sie den Motor an und fuhr in die Nacht.

KAPITEL ACHTUNDZWANZIG

Grace sah Dylan in den Tagen vor der Dorfversammlung nicht wieder. Sie machte sich auch nicht die Mühe, ihn zu kontaktieren. Zumindest war er entweder nett oder schlau genug, sich von ihrem Land und von der Bucht fernzuhalten. Grace dachte, dass sie beide etwas Abstand brauchten. Es war offensichtlich, dass sie sich voneinander angezogen fühlten, aber nur einer von ihnen wusste wirklich warum.

„Obwohl der Idiot das auch wüsste, wenn er nur seine Mauern herunterlassen würde", grummelte Grace. Zum tausendsten Mal schwankte sie zwischen niemals wieder so heftig zu lieben und zu wollen, dass er sie liebte. Es war zum Verrücktwerden und sie vermutete, dass selbst Rosie die Nase davon voll hatte, dass sie im Haus Trübsal blies.

Martin hatte gerade an dem Morgen angerufen, um sicherzugehen, dass sie wollte, dass er die Klage einreichte. Als Grace merkte, dass sie etwas zögerte, hielt sie inne.

„Weißt du was, Martin? Ja, das will ich definitiv", hatte Grace fest entschlossen gesagt. Es war Zeit, dass sie sich daran erinnerte, wer und was sie war – eine wilde und furchtlose Frau, die für das kämpfte, was richtig war. Da gab es kein Entkommen; was Dylan hier machen wollte, war falsch. Es war Zeit für Grace, ihre innere Piratenkönigin herauszulassen.

„Dann werde ich sie einreichen. Sein Anwalt wird morgen davon in Kenntnis gesetzt", sagte Martin. „Ich gehe davon aus, dass ich dich bei der Versammlung sehe?"

„Das wirst du. Es wird interessant werden", sagte Grace mit grimmiger Stimme.

In Vorbereitung darauf kleidete Grace sich mit Sorgfalt. Sie wollte vor dem Dorf Macht und Selbstvertrauen ausstrahlen. Sie wählte einen cremefarbenen Bleistiftrock aus Wolle, der bis kurz unter ihre Knie ging, einen engen tiefroten Pullover mit einem Spitzenkragen und neutrale Pumps. Sie drehte sich vor dem Spiegel. Es sah ein bisschen zu...sexy aus, dachte sie, und band die Masse ihrer Haare in einen tiefsitzenden Knoten, den sie im Nacken feststeckte. Für extra Energie legte sie sich ihre Amethystkette um und fühlte, wie sie auf ihrer Haut pulsierte und ihr Liebe und Energie gab.

„Rosie, komm", befahl Grace und Rosie rannte voller Hoffnung zu ihr mit dem Spielknochen in ihrem Mund. „Nein, du kommst mit mir mit."

Grace machte Rosies ausgefallenes Halsband fest – es war rot und blau kariert mit einer riesigen Schleife – und lächelte, als Rosie durch den Raum stolzierte. Wenn Rosie das extravagante Halsband trug, wusste sie irgendwie, dass

sah. Frauen waren Frauen, egal welche
Grace und sah auf die Uhr.

sie, es ist Zeit für die Schlacht.“

KAPITEL NEUNUNDZWANZIG

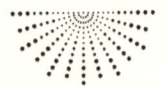

Dylan saß am Esstisch seines gemieteten Hauses. Broschüren, Akten und Pläne waren auf der ganzen Fläche ausgebreitet. Er hatte die letzten zehn Minuten damit zugebracht, hin und herzugehen, und jedesmal, wenn er zurückkam, schaute er dahin, wo sein Traum lag.

Die letzten paar Tage waren zermürbend gewesen für Dylan. Bei dem unüberwindbaren Schuldgefühl dafür, dass er Grace erneut geküsst hatte, während er immer noch sein Leidenschaftsprojekt durchführen wollte, war er öfter am Whiskeyschrank gewesen, als er zugeben würde.

Sie ging ihm einfach nicht aus dem Kopf.

Immer und immer wieder spielte er nach, wie sich ihre Lippen an seinen angefühlt hatten. Ihr Geschmack, die ganze Essenz von ihr schien ihn mit Licht und Liebe zu erfüllen. Es war, als hätte sie einen Schalter in ihm umgelegt und er war von Taubheit dazu übergangen, alle Emotionen auf einmal zu fühlen. Mehr als einmal hatte er sich gefragt, ob sie irgendeine Art Magie an ihm benutzt hatte. Zögerlich, diese Möglichkeit zu sehr zu erforschen, hatte Dylan es einfach guter alter Besessenheit zugeschrieben. Es war, weil er so lange nicht mehr mit einer Frau zusammen gewesen war, versuchte er sich selbst einzureden.

Seine Träume waren zunehmend chaotisch, und er wachte schweißgebadet auf und erinnerte sich nur an kurze Augenblicke. Ein Strand. Das Haus in seinem Gemälde. Grace, die ihn lachend mit ihrem Körper bedeckte.

Dylan ballte seine Fäuste, als er auf die Papiere heruntersah, die vor ihm lagen. Das Kultur- und Gemeinschaftszentrum von Grace's Cove. Seine Leute hatten gute Arbeit geleistet und ein schönes kleines Logo entworfen mit einem Kind auf einem Segelboot. Alles, was er wollte, war, mit seinem Bau der Dorfgemeinschaft etwas zurückzugeben – und das Land und der Zugang zum Wasser der Bucht schienen damals der perfekte Platz zu sein. Dylan schob seine Hand durch sein Haar und schloss seine Augen. Er stellte sich die Vision vor, an der er monatelang gearbeitet hatte.

Es sollte ein Gemeinschaftszentrum für alle werden. Er wollte alles anbieten, von Segeln zu Geschäftsstudien, und alles umsonst für jung und alt. Es wäre ein Platz ohne Barrieren und die Leute könnten die ersten Schritte machen, um ein Gewerbe zu erlernen oder ein neues Hobby anzufangen – es könnte vielleicht sogar ein Treffpunkt für Rentner werden. Es vereinte all seine Lieben auf einmal – das Meer, neue Dinge erlernen, und das Geschenk des Mentorings an andere weitergeben. Jetzt war Dylan nicht sicher, was er bereit war zu opfern, um etwas zu bekommen, das er so dringend wollte. Aber er war jemand, den man fast unmöglich bewegen konnte, wenn er sich festgebissen hatte. Er war sicher, dass er im Recht war – das war schließlich wichtig – aber als die Zeit verstrich, wurde es immer schwieriger für ihn zu sehen, worüber er im Recht war.

„Unsere Leute haben brillante Arbeit geleistet", sagte Liam, der neben Dylan stand und auf die Entwürfe schaute. Er hatte seinen Chef fünfzehn Minuten lang beobachtet, wie er wortlos auf und ab gegangen war und beschloss, dass es Zeit war, sich einzumischen.

„Ja", sagte Dylan und ergriff seinen Kaffee.

„Ich glaube wirklich nicht, dass alles verloren ist. Selbst wenn Grace dich verklagt. Lass mich dich etwas fragen – warum muss es an der Bucht sein? Können wir einen besseren Platz dafür finden?", fragte Liam, da er wusste, dass er mit seinem Freund offen reden konnte. „Vielleicht gehst du einen kleinen Kompromiss ein? Dann ist es ein Gewinn für alle."

„Ich weiß nicht, Liam. Ich weiß es wirklich nicht. Ich weiß nicht, ob es ist, weil ich stur bin und mich weigere nachzugeben, aber da ist etwas, warum ich dieses Stück Land haben will. Ich weiß, ich kann schwierig sein oder manchmal nicht gern klein beigeben, aber normalerweise kann ich es wenigstens begründen. Wäre es nicht tausendmal einfacher für mich, den Ort zu wechseln und der Held der Stadt zu werden, weil es Grace glücklich macht und gleichzeitig etwas Gutes für die Gemeinschaft ist? Natürlich. Also warum tue ich es dann nicht?", sagte Dylan und drehte sich, um seinen ältesten Freund anzusehen.

„Vielleicht hast du Sorge, wenn eine gewisse blauäugige Schönheit ihren Willen bekommt, dass du dann keinen Grund mehr hast, mit ihr zu zanken?", fragte Liam.

„Aber das wäre doch etwas Positives, oder? Dann könnten wir uns einfach mit dieser beidseitigen Anziehungskraft beschäftigen", sagte Dylan, trank seinen kalt gewordenen Kaffee und ging durch ein paar der Papiere auf dem Tisch.

„Du bist sicher, dass es beidseitig ist?", fragte Liam, dann hielt er seine Hände hoch and lachte, als Dylan ihn pikiert ansah. „Hey, ich verstehe, dass Frauen dich unwiderstehlich finden. Ich meine ja nur, dass es vielleicht etwas nervt, dass sie dich abgewiesen hat."

„Oh, bitte, nicht alle Frauen finden mich attraktiv. Nichtsdestotrotz bin ich in der Lage zu sehen, ob eine Frau interessiert ist und Grace reagiert definitiv auf mich. Bis zu einem gewissen Punkt. Dann ist es, als würde sie die Tür zu machen, abschließen und verschwinden. Und ich kann sie nicht erreichen", sagte Dylan.

„Ich kann nicht behaupten, dass ich ihr das übelnehme. Du hast sie in eine schwierige Position versetzt. Sie ist von dir angezogen, aber du bist derjenige, der versucht, ihr das Land wegzunehmen. Mit meinem tiefen Verständnis für die menschliche Natur" – Liam lächelte frech – „hast du ihr wirklich keinen Ausweg gelassen. Du hast sie in die Ecke gedrängt, aber statt zu kapitulieren, wie du es erwartet hast, bekämpft sie dich bei jeder Gelegenheit und hat deine persönlichen Annäherungsversuche höflich abgelehnt. Insgesamt passt sie zu dir wie die Faust aufs Auge."

„Warte...was? Sie ist nicht...es ist nicht...", sagte Dylan und rollte mit den Augen. Der Mann wollte Romantik finden, wo immer er hinsah.

„Ich weiß, was ich sehe, oder? Ich finde sie gut für dich. Jetzt müssen wir los. Es wäre nicht gut, verspätet zur Dorfversammlung zu kommen, wenn sie kurz davor sind, dich zu köpfen. Oh, das wird lustig", sagte Liam.

Dylan schüttelte nur seinen Kopf über ihn als er die Papiere aufrollte und in eine Hülle schob. „Warum bin ich nochmal mit dir befreundet?"

„Weil ich dir helfe, deinen Kopf aus deinem Arsch zu holen", sagte Liam und lachte über Dylans Blick. „Hast du Grace über ihre Magie befragt?"

„Das habe ich nicht", sagte Dylan scharf. Er wollte nicht zu viel darüber nachdenken.

„Was ist mit der Bucht?", sagte Liam und lenkte von dem Thema ab.

„Darüber habe ich sie auch nicht befragt. Aber meine Nachforschungen und Gespräche mit anderen Einheimischen ergaben alle die gleiche Geschichte – geh da nicht hin, es sind verwunschene oder verfluchte Gewässer", sagte Dylan, steckte die Papiere in einen Rucksack und warf eine Jacke über seine Schultern.

„Ich habe eine interessante Kleinigkeit von der netten Künstlerin in der Galerie unten in der Straße erfahren. Ich habe zwei ihrer Bilder gekauft – ich konnte nicht widerstehen", sagte Liam, als sie das Haus verließen und zum Wagen gingen.

„Aislinn? Graces Tante?"

„Ja, das ist sie. Eine außergewöhnliche Künstlerin", sagte Liam und stieg in das Auto.

„Was hast du herausgefunden?"

„Es scheint, dass es viele alte Geschichten gibt in Verbindung mit der angeblichen Verwünschung der Bucht.

Tatsächlich möchte ich jetzt zu gern nochmal unvoreinge-
nommen dorthin. Sie glauben, dass es die letzte Ruhestätte
von Grace O'Malley ist. Daher der Name Grace's Cove",
sagte Liam.

„Grace O'Malley?", fragte Dylan und erinnerte sich
vage an ein paar Dinge über sie aus seinem Geschichtsun-
terricht.

„Ja, genau. Die berüchtigte Piratenkönigin."

KAPITEL DREISSIG

E s war wie im Irrenhaus.
Grace hatte viele Teilnehmer erwartet, aber nicht, dass das ganze Dorf schon im erst vor ein paar Jahren erbauten Rathaus saß und darauf wartete, dass etwas passierte. Es gab nur noch Stehplätze und einige Leute standen auf der Straße. Stimmen erhoben sich, um sie und Rosie zu begrüßen, als sie den Bürgersteig entlangkamen.

„Cait hat dir vorn einen Platz freigehalten", sagte Casey, umarmte sie kurz und scheuchte sie hinein.

„Ich kann nicht glauben, dass alle schon hier sind. Die Versammlung fängt erst in einer Weile an", sagte Grace.

„Die ganze Stadt redet davon. Niemand will es verpassen", sagte Casey und nannte alle Betriebe, die für den Tag geschlossen hatten. Wahrscheinlich wanderten ein paar arme Touristen durch die Straßen und fragten sich, ob heute ein Feiertag war, von dem sie nicht wussten.

„Gracie!" Grace drehte sich um und brach fast in Tränen aus, so schockiert war sie, ihre Großeltern zu sehen, wie sie mit einem sorgenvollen Gesichtsausdruck den Bürgersteig hochkamen.

„Oma, Opa!" Grace wurde von Margaret und Sean in eine unbeholfene Umarmung gezogen. Sie lebten in Dublin, wo sie ein Unternehmen für Bootstouren und Angelcharter führten und waren bis vor kurzem in Urlaub gewesen – noch dazu in Island. Grace hatte nicht erwartet, vor nächster Woche von ihnen zu hören.

„Ein kleines Vöglein hat uns erzählt, dass es hier Ärger gibt, also sind wir nach Shannon geflogen", erklärte Margaret. Sie sah umwerfend aus in einem schicken Mantel mit Leopardenmuster, einer weißen Bluse und eleganten schwarzen Hosen. Sean – gutaussehend wie immer, nur inzwischen mit etwas weniger Haaren – lächelte auf sie herunter.

„Du weißt, dass wir dir immer den Rücken stärken, Gracie; du musst nur fragen", sagte Sean und tätschelte ihren Arm.

„Es tut mir so leid, dass ihr den Weg auf euch genommen habt. Ich glaube, wenn die heutige Versammlung vorbei ist, wird alles gut sein. Aber wir werden sehen", sagte Grace, so froh, dass sie gekommen waren.

„Ehrlich gesagt, wir haben nicht viele Einzelheiten erhalten. Etwas über jemanden, der versucht, dich von unserem Land zu zwingen. Also so was...! Manche Leute denken, sie können sich alle Freiheiten herausnehmen. Sie haben offensichtlich keine Ahnung, dass du eine exzellente Maklerin auf deiner Seite hast", sagte Margaret.

Grace verkniff sich ein Lächeln. „Mach dir keine Sorgen, Oma. Ich verklage ihn", sagte Grace.

„Das ist meine Enkelin", sagte Margaret und klopfte auf ihren Arm.

„Das gibt es doch nicht!", rief Sean so laut, dass Grace überrascht hochschreckte. Sie drehte sich um und sah ihn durch die Menge gehen, die sich für ihn teilte.

„Ich schwöre, er kennt jeden. Wo immer wir hingehen, redet er mit irgendjemandem", sagte Margaret und reckte ihren Hals, um zu sehen, wen ihr Mann gerade in einer diesen ungelenken Männerumarmungen mit Rückenklopfen begrüßte.

„Woher kennt er...", sagte Grace und schüttelte verwirrt ihren Kopf, bis sich alles zusammenfügte.

„Margaret, Gracie...", sagte Sean und zog einen überraschten Dylan Kelly durch die Menge. „Das ist Dylan. Ich habe ihn unterstützt, seit er ein junger Mann war. Er hat großartige Dinge geschafft."

Grace hörte ein Rauschen in ihren Ohren und sie dachte für einen winzigen Augenblick, dass sie auf der Stelle in Ohnmacht fallen würde. Wie konnte er ihr nicht erzählen, dass ihr Großvater sein Mentor war?

„Oh, Dylan! Ich freue mich, dich kennenzulernen. Sean hat so oft über dich gesprochen in all den Jahren. Er hatte nur Gutes über dich zu sagen", sagte Margret und lächelte, als Dylan ihre Hand küsste. Sie lehnte sich herüber und flüsterte in Graces Ohr: „Er ist ein gutaussehender Bursche. Und ziemlich betucht. Du könntest eine schlechtere Partie machen. Ich würde sagen, wir essen hinterher zusammen zu Mittag."

„Oma..." Grace schüttelte nur ihren Kopf. Sie sah das Unheil schon von weitem kommen, aber war nicht sicher, wie sie sie warnen sollte.

„Ich bezweifle, dass Grace mit mir essen gehen möchte", sagte Dylan und las sie perfekt. „Da sie mich gerade verklagt."

„Was?", sagte Margaret und drehte sich voller Aufmerksamkeit von einem zum anderen. Sean trat zurück und sah tödlich verletzt aus, als er Dylan verwirrt und dann mit Verachtung anstarrte. Grace konnte sich kaum vorstellen, wie sich das anfühlte, dass sein Mentor ihn nach all diesen Jahren so ansah.

„Was hast du mit meiner Gracie gemacht?", sagte Sean, trat Dylan sehr nahe und sah ihm in die Augen.

„Ich schöre dir, ich habe bis zu diesem Moment nicht gewusst, dass sie deine Enkelin ist", sagte Dylan. „Und dafür entschuldige ich mich zutiefst. Ich hätte dieses Land niemals gepachtet, wenn ich das gewusst hätte. Ich bin nur hierhergekommen, weil du so viel davon geredet hast. Ich habe gedacht, ich habe einfach ein Stück Land an einem schönen Flecken ausgewählt. Ich konnte nicht wissen, in welches Hornissennest ich da hineinstechen würde."

Etwas besänftigt trat Sean zurück und war jetzt unsicher. Er blickte zu Grace.

„Ich habe Dylan noch nie lügen gesehen, Gracie. Das ist doch bestimmt nur ein Missverständnis. Können wir das nicht irgendwie in Ordnung bringen?", fragte Sean mit Hoffnung auf seinem Gesicht, dass er nicht zwischen den beiden wählen müsste – obwohl Familie immer als erstes kommen würde.

„Das tun wir. Drinnen. Die Versammlung fängt gleich an", sagte Grace und schritt entschlossen an ihnen vorbei zu Cait, die ihr von der ersten Reihe aus zuwinkte. Grace war erleichtert zu sehen, dass die ganze erste Sitzreihe auf einer Seite aus ihrer Familie bestand – Cait und Shane, Aislinn und Baird, Patrick und Morgan und ein paar andere, die ihre Partei ergriffen hatten. Ein hektisches Begrüßen begann, als alle Margaret und Sean sahen und die Versammlung verspätete sich um ein paar Minuten, während alle Hallo sagten, bevor sie sich hinsetzten. Grace nahm den Platz am Gang und Dylan setzte sich direkt gegenüber von ihr auf die andere Seite. Neben ihm war Liam mit einem Stapel Papiere in der Hand.

Vor ihnen saßen die Ratsmitglieder – insgesamt sechs – an einem langen Tisch. Einige blinzelten verwirrt über das Spektakel vor ihnen und andere sahen aufgeregt auf das Drama. Grace nahm es ihnen nicht übel. Es war wahrscheinlich die interessanteste Ratsversammlung, die sie seit Jahren hatten.

„Ich rufe hiermit diese Versammlung zur Ordnung", sagte Mr O'Sullivan und die Menge wurde sofort ruhig. „Dies ist eine außergewöhnliche Sitzung unseres Rats und wir sind hier, um die Gültigkeit gewisser Baugenehmigungen zu überprüfen. Dabei geht es darum, dass die Genehmigungen erteilt wurden, aber die Gesetzlichkeit der Pacht des Grundstücks nun juristisch angezweifelt wird. Die Frage heute ist nicht, festzustellen, ob das rechtens war – das überlassen wir den Anwälten – sondern ob die Baugenehmigungen zurückgezogen oder stillgelegt werden sollen, bis die juristischen Komplikationen dieses Projekts geklärt sind. Verstehen das alle?"

Das ganze Dorf nickte gleichzeitig.

„Um es zu wiederholen, es ist nicht unser Job zu entscheiden, ob die Pacht des Anwesens legal war oder nicht. Wir sind hier, um zu beschließen, ob Mr Kelly seine

Baugenehmigungen bekommt." Mr O'Sullivan schaute über seinen Brillenrand hinweg. Er hatte früher Mathematik unterrichtet und seine strengen Blicke konnten viele der Dorfbewohner in Sekunden zum Schwiegen bringen. „Gut. Ms O'Brien, bitte fangen Sie an."

Grace stand auf und glättete ihren Rock. Sie drehte sich um und lächelte kurz in die Menge, bevor sie sich an den Rat wandte.

„Soweit ich es verstehe, verlangt das Gesetz eine angemessene fristgerechte Benachrichtigung, wenn die Pacht eines Grundstücks abläuft. Da weder mir noch meiner Familie eine derartige Mitteilung übergeben wurde, hätte das Anwesen nicht für einen neuen Pächter verfügbar sein sollen. Auch wenn ich verstehe, dass Mr Kelly meint, er habe es rechtmäßig gepachtet, gibt es nichts in den Akten über eine Benachrichtigung an mich bezüglich des Stück Landes, auf dem er Eigentumswohnungen bauen will."

Ein ablehnendes Murmeln ging durch die Menge bei dem Wort „Eigentumswohnungen".

„Meiner Meinung nach sollten alle Baugenehmigungen zurückgezogen werden, so dass Mr Kelly dem Land oder meinem Besitz keinen dauerhaften Schaden zufügt, bis die Situation gesetzlich geklärt ist. Zu dem Zeitpunkt würde ich dann vorschlagen, dass die Stadt abstimmt, ob sie wirklich einen Block von Touristenapartments haben wollen, der unsere unberührte Küste befleckt. Danke für Ihre Zeit", sagte Grace und setzte sich wieder hin.

Ihr Gesicht brannte vor Frust und sie weigerte sich, Dylan anzusehen. Es hätte nicht so weit kommen müssen, aber der Mann weigerte sich nachzugeben. Sie dachte, dass es eine Lektion für ihn wäre, dass die Ideale eines großen

Unternehmens nicht immer zu kleinen Städten passen. Die
Menge hinter ihr klatschte und jubelte und sie warfen
Dylan eine Mischung aus interessanten Beleidigungen zu,
bis Mr O'Sullivan sie zum Schweigen brachte. Margaret
klopfte auf ihr Bein, als Dylan aufstand, um zu sprechen,
seine Hände voller Papiere.

„Darf ich nach vorn kommen?"

Mr O'Sullivan nickte und Dylan kam näher. Er reichte
jedem der Ratsmitglieder ein paar Seiten.

„Als erstes möchte ich ein paar Missverständnisse aus
dem Weg räumen, die anscheinend falsch kommuniziert
wurden", sagte Dylan und drehte sich, um die Menge zu
adressieren, bevor er sich auf Grace konzentrierte. Es war
schwer, sein Charisma zu verleugnen, dachte Grace. Er
machte eine gute Figur und hatte ein lässiges Selbstvertrauen, wenn er sprach.

„Es ist nicht meine Schuld, dass Ms O'Brien nicht vom
Amt benachrichtigt wurde, als die Pacht abgelaufen war.
Das liegt an der Behörde. Und wir wissen alle, wie es da
zugehen kann", sagte Dylan und mehrere Leute murmelten
zustimmend.

Oh, er ist gut, dachte Grace, sogar so gut, dass die
Dorfbewohner ihm zustimmen.

„Dann kam ich und sah ein schönes Grundstück zur
Pacht. Ich meine, Sie haben es alle gesehen, oder? Sie
können es einem Mann nicht missgönnen, dass er ein
Stück dieser Küste besitzen möchte."

Mehr zustimmendes Murmeln und Grace rollte fast mit
ihren Augen.

„Also habe ich das Land gepachtet und der Mieterin
gesagt, dass sie ausziehen muss. Habe ich viel darüber

nachgedacht? Nein, aber das hätte ich vermutlich tun sollen. Ich habe nur gedacht, dass dieser Ort sich freuen würde über das, was ich dort bauen möchte."

„Wir brauchen keine Eigentumswohnungen", rief eine Stimme von hinten.

„Ach, danke, und ich stimme komplett zu. Ich bin nicht ganz sicher, wo das Gerücht herkommt." Dylan warf einen Blick auf Grace, obwohl es ganz sicher nicht sie gewesen war, die diese Behauptung gestartet hatte. Sie hatte sie nur wiederholt. „Aber die Annahme, dass ich Eigentumswohnungen bauen will, ist ein riesiges Missverständnis. Meine Baupläne und das, wofür ich Baugenehmigungen habe – meines Wissens weiß der Rat das schon – ist ein Gemeinschafts- und Kulturzentrum. Es wird kostenlose Klassen anbieten so wie geschäftliches Mentoring, Segelstunden, ein neues Hobby finden und so weiter. Wir planen, einen Platz zu schaffen, wo Rentner hingehen und ihr Wissen der nächsten Generation weitergeben können, für Spiele und Lernen, und um die wunderbare Kultur und Geschichte dieser Stadt zu feiern. Ich habe mich das erste Mal, als mein Schiff hier in den Hafen fuhr, in Grace's Cove verliebt. Ich würde niemals versuchen, diesem Ort zu schaden. Ich möchte ihn nur verbessern."

Damit setzte sich Dylan Kelly in einer verblüfften Stille hin. Niemand war schockierter als Grace. Sie fühlte sich, als hätte sie jemand für dumm verkauft.

„Wenn es keine zusätzlichen Informationen mehr gibt, erbittet sich der Rat eine Woche Zeit, um alle Papiere und Anträge zu lesen, bevor wir entscheiden, wie wir fortfahren", sagte Mr O'Sullivan. Er las sein Publikum perfekt. Er wusste, wenn er jetzt eine Entscheidung traf – wo die

Menge direkt in der Mitte geteilt war – gäbe es Pandämo-
nium. Das Dorf brauchte mindestens eine ganze Woche,
um alle Vor- und Nachteile dieses Kulturzentrums zu
diskutieren – und ehrlich gesagt, um einfach den neuen
Klatsch zu sezieren.

„Die Versammlung ist vertagt."

Grace stand auf, weigerte sich, Dylan anzusehen, pfiff
nach Rosie und stürmte aus der Halle, ohne mit irgendjemandem zu sprechen. Wenn Dylan meinte, er könnte sich
bei Grace beliebt machen, indem er wichtige Informationen zurückhielt und sie dann vor der ganzen Stadt
blamierte, hatte er keine Ahnung, mit wem er es zu tun
hatte.

KAPITEL EINUNDDREISSIG

Dylan beantwortete Fragen vor der Halle, bis Sean kopfschüttelnd auf ihn zukam.

„Oh Mann, du hast dich tief in die Nesseln gesetzt mit einem der beliebtesten Menschen der Welt", sagte Sean, während er und Dylan dorthin gingen, wo sie immer hingingen, um über Probleme zu diskutieren – in den Pub. In stillschweigender Übereinstimmung ließen die Dorfbewohner sie in Ruhe. Margaret ging hinter ihnen mit Aislinn und Morgan. Cait war schon vorgegangen, sie las die Stimmung der Stadt korrekt und wusste, dass es ein lebhafter Abend werden würde.

„Ich habe nicht gewusst, dass sie zu dir gehört. Wirklich nicht", sagte Dylan elendig, weil er Seans Enkelin Schmerz zugefügt hatte. Es war das Sahnehäubchen auf zwei absoluten Scheißwochen. Warum hatte er sich nicht einfach ganz von diesem Projekt abgewendet?

„Ich weiß. Ich würde nicht hier sitzen und mit dir quatschen statt mit meiner Gracie, wenn ich etwas anders denken würde", sagte Sean und nahm zwei Hocker in der hinteren Ecke der Bar in Beschlag als klares Zeichen für andere, sich fernzuhalten. Cait schätzte die Situation ab und schob kommentarlos zwei pure Whiskeys herüber.

„Was für eine gute Frau", sagte Sean und hob anerkennend sein Glas. Cait fehlte es nie an Worten, aber sie zögerte vor Dylan.

„Nur zu, sag, was du sagen willst", sagte Dylan und nickte Cait zu.

„Grace ist etwas Besonderes. Lass nicht zu, dass sie dich ausschließt – oder zu weit wegrennt. Sie wird eine Mauer errichten, die so unmöglich zu durchbrechen sein wird, dass es sein wird, als hätte sie dich nie gekannt. Und das ist das letzte, was ich dazu sage", sagte Cait und schloss ihren Mund. „Natürlich sehe ich dich dort sitzen, Donavan. Ich bin auf dem Weg, siehst du das nicht?" Cait haute dem Burschen auf den Kopf und er entschuldigte sich und wartete darauf, dass er an der Reihe war.

„Also darüber wundere ich mich jetzt", sagte Sean und sah Dylan mit zusammengekniffenen Augen an. Sie stießen mit ihren Gläsern an und nahmen einen Schluck Whiskey, bevor Sean weiterredete. „Ist das mehr als nur geschäftlich? Seid Grace und du verbunden?"

Dylan strich mit einer Hand über sein Gesicht und fühlte sich ausgelaugt. Er war es so gewöhnt, dass sich Dinge für ihn ordentlich zusammenfügten, dass er keine Ahnung hatte, wie er hier gelandet war, wo alles ruiniert war und er sich nach genau der Frau sehnte, die ihn im Moment hasste. Er sagte so etwas zu Sean und sah ihn verärgert an, als der alte Mann anfing zu lachen.

„Schau mich nicht so böse an, junger Mann. Ich habe auf den Tag gewartet, an dem dich eine Frau auf den ɜn lässt. Ich hätte wissen müssen, dass es eine

ι sein wird. Das sind alles starke Frauen", sagte

ιickte beifällig.

„Ich gebe zu, dass ich von Grace angezogen bin. Sie ist eine tolle Frau. Aber mein Kopf ist nicht wirklich auf Romanze eingerichtet. Das ist schon eine ganze Weile so. Ich wollte nur hierherkommen und dieses Projekt verwirklichen. Ich habe echt gedacht, dass ich etwas bewirken könnte und etwas bauen, das gut für die Gemeinschaft ist", sagte Dylan und seufzte in seinen Whiskey.

„Für Romanzen ist immer Zeit, mein Sohn", sagte Sean.

„Ich mag es nicht, wenn die Linien verschwimmen. Es wäre ihr gegenüber nicht fair, weißt du? Wenn ich um sie werben würde, würde sie denken, dass es mir nur darum geht, ihr Land zu bekommen. Ich habe meine Grenzen sowieso schon überschritten." Dylan hielt bei Seans Blick seine Hände hoch. „Ich verspreche, da war nichts als ein Kuss. Aber für mich überschreitet das die Grenzen, wenn man geschäftlich und persönlich vermischt. Ich würde nie mehr versuchen. Du weißt, wie ich darüber denke."

„Ja, das tue ich. Du hast Moral, was ich immer an dir geschätzt habe", sagte Sean. Er wippte auf seinem Stuhl vor und zurück, während er über das Problem nachgrübelte. „Du weißt, dass Margaret mich für mehr als 25 Jahre verlassen hatte. Sie ist nach Amerika gegangen, als sie mit Graces Mutter schwanger war. Es hat mich alles in meiner Macht gekostet, um die sture Frau wieder dazu zu bekommen, dass sie mich liebt. Aber ich habe nie eine Minute davon bereut."

„Das habe ich nicht gewusst", sagte Dylan, trank den Whiskey und ließ das Brennen sein Inneres betäuben.

„Nun, meine Gracie ist auch so gebaut – wenn nicht noch ausgeprägter. Sie wird kämpfend untergehen. Ich weiß nicht, was zwischen euch beiden ist und vielleicht ist das auch besser so. Aber ich sage dies – Hochmut kommt vor dem Fall. Ein kleiner Kompromiss kann Wunder bewirken. Geh und rede mit ihr, bevor es zu spät ist."

„25 Jahre, hm?"

„25 elende Jahre. Ich schwöre, ich habe nie Frauen getroffen, die sturer sind als dieser Haufen. Verdammt, dafür liebe ich sie auch. Nichts in meinem Leben hat mich stolzer gemacht, als von starken Frauen umgeben zu sein und starke Frauen großzuziehen, die auf ihren eigenen Füßen stehen. Ich sag dir noch was – wenn Gracie entscheidet, dass du der Richtige bist für sie, dann ist das eine Ehre. Sie ist vielleicht eine schwierige Frau, aber sie ist Weltklasse", sagte Sean und lächelte Cait zu, die ihnen mehr Whiskey zuschob.

„Ich muss sagen, sie hat mich beeindruckt", sagte Dylan vorsichtig.

„Und das...du weißt schon", sagte Sean und kreiste mit seinem Finger in der Luft.

„Das...was?", sagte Dylan, runzelte verwirrt die Stirn und fragte sich, ob der Whiskey dem alten Mann schon zu Kopf gestiegen war.

„Das andere Zeug. Ihre Fähigkeiten und so..." Sean hörte auf zu reden und schloss seinen Mund.

„Ich weiß nicht, was...du meinst...?" Dylan brachte es nicht über sich, das Wort „Magie" vor seinem respektierten

Mentor auszusprechen und er suchte in seinem Kopf nach einem anderen Wort.

„Das macht nichts", sagte Sean, schlug Dylan auf den Rücken und stand auf. „Ich sehe, dass du noch viel zu lernen hast. Mein Ratschlag? Rede mit ihr. Aber jetzt ruft mich meine bessere Hälfte."

Sean verschwand schneller durch den Raum, als Dylan den Whiskey herunterkippen konnte, und er saß und grübelte über das nach, was der Mann gesagt hatte. Bevor zu viele Leute begannen, sich ihm zu nähern, schob Dylan Cait etwas Geld zu und schlüpfte aus der Tür. Er war nicht länger daran interessiert, die Menge zu bezaubern.

Es gab nur eine Person, die er auf seine Seite bringen wollte.

KAPITEL ZWEIUNDDREISSIG

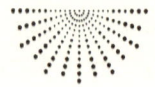

E r fand sie am Wasser, wie sie an den Wänden der Bucht herunterstarrte. Der Wind wehte ihre Haare aus dem lockeren Knoten, den sie trug. Grace hatte sich nicht umgezogen. Sie war zu aufgewühlt nach der Versammlung und stand stattdessen in Rock und Bluse am Rand der Klippen und sah zu, wie das Wasser tief unter ihr wütete.

„Grace", sagte Dylan frühzeitig, um sie nicht zu erschrecken. Obwohl er sicher war, dass sie die Tür seines Autos gehört hatte, war es ihm unbehaglich, wie nah am Rand des Kliffs sie stand.

„Du hättest nicht herkommen müssen. Geh und feier mit all deinen neuen Freunden", sagte Grace und warf ihm über ihre Schulter einen bösen Blick zu.

„Grace, es tut mir leid. Aber ich habe das Recht zu schützen, was ich bauen möchte." Dylan merkte, dass das der falsche Ansatz war in dem Moment, als sie sich umdrehte und auf ihn zustürmte. Sie war wütend genauso schön, wie wenn sie lachte.

„Und ich habe das Recht zu schützen, was meins ist. Ich verspreche dir hier und jetzt, dass du nur über meine Leiche auf diesem Land bauen wirst", zischte Grace.

Dylan fühlte, wie ein Zittern durch ihn ging beim Gedanken an ihren Tod. „Ich bin sicher, dass wir eine Lösung finden können", begann er und Grace warf ihm einen erzürnten Blick zu. Er war sicher, sie wollte ihn umstoßen, so wütend war ihr Ausdruck.

„Das hätten wir können, wenn du mich in deine Pläne eingeweiht hättest. Stattdessen wurde ich beiseitegeschoben und für dumm verkauft", schrie Grace und Dylan merkte, wie verletzt ihr Stolz war.

„Ich wollte dich nicht für dumm verkaufen", begann Dylan erneut, aber Grace wirbelte herum und schnitt ihm das Wort ab.

„Warum hast du es mir dann nicht gesagt? Du hattest so viele Gelegenheiten, meine Vermutungen zu korrigieren. Ich habe dich auf deinem Boot geradeheraus gefragt, warum du hergekommen bist. Hättest du nicht erklären können, dass mit ‚deine Hinterlassenschaft bauen' nicht Eigentumswohnungen gemeint waren? Du hattest einen perfekten Moment, mir alles zu erklären. Aber du hast entschieden, es nicht zu tun. Ich verstehe es nicht", sagte Grace.

Dylan spürte, wie sein Magen beim Anblick der Tränen, die ihr in die Augen gestiegen waren, heruntersackte. „Grace, Schatz", sagte er, trat nach vorn und versuchte, sie in seine Arme zu nehmen. Er war schockiert, dass zwischen ihnen eine unsichtbare Wand entstanden war. Es war, als würden seine Hände gegen eine Mauer aus Eis drücken und er ließ sie sofort fallen. Er war zu besorgt um sie, um auch nur ansatzweise zu erforschen, was dieser kleine Ausbruch von Magie war. Stattdessen steckte er seine Hände in die Taschen.

„Lass das mit dem ,Schatz'. Wage es nicht, mich herablassend zu behandeln", sagte Grace. Jedes Wort war wie ein Pistolenschuss. „Es hat dir gefallen, die Oberhand zu haben und du hast es wunderbar zu deinem Vorteil ausgespielt."

Dylan seufzte und strich mit einer Hand über sein Gesicht. Vielleicht hatte er das, aber nicht mit Absicht.

„Grace, ich bin es gewohnt, komplizierte Geschäftsab-schlüsse mit riesigen Transportfirmen und großen Unter-nehmen zu verhandeln. Es ist für mich einfach natürlich, einige Dinge abzuwarten und meine Karten nur auf den Tisch zu legen, wenn es nötig ist. Es war noch nicht mal gewollt, dass ich die Informationen für mich behalten habe. Ich habe gemacht, was ich immer mache, und zwar es den Leuten zu überlassen, ihre eigenen Vermutungen anzustellen. Du wolltest, dass ich der Bösewicht bin, und ich habe es erlaubt. Aber damit wollte ich dir nicht wehtun und dafür entschuldige ich mich zutiefst", sagte Dylan.

Da sie seine Aura lesen konnte, wusste Grace, dass jedes Wort ehrlich gemeint war. Aber jetzt musste sie in sich gehen – hatte sie gewollt, dass er der Bösewicht war? Warum? War es, weil sie verärgert darüber war, dass er sie nicht aus ihrem vergangenen Leben erkannte?

„Ich denke, es war einfach für mich, dich als Böse-wicht hinzustellen", gab Grace endlich zu, obwohl es ihr nicht leichtfiel. „Alles, was ich sehen konnte, war, dass du versucht hast, mich von meinem Land zu vertreiben."

„Was jetzt nicht passieren wird, wenn ich das richtig sehe. Wir werden etwas anderes finden. Es ist es nicht wert, deswegen zu streiten. Vielleicht hilft mir das Dorf dabei, einen neuen Platz zu finden", sagte Dylan und sah herunter auf die Bucht. Es sah verdächtig so aus, als hätte das Wasser eine merkwürdige blaue Farbe.

„Ist die Bucht..." Dylan war nicht sicher, wie er das ausdrücken sollte. Grace blickte herunter auf das Wasser und ihre Lippen zogen sich zusammen, fast, als ob sie etwas Saures gegessen hätte. Dylan erkannte den Moment, als ihre Mauern hochgingen.

„Mach dir keine Gedanken. Das ist nur Teil des verwunschenen Unsinns, bei dem du so tust, als wäre es einfach die Verrücktheit einer Kleinstadt. Ich weiß es zu schätzen, dass du bereit bist, einen neuen Platz für dein Zentrum zu finden. Ich bin sicher, es wird ein voller Erfolg und von der Gemeinschaft gut angenommen. Ich wünsche dir viel Glück", sagte Grace. Jedes Wort war präzise und höflich.

„Und das war's?", fragte Dylan. Er versuchte noch einmal, nach vorn zu treten und traf wieder auf einen Eisblock.

„Und das war's, Dylan", sagte Grace. Ihre Augen waren von einer unglaublichen Traurigkeit erfüllt, während sie sein Gesicht nach etwas durchforschte, von dem er nicht sicher war, dass er es ihr geben könnte.

Er beobachtete, wie sie über das Gras stapfte – eine atemberaubend schöne Frau, in rot und weiß gekleidet, Rosie an ihrer Seite – und sein Herz fiel. Trotz allem fühlte er sich, als ob er verloren hätte, obwohl er gerade die

Erlaubnis erhalten hatte, sein Zentrum zu bauen. Selbst mit dem Kompromiss über den Standort fühlte es sich leer an.

Als Grace die Tür zu ihrem Haus zuknallte, ging das leuchtende blaue Licht tief unten im Wasser der Bucht aus. Er war jetzt verwirrter als an dem Tag, als er ankam. Dylan wusste nicht mehr, wofür er kämpfte.

KAPITEL DREIUNDDREISSIG

„Ich glaube nicht, dass das eine gute Idee ist", sagte Dylan. Er stand vor Liam, der mit zwei Thermosbechern mit Kaffee in seinen Händen am Auto lehnte.

„Lass es uns nochmal durchdenken", sagte Liam und deutete ihm an, dass er auf den Passagiersitz hüpfen sollte, als er das Steuer nahm. „Erstens hast du letzte Nacht nicht geschlafen. Du bist vernarrt in diese Frau und weigerst dich, sie so zu sehen, wie sie ist – im Prinzip eine knallharte, magische Frau, gleichzeitig Meerjungfrau, Hexe und Heilerin – und sie hat vor deinen Augen ihre Magie an dir angewendet. Und doch versuchst du immer noch, dich davon zu überzeugen, dass es ein natürliches Phänomen war, das du nicht erklären kannst. Ich meine, die Bucht hat blau geleuchtet, um Gotteswillen. Wie erklärst du das?"

„Biolumineszenz", sagte Dylan, aber selbst für ihn klang das dumm.

„Genau. Und das schaltet sich selbst an und aus, mitten am Tag, um die Bucht zu erleuchten? Nicht sehr wahrscheinlich. Du weißt genauso gut wie ich, dass das nur nachts leuchtet", sagte Liam und fuhr geschickt die Küstenstraße entlang, die zur Bucht führte.

„Okay, ich kann es nicht erklären. Aber ich kann eine Menge Dinge im Moment nicht erklären, und das verwirrt mich, wenn ich ganz ehrlich bin", sagte Dylan.

„Das ist offensichtlich. Lass uns mit etwas Einfachem anfangen. Was ist dein Problem mit Magie? Du bist Ire, also hast du in deinem Leben jede Menge Fabeln gehört. Deine Mutter liebt alles, was mit Magie zu tun hat. Als Segler bist du von Natur aus abergläubisch, und wir wissen beide, dass wir ein- oder zweimal etwas am Horizont gesehen haben, das wir nicht erklären können. Also wo ist das Problem? Macht es dir Angst?"

Dylan trank von seinem Thermosbecher, bevor er antwortete. Er dachte darüber nach, was genau es an Magie war, das ihn durcheinanderbrachte.

„Ich habe eigentlich keine Angst davor. Ich mag es nicht, weil ich es nicht erklären kann."

„Du meinst du kannst es nicht kontrollieren", sagte Liam.

„Ja, ich denke, das ist ein Teil davon. Ich fühle mich wohler dabei, der Kapitän meines eigenen Schiffs zu sein", gab Dylan zu und rutschte unbehaglich auf seinem Sitz herum. „Und wenn wirklich Magie um mich herum ist, dann habe ich kein Mitspracherecht. Es fühlt sich an, als hätte ich keinen eigenen Willen. Dass Magie jederzeit an mir angewandt werden kann, ist kein fairer Wettbewerb."

„Klar, das macht Sinn", sagte Liam. „Aber haben die Menschen, die Magie praktizieren, nicht das Motto ‚füg niemandem Schaden zu'? Gibt es einen Weg, dass du es als zusätzlichen Gewinn in deinem Leben sehen kannst? Dass es dir hilft, statt dich zu behindern?"

„Vielleicht, aber ehrlich, ich sehe nicht, warum das überhaupt so wichtig ist. Ich wüsste nicht, dass es in meinem Leben eine große Rolle spielt, so oder so", sagte Dylan und starrte auf das Wasser tief unter ihm, das auf die Felsen schlug, während Möwen langsame Kreise in der Morgenbrise zogen.

„Wenn du ein Leben mit Grace willst, dann wird es das", sagte Liam.

Der Gedanke an ein Leben mit Grace erfüllte Dylan mit Wärme. Das war etwas, das er nie vorher gekannt hatte, fast, als würde ein Puzzleteilchen am richtigen Platz landen.

„Ich weiß nicht, wie ich darüber fühle. Ich denke ständig an sie. Vor ein paar Wochen habe ich diese Frau noch nicht mal gekannt. Jetzt sehe ich sie in meinem Schlaf. Sie treibt mich zum kompletten Wahnsinn. Dann ist ein Teil von mir, der denkt, wenn sie wirklich Magie hat, woher weiß ich dann, dass sie mich nicht irgendwie verzaubert hat? Damit ich mich in sie verliebe?", sagte Dylan. Er massierte seinen Nacken, wo er im Moment alle Anspannung spürte.

„Ach, siehst du es nicht, mein junger Freund?", lachte Liam. Obwohl er nur zwei Jahre älter war als Dylan, spielte er gern den großen Macker, als ob er alle Weisheit der Welt hätte. „Alle Frauen sind magisch. Deswegen sind sie so besonders. Sie brauchen keine Tinkturen, Zaubersprüche oder uralte Rituale, um dich zu verzaubern. Es passiert mit einem Lächeln oder der Art, wie sie an Blumen riechen oder das kleine Geräusch, das sie machen, wenn sie sich im Schlaf an dich kuscheln. Sie vertrauen dir mit ihren Herzen. Und das, mein Freund, ist eine Magie ganz für sich."

„Du hast einen Poeten in deiner Seele", murmelte Dylan, unerklärlicherweise berührt von den Worten seines Freundes. Liam war schon immer im Herzen romantisch gewesen, aber er hatte sich nie für nur eine Frau entschieden.

„Ich bin Mann genug zu wissen, dass Liebe, frei gegeben, das größte Geschenk der Welt ist. Es gibt keinen Grund, es nicht zu feiern", sagte Liam mit einem kleinen Lächeln auf seinen Lippen, als sie nahe der Bucht anhielten.

Sich selbst zum Trotz ging Dylans Blick zu der Grünfläche, wo Graces Haus stand. Eng an die Hügel geschmiegt, sah es für alle Welt aus wie der perfekte Platz, um nach Hause zu kommen. Obwohl er weltweit mehrere Häuser besaß, hatte er nie etwas so Charmantes gesehen wie dieses kleine Häuschen. Ob es die Frau war, die darin wohnte, oder das Haus selbst – es rief ihm zu. Wenn er nur wüsste, dass die Tür sich für ihn öffnen würde, wenn er käme...

„Sollen wir ihr sagen, was wir machen?", fragte Dylan.

„Damit sie wieder total ausrastet? Ich glaube eher nicht. Ich liebe Frauen über alles, aber manchmal ist es besser, um Vergebung zu bitten als um Erlaubnis."

Dylan wusste, dass es Liam juckte, in die Bucht zu gehen, um zu sehen, ob er wirklich etwas von der Energie dort fühlen konnte. Der Mann liebte nichts mehr als ein Abenteuer, und herauszufinden, ob diese Bucht wirklich verwunschen war, stand ganz oben auf der Liste von

waghalsigen Dingen, die er vorhatte. Deswegen war Liam
so ein großartiger Geschichtenerzähler – er hatte nicht nur
ein großes Herz, er war auch praktisch furchtlos bei allem,
was er machte.

„Ich will es noch einmal gesagt haben, auch wenn es
mich als Angsthasen darstellt", sagte Dylan und drehte
sich, um seinen Freund anzusehen. „Aber ich glaube nicht,
dass es eine gute Idee ist."

„Das werden wir gleich herausfinden, oder?", sagte
Liam, umgänglich wie immer, als er aus dem Wagen stieg
und direkt zum Pfad ging, der in die Bucht führte. Dylan
wusste, dass er sich so schnell bewegte, damit Grace ihn
nicht vom Fenster aus sehen und sie aufhalten würde,
bevor Liam seine Abenteuerlust befriedigt hatte.

Dylan ging mit Vorbehalt in die Bucht. Als er das
letzte Mal allein hier war, waren die Ergebnisse nicht die
besten gewesen, aber wenn sie zu zweit waren, würde
hoffentlich nichts passieren. Er wusste, dass Liam sich
nach Abenteuern sehnte oder auch nur Magie erleben
wollte, aber das war nicht die Art von Gefahren, die Dylan
suchte.

Die Morgensonne filterte durch den Eingang zur
Bucht, wo die Felsenwände in einem Halbkreis fast aufein-
andertrafen. Das Wasser war heute Morgen ruhig und
leuchtend blau – fast verräterisch ruhig, wenn Dylan es
beschreiben sollte. Sein Puls wurde schneller, als sie dem
Strand näherkamen. In jeder Hinsicht war es ein Morgen
wie aus dem Bilderbuch mit fantastischem Wetter und
einem idyllischen Strand. Warum also stand ihm leichter
Schweiß auf der Stirn?

„Liam, Mann, warte", rief Dylan. Er hatte nicht

gemerkt, dass Liam schneller geworden war und vor Freude praktisch über den Sand hüpfte.

„Siehst du das hier, Mann? Es ist wundervoll! Atemberaubend! Und kilometerweit keine Menschenseele. Oh, ich könnte Stunden hier zubringen – nein, Tage, hier auf dem Sand campen, über einem offenen Feuer Essen kochen, mit einer tollen Frau schlafen. Oh ja, dies ist der Platz, aus dem Träume gemacht sind", rief Liam und wirbelte herum.

Er sah es überhaupt nicht kommen.

Aber Dylan schaute zu, wie es sich im Zeitlupentempo entfaltete. Er sah hilflos zu, als eine riesige Welle hinter seinem Freund aufragte, einen Schatten über ihn warf und ihn dann zu schlucken schien. Dylan schrie, als die Welle Liam unmöglich hoch in die Luft warf, und dann fiel der Körper seines Freundes auf die Felsen unter ihm, gebrochen und in einem unmöglichen Winkel.

Er rannte.

KAPITEL VIERUNDDREISSIG

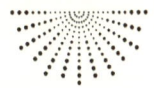

Grace war den ganzen Vormittag so schlecht gelaunt gewesen, dass selbst Rosie nichts mit ihr zu tun haben wollte und sich auf Graces Bett gelegt hatte, um aus dem Fenster zu starren.

Sie wusste, dass sie schmollte. Egal, wie oft sie sich selbst sagte, dass eine starke Frau Dylan vergessen und ihr Leben weiterführen würde – sie hatte schließlich all diese tollen Dinge für sich selbst geplant – sie kam immer wieder zurück zu der Leere, die sie tief in ihrem Magen spürte über seinen Verlust. Das war genau das, erinnerte sie sich selbst, was sie gehofft hatte zu vermeiden, weil sie nicht wollte, dass ein Mann sie so verletzte wie Dillon damals, als er ihr Leben für immer verließ. Hatte sie sich nicht selbst versprochen, dass sie ihre Mauern aufrechthalten würde? Und doch war sie jetzt hier und blies Trübsal wegen dieses verdammten Mannes.

Seufzend zog Grace einen Pullover über ihren Kopf und steckte ihre Füße in ihre Stiefel. Vielleicht würde ein

Spaziergang durch den Garten, um ein paar Kräuter zu ernten, mit ihrer Laune helfen. Ihre Hände in die Erde zu graben und den feuchten Geruch zu inhalieren half ihr immer, zu sich zu finden.

Bei Rosies scharfem Bellen schnellte Graces Kopf hoch. Rosie bellte selten mit so einem schrillen Ton. Dann wurde der Hund wild, sie rannte zur Tür und ihr kleiner Körper zitterte hysterisch, als sie ihren Kopf zurückwarf und jaulte. Graces Augen weiteten sich. Das bedeutete Ärger.

„Zeig es mir, Mädchen", befahl Grace und öffnete die Tür. Rosie platzte heraus wie ein Rennpferd aus dem Tor am Start und lief direkt zur Bucht. Es war erst, als Graces Blick auf Dylans Auto landete, dass Eis durch ihre Adern floss.

Grace erreichte das obere Ende des Pfads und ihre Augen suchten den Strand ab, als sie halb stolpernd nach unten rannte. Als sie Liam sah – sein Körper gebrochen und verbogen, mit Dylan an seiner Seite kniend – sank ihr Magen. Liam war nichts als nett zu ihr gewesen, dachte Grace und warf einen wütenden Blick aufs Wasser – ein Gewässer, das sie selbst verwunschen hatte – als sie neben Dylan und seinem Freund zum Stehen kam. Alle Farbe war aus seinem Gesicht gewichen und seine aufgerissenen Augen sahen Grace schockiert an.

„Ich kann nicht...ich kann ihn nicht bewegen. Ich glaube, es ist sein Rückgrat. Hilf mir." Dylans Stimme brach. „Ich weiß nicht, was ich machen soll. Mein Handy funktioniert hier unten nicht und ich kann den Notarzt nicht erreichen. Bitte hilf ihm. Er...er ist wie ein Bruder für mich."

Rosie winselte an ihrer Seite, leckte Dylans Hand und lehnte sich an sein Bein.

„Bitte, kann ich ihn anfassen?", fragte Grace, legte ihre Hände sanft auf Dylans und zog sie von Liam weg.

„Tu ihm...tu ihm nicht weh", sagte Dylan. Sein Atem war röchelnd, während er versuchte, seine Tränen zurückzuhalten.

„Das werde ich nicht, ich verspreche es. Aber du musst mir etwas Raum geben, damit ich sehen kann, womit wir es zu tun haben", sagte Grace und schubste Dylan mit ihrer Hüfte, bis er auf seinen Knien hockte und sie beobachtete. Dankbar, dass Liam durch den Fall bewusstlos war, schloss Grace ihre Augen und ging tief ins Innere. Es war ihr egal, was Dylan sehen oder wissen würde. Es war nicht mehr wichtig, nicht in diesem Moment, wenn sie ihm alle Seiten von sich zeigte. Er hatte ihr schon gezeigt, dass er ihr nicht genug vertraute, um sie als Partnerin zu achten – seine Wahrheit mit ihr zu teilen.

Sie streckte ihre Hände aus und führte sie über Liams Körper. Sie hielt sie kurz über seiner Haut, ohne ihn zu berühren, nur zu spüren. Es war, wie sie vermutete hatte, und ihr Geist taumelte bei der Menge an Kraft und Wissen, die benötigt werden würden, um diesen Mann zu heilen. Und sie konnte es nicht hier tun. Sie drehte ihren Kopf, um Dylan über ihre Schulter anzusehen und blickte in seine verstörten Augen.

„Ich kann ihm helfen. Aber du musst mir vertrauen. Ist dieser Mann dein Bruder? Würdest du alles tun, um ihn zu retten?"

„Ja, er ist meine Familie, mein Bruder, mein bester Freund. Was immer du brauchst", sagte Dylan.

„Dann musst du mir versprechen, dass du dich nicht einmischst, egal was du sehen wirst. Ich mache...ich heile nicht mit traditionellen Methoden. Es kann furchterregend aussehen, aber wir haben keine Zeit, um Hilfe zu holen. Sein Licht..." Grace drückte ihre Hand auf ihre Brust. „Es stirbt, weißt du?"

„Rette ihn. Bitte Grace. Ich verspreche, mich herauszuhalten."

„Wir müssen ihn zurück zum Haus bringen. Da habe ich alles, was ich brauche", sagte Grace und stand auf.

„Aber...können wir ihn bewegen? Wie? Er wird gelähmt sein, oder?" Dylan stand auf wackeligen Beinen.

„Du hast gesagt, dass du mir vertraust. Sag jetzt nichts mehr. Das meine ich, Dylan. Ein Wort und du könntest alles ruinieren", sagte Grace. Vielleicht war das etwas dramatisch, aber sie würde jeden Funken ihrer Konzentration brauchen, um den gebrochenen Mann zu ihren Füßen zu heilen. Sie schloss ihre Augen und begann zu summen. Sie rief die Elemente, die Engel und die Göttin selbst, um den Mann anzuheben und ihn nach Hause zu tragen.

Dylan schnappte schockiert nach Luft, aber sie ließ sich nicht ablenken. Stattdessen ergriff sie Dylans Hand und summte weiter. Sie brach nie ihr Ritual, verlor nie ihren Fokus, als sie über den Strand liefen und Liams gebrochener Körper vor ihnen schwebte. Nur ihr reiner Willen und die Kraft aller ihrer Engel brachten ihn zu ihrer Türschwelle.

Wie versprochen hatte Dylan geschwiegen, aber als sie das Haus erreichten, lief er voran und öffnete die Tür. Nur mit Magie trug Grace Liam zu Fionas altem Bett und legte ihn sanft auf die Bettdecke.

„Hol die Amethystkette von meinem Nachttisch",
sagte Grace und rannte ins Wohnzimmer, um alle Bestandteile zu sammeln, die sie brauchen würde für die schwie-
rigste Heilungsprozedur, die sie je in ihrem Leben
unterfangen hatte. „Fiona, ich bitte dich, wenn du in der
Nähe bist, ich brauche dich jetzt mehr als jemals zuvor."

Dylan gab ihr die Kette und wirbelte herum, um zu
sehen, mit wem sie redete, aber Grace schüttelte nur ihren
Kopf und ging an ihm vorbei.

„Halte dich aus allem heraus. Fass mich nicht an, fass
ihn nicht an und versperre mir nicht den Weg zum Fenster." Wenn Grace die Dunkelheit nicht physisch irgend-
wohin schickte, würde sie sie konsumieren und
umbringen. Sie nahm sowieso etwas in Angriff, das sie an
den Rand ihres eigenen Lebens bringen würde.

„Ist es das wert?", fragte Fiona neben Grace, die über
Liam stand. Ihre Hände strichen sanft über seinen Körper.

„Es ist meine Bucht. Meine Verwünschung. Meine
Verantwortung", sagte Grace und sah Fiona an.

„Ja, das ist es. Aber er wusste von der Gefahr. Es war
sein freier Wille", sagte Fiona.

„Entweder du hilfst mir, ihn zu retten, oder du gehst",
sagte Grace.

Fiona nickte. Ihre Grace kannte die Konsequenzen für
das, was sie machte, und die Entscheidung war getroffen.

„Ich helfe", sagte Fiona und legte ihre Hände auf
Graces Schultern. Sie goss Kraft in sie wie einen Krug
minziger Limonade – eine goldene erfrischende Energie –
und Grace schloss ihre Augen, um den Fluss zu
kontrollieren.

Augenblicke später war sie komplett weggetreten, fast

wie in einer Trance, und konzentrierte all ihre Kraft und Magie darauf, den gebrochenen Mann zu retten, der vor ihr lag.

KAPITEL FÜNFUNDDREISSIG

Auch wenn es sich wie Tage anfühlte, waren es wahrscheinlich nur ein paar Minuten, vielleicht eine Stunde, in der Dylan erstarrt dasaß. Seine Arme waren um eine zitternde Rosie gelegt, während er Grace beobachtete.

Er hatte noch nie so eine Pracht gesehen und verstand ehrlich gesagt noch nicht einmal, was er sah. Ein goldener Ring aus Licht schien um sie herum zu pulsieren, der Liam schnell einschloss und beide schienen in diesem fast außerirdischen Glanz zu leuchten. Schweiß lief ihre Stirn herunter, und er wollte zu ihr gehen und ihre Stirn abwischen, oder ein kaltes Tuch auf ihren Nacken legen, aber er hielt sich zurück. Dylan hatte versprochen, sich nicht einzumischen, egal was passierte.

Sie war faszinierend, eins mit dem Universum und all seinen Energien, und er hatte noch nie vorher in seinem Leben so viel Ehrfurcht für jemanden gehabt.

Und doch, als die Minuten verstrichen, wurde Dylan immer nervöser. Was, wenn sie Liam nicht retten konnte?

Hätte er nicht den Notarzt vom Haustelefon aus anrufen sollen? Es wäre sinnvoll, wenn ein Arzt auf dem Weg hierher wäre, für alle Fälle. Besorgt, dass er seinen Freund hängenließ, bewegte Dylan sich von seinem Platz und beschloss, sich ins Wohnzimmer zu stehlen, um den Krankenwagen zu rufen.

Liams Augen öffneten sich.

„Oh, da ist er ja", flüsterte Dylan leise, damit er Graces Fluss oder was immer sie machte, nicht störte. Das Licht um die beiden begann, sich aufzubauen, es pulsierte in flüssigen Wellen aus Gold und wurde so hell, dass Dylan seinen Arm hochhielt, um seine Augen zu schützen und Rosie winselte und vergrub ihr Gesicht in ihren Pfoten. Für einen kurzen Moment schien Dylans Herz stehenzubleiben, als ihm der Gedanke durch den Kopf schoss, dass er vielleicht gerade erlebte, wie Liams Seele seinen Körper verließ.

Als eine dunkle Wolke fast wie ein Schwarm Bienen aus Liam herausflog und aus dem Fenster nach draußen, erschütterte ein lauter Knall das ganze Haus. Dylan sprang auf, Rosie in seinen Armen und sah aus dem Fenster, unsicher, was er machen sollte.

„Es wird ihm gut gehen", sagte Grace und Dylan sah zu ihr, wo sie mit ihrem Kopf auf der Matratze kniete. Vorsichtig kam Dylan näher, um Liam anzusehen.

„Hey, Kumpel. Tut mir leid, dass ich dich erschreckt habe. Du hattest anscheinend recht mit der Bucht", sagte Liam. Sein Gesicht war blass, aber er hatte sein übliches Lächeln auf den Lippen.

„Wie...wie geht es dir? Ist alles okay?", flüsterte Dylan und bückte sich, um Rosie auf dem Boden abzusetzen.

Sein besorgter Blick ging zwischen Liam und Grace hin und her. Er war nicht sicher, ob er etwas anfassen oder sich einmischen dürfte, aber sie sagte nichts und blieb einfach da, mit ihrem Kopf auf der Matratze.

Liam streckte sich und Dylan wurde fast ohnmächtig vor Glück, als er sah, wie sich sein Körper problemlos bewegte – keine Lähmung und keine gebrochenen Knochen waren zu sehen.

„Ich fühle mich, als hätte mich ein Lkw angefahren und ich könnte eine Woche schlafen. Aber es geht mir gut. Kümmere dich um deine Frau", sagte Liam und nickte zu Grace. „Sie braucht dich mehr als ich."

Bei den Worten fiel Grace bewegungslos auf den Boden. Dylan hob sie hoch und nachdem er sie sorgfältig auf das Bett in ihrem Zimmer gelegt hatte, rief er die einzige Person an, die ihm einfiel.

KAPITEL SECHSUNDDREISSIG

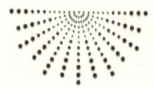

Es dauerte nicht lange, bevor Stimmen das kleine Haus erfüllten. Margaret und Sean fanden Dylan neben dem Bett, auf dem Grace lag.

„Was ist passiert?", fragte Sean.

„Liam war verletzt. Schwer. Sie hat ihn geheilt", sagte Dylan. Er war etwas peinlich berührt von der Erklärung, aber zu müde, um sich darum zu scheren, was sie dachten.

„Hat sie es in sich aufgenommen? Oder nach draußen geschickt?", fragte Morgan, die mit Cait und Aislinn in der Tür stand.

„Em, raus? Etwas Dunkles ging aus dem Fenster und dann kam ein riesiger Knall", sagte Dylan und die Frauen schienen gemeinsam erleichtert zu seufzen.

„Gut, und jetzt lass uns rein, okay?", sagte Margaret und schubste Dylan etwas zurück. „Wir kümmern uns um sie. Sieh nach Liam, bitte."

Zögernd stand Dylan da und wollte nicht gehen. Er hatte sich noch nie in seinem Leben so hilflos gefühlt, oder so komplett aus seinem Element.

„Ich will sie nicht verlassen. Sie hat Liam gerettet. Sie hat ihn für mich gerettet. Es ist meine Schuld, dass sie da liegt", sagte Dylan mit seinem Blick auf Grace, die bewegungslos auf dem Bett lag. Nur der leichte Rhythmus ihres Atems war zu hören.

„Es war ihre eigene Entscheidung, oder? Du hast das nicht verursacht, aber ich hoffe, nächstes Mal bist du etwas vorsichtiger", sagte Margaret, dann scheuchte sie ihn zurück, so dass die Frauen um das Bett herumstehen konnten. Dylan sah zu, wie sie die Arme miteinander verschränkten und ihre Hände auf Grace legten.

„Komm mit, Junge. Lass uns nach Liam sehen. Komm, komm", sagte Sean, schob Dylan aus dem Zimmer und schloss die Tür hinter ihnen.

„Aber..."

„Sie sind alle vom gleichen Blut. Es gibt niemanden stärker, der ihr jetzt helfen kann", sagte Sean. Sie gingen beide in das andere Schlafzimmer und fanden Liam aufrecht sitzend gegen die Kissen gelehnt. Er sah leicht benommen aus, aber die Farbe war in seine Wangen zurückgekehrt.

„Da bist du ja wieder", sagte Sean und lächelte Liam an. „Ich habe dich ewig nicht gesehen. Ich wünschte, es wäre unter besseren Umständen, aber wie dem auch sei, hier sind wir."

„Sean, es ist immer schön, dich zu sehen. Tut mir leid, dass ich solche Probleme verursacht habe", sagte Liam. Seine Stimme war schläfrig aber seine Augen wach und hell.

„Du lebst nicht, wenn du nicht ab und zu mal einen Schrecken mitmachst", sagte Sean. Dann lehnte er sich näher, mit einem Blick über seine Schulter, um zu sehen, ob eine der Frauen da waren, und flüsterte: „Meinst du, ein Whiskey würde dich aufpeppen?"

„Genau das, was der Arzt verschrieben hat", stimmte Liam zu und Sean verschwand im anderen Raum.

„Liam...", sagte Dylan. Seine Hand schloss sich um die seines Freundes und er drückte sie leicht. „Du hast mich zu Tode erschreckt."

„Ja, ich weiß. Es hat mich auch erschreckt, wenn ich ehrlich sein soll. Ich konnte meine Beine nicht spüren. Ich habe gedacht, das war es jetzt, wirklich", gab Liam zu. „Es hat geschmerzt wie nichts, was ich je vorher gefühlt habe – wenigsten die Teile, die ich fühlen *konnte*. Ich glaube, am Ende bin ich einfach vor Schmerzen bewusstlos geworden. Was...was ist passiert? Es kam mir vor, als wäre ich an einem Moment am Strand und am nächsten lag ich zerbröckelt auf den Felsen."

„So war es. Es war eine einzelne Welle – eine verwunschene Welle – etwas anderes ist nicht möglich. Sie hat dich in die Luft geworfen, als wärst du ein Plüschtier. Es war wahrscheinlich das Erschreckendste, was ich je in meinem Leben gesehen habe", gab Dylan zu und drückte Liams Hand stärker. „Ich dachte, du warst weg. Ich...ich sage es vielleicht nicht oft, aber du bist Familie, Liam. Ich weiß nicht, was ich ohne dich gemacht hätte. Du bist mein bester Freund, meine rechte Hand, mein Bruder."

„Auf Familie", unterbrach Sean, bevor der Moment zu rührselig wurde und gab kleine Gläser mit Whiskey aus.

„Sláinte", sagte Dylan und trank sein Glas in einem Zug aus. Obwohl es einen Weg direkt in seinen Bauch brannte, fühlte er sich immer noch wacklig nach allem, was er an dem Tag miterlebt hatte.

„Wie geht es Grace?", fragte Liam mit angespannter Stimme.

„Sie wird wieder werden. Sie muss nur ihre Kraft wiederbekommen. So eine Heilung legt den Körper eine Weile lahm, das ist alles", sagte Sean.

„Glaubst du immer noch nicht an Magie?", fragte Liam Dylan mit erhobener Augenbraue.

„Ich... ich habe keine Erklärung für das, was ich sah, außer Magie, Kraft des Universums, göttliche Einfügung. Also nein, ich kann nicht sagen, dass ich nicht daran glaube", sagte Dylan.

„Cleverer Bursche. Du kannst dich nicht mit diesen Frauen umgeben und nicht an Magie glauben. Es macht die Welt verdammt interessanter und das ist Fakt", sagte Sean, fröhlich wie immer.

Dylan schüttelte nur seinen Kopf über die leichtfertige Akzeptanz des Mannes angesichts des phänomenalen Vorgangs, den sie gerade erlebt hatten.

„Ich weiß, dass du nicht hier drin bist und dem Mann Whiskey gibst, nachdem er fast gestorben ist." Margarets scharfe Stimme ließ Sean und Dylan ihre Köpfe einziehen.

„Ach, Margaret, der Bursche hat darum gebeten", sagte Sean und warf Liam geschickt den Wölfen vor.

Liam dachte, dass sie ihn nicht zu sehr schimpfen würde nach dem, was er durchgemacht hatte und lächelte sie schwach an. „Das habe ich, hübsche Frau. Nur ein kleines bisschen Medizin, um mich wiederherzustellen."

„Naja, da du wieder ganz bist, kannst du aufstehen.

Auf die Füße mit dir. Du kommst mit uns ins Dorf zurück", befahl Margaret.

„Warte, meinst du, er sollte aufstehen?", fragte Dylan.

„Mir geht es gut, wirklich." Liam stand auf und bewies seine Worte.

„Nichtsdestotrotz, wir werden in der Stadt auf dich aufpassen. Dylan, du bleibst hier mit Grace", befahl Margaret und segelte mit hoch erhobenem Kopf aus dem Zimmer.

„Aber...warte. Was ist, wenn sie etwas braucht? Etwas Magisches, das ich nicht tun kann? Soll ich sie zum Arzt bringen?", protestierte Dylan, als er vor den Frauen im Wohnzimmer stand.

„Wir haben gemacht, was wir können, um ihr zu helfen. Alles, was sie jetzt braucht, ist Ruhe und zu wissen, dass sie nicht allein ist. Auf dem Herd steht gefrorene Suppe zum Auftauen", sagte Cait kurzangebunden. „Stell sicher, dass sie sich ausruht."

„Aber...", sagte Dylan wieder, aber sein Protest verhallte ungehört, als die Frauen ihn überrollten, bevor sie um Liam herumgluckten und ihn zum Auto brachten. In wenigen Augenblicken war das Haus wieder ruhig, abgesehen von Rosie, die herüberkam und den Knochen, den er ihr gegeben hatte, zu seinen Füßen fallen ließ.

„Ich denke, das ist das Wenigste, was ich für dich tun kann", sagte Dylan und erinnerte sich daran, dass es der Hund gewesen war, der sie zuerst fand. Er fand die Dose mit Hundekeksen im Regal und steckte ein paar ins Spielzeug, bevor er seinen Kopf in Graces Zimmer steckte. Sie lag friedlich in ihrem Bett unter den Balken. Er brauchte seine ganze Willenskraft, um nicht zu ihr ins Bett zu kriechen und sie an seine Brust zu halten. Es war nicht ihr Job, jetzt seine Nerven zu beruhigen, beschimpfte Dylan sich selbst. Er machte die Tür leise zu und drehte sich zurück ins Wohnzimmer. Er entdeckte den Schaukelstuhl und den Kamin und machte es sich gemütlich.

Wenn es nach ihm ginge, würde er hier nicht so schnell wieder weggehen.

KAPITEL SIEBENUNDDREISSIG

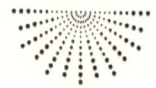

S ie fühlte sich hilflos.

Es war kein Gefühl, das Grace wirklich mochte, besonders im Hinblick darauf, dass sie ihr ganzes Leben lang machen konnte, was sie wollte. Im Moment war sie so erschöpft, dass es sogar schwierig war, ihre Augenlider zu öffnen.

Jemand bewegte sich in ihrem Haus zu leiser Musik – ein hübsches keltisches Lied – die von der Stereoanlage an ihrem Kamin ertönte.

„Wasser?", flüsterte Grace. Ihre Augen weigerten sich immer noch, sich zu öffnen. Pfoten trafen auf die Seite des Betts und Grace konnte Rosies kalte Nase auf ihrem Arm spüren, bevor sie wegtrottete. Sekunden später spürte Grace eine Präsenz über sich.

„Wasser?", flüsterte Grace erneut hoffnungsvoll.

„Da ist sie ja", sagte Dylan und er summte, während er ihren Kopf anhob und eine Tasse an ihre Lippen drückte, damit sie trinken konnte. Das kühle Wasser besänftigte ihre raue Kehle und sie lächelte schwach, bevor sie wieder eindöste.

Als Grace das nächste Mal aufwachte, konnte sie ihre Augen öffnen. Sie drehte sich und sah, dass Dylan den Schaukelstuhl an ihr Bett gezogen hatte. Er saß da und las ein Buch mit Rosie zu seinen Füßen. Dunkle Ringe lagen unter seinen Augen und er sah aus wie ein Mann, der sich kaum auf den Beinen halten konnte.

„Ist da...Wasser?", flüsterte Grace wieder und Dylans Kopf schoss hoch. Er klappte das Buch zu, setzte sich aufs Bett und half ihr noch einmal zu trinken. Diesmal schlief sie nicht sofort wieder ein. Stattdessen blickte sie in sein Gesicht.

„Danke", sagte Grace.

Dylan lachte halbherzig, schob seine Hand durch sein verwuscheltes Haar und schüttelte seinen Kopf. „Du schuldest mir keinen Dank. Ich sollte dir eigentlich danken. Du hast Liams Leben gerettet. Ich stehe für immer in deiner Schuld", sagte Dylan mit ernster Stimme, als er auf sie hinuntersah.

„Ich bin froh, dass ich helfen konnte. Meine Verantwortung", sagte Grace. Sie konnte kaum sprechen und ihre Augen schlossen sich langsam wieder, als ihr Körper mehr Schlaf verlangte, um ihre Kräfte wiederherzustellen.

Als Grace das dritte Mal aufwachte, erschreckte sie sich, weil Dylan neben ihr im Bett lag. Sein Arm lag über ihrem Körper und umgab sie mit seiner Wärme. Sie fühlte sich unglaublich sicher, kuschelte sich an und er vergrub sein Gesicht an ihrem Hals. Grace hielt ihren Atem für einen Moment an und fragte sich, ob er etwas sagen würde, aber dann merkte sie, dass er auch schlief. Der

Mann muss erschöpft gewesen sein, dachte Grace und legte sich zurück, um das Gefühl seiner Arme um sie zu genießen. Selbst wenn es nur für diesen einen Moment war, sie nahm es an und machte sich über die Zukunft später Sorgen. Sie schlief erneut ein und fühlte sich geborgen, als sie sich in Dylans Wärme kuschelte.

Grace wusste nicht, wie viel Zeit vergangen war, bevor sie sich endlich aufsetzte und umsah. Sie lächelte über den Anblick von Dylan, der wieder im Schaukelstuhl saß. Sein Kopf nickte, während er über dem Buch in seiner Hand schlief. Sie wollte ihn nicht aufwecken und schob ihre Beine unter der Bettdecke heraus, weil sie ein dringendes Bedürfnis hatte. Rosie, die kleine Verräterin, bellte kurz und Dylan erwachte ruckartig.

„Was machst du da?", fragte er und sprang auf seine Füße. Er war sofort an ihrer Seite.

„Ich, em, muss zur Toilette", sagte Grace und nickte zum kleinen Badezimmer in der Ecke.

„Oh, okay", sagte Dylan und half ihr hoch. Zusammen gingen sie durch das Zimmer, obwohl Grace die Hilfe nicht brauchte. Sie mochte es nur, dass er sie berührte.

„Ich kann allein hineingehen. Wirklich, es geht mir viel besser", sagte Grace und lächelte ihn an.

„Bist du sicher?"

„Ja. Ich habe seit Jahren nicht so friedlich geschlafen. Ich fühle mich voller Energie", gab Grace zu.

„Du rufst mich, wenn du mich brauchst? Ich bin gleich hier", sagte Dylan mit besorgtem Gesicht.

„Ja, ich verspreche es", sagte Grace und ging hinein. Ein Blick in den Spiegel und sie änderte ihre Pläne. Sie lachte, als er sich von draußen vor der Tür beschwerte.

„Du hast nicht gesagt, dass du duschen würdest", rief Dylan.

„Ich brauche es. Dann fühle ich mich besser. Ich verspreche, dass es mir gut geht", sagte Grace, während sie das Gefühl des heißen Wassers genoss, das ihren Rücken hinunterlief. Nichts war vergleichbar mit einer heißen entspannenden Dusche, wenn man tagelang krank gewesen war. Als sie herauskam, nur in ein Handtuch gewickelt, stand Dylan mit seinen Händen auf seinen Hüften vor ihr.

„Du hättest in der Dusche zusammenbrechen und dir den Kopf aufschlagen können", meckerte er.

„Ich fühle mich wirklich besser. Gibt es eigentlich irgendetwas zu essen? Ich habe Hunger", gab Grace zu.

Dylan trat in Aktion. „Ja, ich mache dir etwas. Kann ich dir ins Bett helfen oder...em, dich anzuziehen?"

Grace verkniff sich ein Lächeln angesichts seiner Befangenheit, die ungewöhnlich war für diesen selbstbewussten Mann.

„Warum holst du nicht das Essen und ich ziehe mich an."

„Nur Pyjamas. Du gehst gleich wieder ins Bett", sagte Dylan, als er das Schlafzimmer verließ. Damit war Grace einverstanden – sie war noch nicht ganz so weit, das Haus zu verlassen.

Sie zog lockere Flanellhosen und ein langärmeliges Oberteil an und trocknete ihre Haare so gut es ging mit dem Handtuch, bevor sie es in einem Knoten auf ihrem Kopf zusammenband. Als sie fertig war, war sie mehr als bereit, wieder unter die Bettdecke zu kriechen. Rosie sprang sofort hoch und drückte ihre Nase an ihre.

„Es geht mir gut, Mädchen. Ich verspreche es. Das war

nur etwas beängstigend für einen Moment, das ist alles. Du müsstest eine Medaille als Heldenhund bekommen", sagte Grace und rieb Rosie so lange, bis sich der Hund behaglich auf dem Bett herumrollte.

„Also Rosie war die Heldin der Geschichte?"

Dylan kam mit einem Tablett durch die Tür. Er lehnte sich über sie, stellte das Tablett auf ihren Schoß und sie war entzückt, Käsetoast und eine Schüssel Tomatensuppe zu sehen. Perfektes Essen für jemanden auf dem Weg der Besserung, dachte sie, und tauchte ihr Brot sofort in die Suppe und biss herzhaft hinein.

„Ja, ich habe sie noch nie so gesehen", sagte Grace. Rosies Blick folgte ihrem Sandwich, mit dem sie herumfuchtelte. „Sie hatte komplett den Verstand verloren und heulte herum und ich wusste sofort, dass etwas nicht stimmt. Ich habe die Tür geöffnet und sie schoss wie eine Rakete zur Bucht. Als ich dein Auto sah...ich dachte, dass du es wärst."

Grace zitterte, als sie den Moment erneut erlebte und Dylan kam und stand über ihr. Er strich mit seiner Hand über ihren Arm, um sie zu beruhigen.

„Ich bin ein kompletter Vollidiot", gab Dylan zu und Grace nickte nur, da sie nicht darauf vertraute, dass sie ohne zu weinen sprechen konnte. Sie schob sich einen weiteren Bissen vom Sandwich in ihren Mund, bevor sie etwas Blödes sagte wie „lieb mich". Dylan stand unbeholfen da und sah ihr zu, wie sie aß, unsicher, was er sonst sagen sollte. Als sie fertig war, hatte er sie so nervös gemacht mit seinem Herumgeflattere, dass sie ihn anfauchen wollte.

„Fertig?"

„Ja, Mama", sagte Grace gereizt.

Ein schwaches Lächeln ging über Dylans erschöpftes Gesicht. „Ich habe mir sagen lassen, wenn der Patient gereizt ist, ist er auf dem Weg der Besserung", sagte er, nahm das Tablett und dann stand er wieder über ihr. „Was kann ich für dich tun? Was brauchst du?"

„Eine Umarmung", flüsterte Grace und wich seinem Blick aus.

„Das kann ich arrangieren", sagte Dylan und das Bett sank etwas, als er neben sie unter die Decke schlüpfte, sie an sich zog und komplett mit seinen Armen umschlang. Grace vergrub ihr Gesicht an seiner Brust und hörte seinem Herzschlag zu. Sie wollte dies – nur dies – mehr als alles andere in der Welt.

„Es tut mir so leid. Ich hätte mich von der Bucht fernhalten sollen. Liam wollte unbedingt hingehen – ich habe ihm gesagt, dass es eine schlechte Idee war. Ich wusste, dass es eine schlechte Idee war", sagte Dylan. Seine Stimme rumpelte in seiner Brust.

„Männer hören nie zu", sagte Grace.

„Das könnte ich auch über viele Frauen sagen, die ich kenne", sagte Dylan.

„Das stimmt wahrscheinlich", gab Grace zu und drehte sich so, dass sie ihn ansehen konnte.

„Du hast mir Angst gemacht", sagte Dylan mit leiser Stimme.

„Mit meiner Heilung oder dem, was danach kam?", fragte Grace, um das klarzustellen.

„Alles. Von dem Moment, als die Bucht Liam verschluckte und wieder ausspuckte, als du ihn irgendwie nach Hause transportiert hast zur Heilung, als du in einem

Haufen auf dem Boden zusammenklappt bist, bis zu dem Moment, an dem es vorbei war. Es war die furchterregendste und beeindruckendste Erfahrung, die ich je in meinem Leben hatte. Es wirbelt immer noch alles in mir herum", gab Dylan zu.

„Magie macht dir Angst", sagte Grace. Es war keine Frage.

„Das tut sie. Ich habe das Gefühl, als hätte ich keine Wahl, wie die Situation ausgeht", sagte Dylan.

„Du hast immer eine Wahl. Freier Wille", flüsterte Grace. Ihre Augenlider wurden schwer, als sie sich ankuschelte, schläfrig und zufrieden nach dem Essen. Sie wusste, dass sie viel zu diskutieren hatten und dass nichts wirklich, wahrhaftig gelöst war. Aber in diesem Moment? Sie war genau da, wo sie sein wollte.

KAPITEL ACHTUNDDREISSIG

G race blinzelte mit den Augen und war überrascht, dass es dunkel war. Dylan lag neben ihr, seine Arme waren immer noch um sie gelegt. Er beschützte sie sogar in seinem Schlaf. Sie betrachtete ihn im blassen Licht der kleinen Lampe, die auf einem Tisch auf der anderen Seite des Raums stand.

Sie liebte ihn.

Diese Tatsache konnte sie nicht verleugnen. Sie konnte sich davor verstecken, es abstreiten, sich selbst davon überzeugen, dass sie den Mann, der er in diesem Leben war, nicht lieben konnte. Aber egal, welche Tricks sie sich vorspielte, die Wahrheit war immer direkt unter der Oberfläche. Grace liebte ihn und konnte ihm seine Vergehen der letzten Wochen vergeben, wenn sie es wollte. Er hatte die Dinge wirklich nicht gut gehandhabt, aber nachdem sie erfahren hatte, dass er etwas erschaffen wollte, um anderen zu helfen, hatte ihn das für sie nur noch liebenswerter gemacht.

Er war bei ihr geblieben. Grace lächelte und erinnerte

sich daran, wie niedlich er ausgesehen hatte, als er ihr Suppe brachte. Und wie voller Angst er gewesen war, als sie ins Badezimmer ging. Sie wusste nicht, was die Zukunft brachte, weil ihre Gaben ihr das glücklicherweise nicht vorhersagen konnten. Aber Grace wusste, was auch immer passierte, in diesem Moment wollte sie ihn.

Grace strich mit einer Hand über Dylans Wange und als seine Augenlider hochflatterten, lächelte sie.

„Hi", flüsterte Grace.

„Ist alles okay? Was kann ich für dich tun?", fragte Dylan und war sofort in seiner Beschützerrolle.

„Küss mich", flüsterte Grace.

Hocherfreut, als er nicht zögerte, glitt Grace in einen so sanften, so zärtlichen Kuss, dass sie nicht wollte, dass er jemals endete. Als er sich zurückzog, wusste sie, dass er es hier beenden würde – und das war das Letzte, was sie wollte. Denn in diesem Moment – in ihrem kleinen Nest fernab von der Welt – würde sie ihre Liebe für ihn erklären.

Sie rollte sich auf ihn, zog ihr Oberteil aus und setzte sich rittlings auf seine Taille. Ihre Haare fielen aus dem Knoten und über ihre Schultern.

„Grace...? Du bist immer noch nicht genesen. Du bist noch zu schwächlich", sagte Dylan, aber sie konnte sehen und spüren, wie sie auf seinen Körper wirkte. Lust erfüllte seine Augen, als sein Blick zu ihren Brüsten ging und dann wieder zurück zu ihrem Gesicht.

„Ich bin voller Leben. Ich war tagelang im Bett. Ich habe nichts als Energie", lachte Grace ihn an.

„Bist du sicher?", fragte Dylan und versuchte wieder, die Kontrolle zu behalten.

„Ja, ich bin sicher", sagte Grace und quietschte, als
Dylans Kontrolle versagte. In Sekunden hatte er sie
herumgelegt und begann, sich seinen Weg über ihre Haut
zu küssen. Seine Lippen hinterließen eine Hitzespur, als er
jeden empfindlichen Fleck ihres Körpers fand – von ihrem
Nacken zur Seite ihrer Brust zu einem besonders empfäng-
lichen Fleck an der Rückseite ihres Oberschenkels. Grace
wand sich unter seinem Ansturm und fühlte, wie sich tief
in ihrem Bauch Hitze aufstaute. Hocherfreut zog sie sein
Shirt über seinen Kopf und strich mit ihren Händen über
die Muskeln, die sie schon seit Wochen berühren wollte.

„Du bist atemberaubend", sagte Dylan gegen ihren
Oberschenkel und seine Lippen kitzelten ihre Haut. Sie
krümmte ihren Rücken, als er sich nach oben arbeitete und
ihren empfindlichsten Fleck fand, und sie unglaublich
sanft bis jenseits aller Vernunft erregte. Grace bebte unter
ihm, ersehnte sich Erlösung und seine Hände vergruben
sich in ihren Oberschenkeln, als er sie endlich und
unbarmherzig zum Höhepunkt brachte. Grace schrie auf
und hatte kaum einen Moment, bevor er sich wieder an
ihrem Körper nach oben bewegte und ihre Lippen mit
seinen fand.

„Ich will dich...mehr als irgendjemanden vorher", sagte
Dylan sanft gegen ihre Lippen. Er reizte sie, als er seine
harte Länge an ihr rieb, bevor er tief in sie eindrang. Für
einen kurzen Moment war Grace traurig, dass er nicht so
weit war, das Wort „Liebe" zu benutzen – aber sie hatte es
auch nicht erwähnt, erinnerte sie sich selbst. Und dann
konnte sie nicht mehr denken, da Dylans Körper zu ihrem
passte, als wären sie füreinander gemacht. Zusammen
ritten sie den Sturm, ihre Blicke verbunden, als sie gleich-

zeitig kamen. Tausend Worte blieben zwischen ihnen ungesagt.

Hinterher kuschelte Grace sich an ihn und sein Arm legte sich automatisch um sie, ihr Kopf war auf seiner Brust.

„Grace, wie kann das sein? Es fühlt sich so richtig an, mit dir zusammen zu sein. Und doch kenne ich dich erst kurze Zeit", sagte Dylan. „Geht es dir... geht es dir genauso?"

Grace drehte sich, so dass sie mit aufgestütztem Kopf auf seiner Brust lag und sah in seine Augen.

„Ja, ich fühle dasselbe. Dylan, erinnerst du dich nicht an mich?", fragte Grace, ihre Augen voller Hoffnung.

„Mich an dich erinnern? Haben wir uns vorher schon mal getroffen?" Auf seinem attraktiven Gesicht erschein ein peinlicher Ausdruck und auf seiner Stirn glänzte ein Schweißfilm nach ihrem Liebesspiel.

„Ja", sagte Grace ganz leise. „In einem anderen Leben."

„In...in einem anderen Leben", sagte Dylan achselzuckend. „Klar, vielleicht haben wir uns schon mal gekannt. Aber das könntest du vermutlich über jeden sagen."

Seine Worte verletzten sie mehr, als er ahnen konnte. Aber statt auszurasten, wie sie das normalerweise tun würde, atmete Grace tief ein.

„Nicht einfach wie jeder andere. Nicht wir. Wir haben uns in einer anderen Zeit sehr tief geliebt. Ich habe auf dich gewartet", sagte Grace und hielt seinen Blick fest.

„Du hast auf mich gewartet? Grace, woher hast du denn gewusst, dass ich es war? Oder von einem anderen

Leben? Ich verstehe es nicht", sagte Dylan und sie sah, wie seine Mauern hochgingen.

„Du hast mir in der Bucht dein Vertrauen geschenkt", sagte Grace und verflocht ihre Finger mit seinen. „Würdest du mir noch einmal vertrauen? Damit ich dir etwas zeigen kann?"

„Ja, ich denke schon", sagte Dylan und sie wusste, dass es ihm unbehaglich war.

„Ich habe angefangen, von dir zu träumen, als ich eine erwachsene Frau geworden war. Es war der gleiche Traum, immer und immer wieder, über Jahre. Er war über uns – wir in einer anderen Zeit, aber unsere Seelen zusammen. Jede Nacht habe ich von den wunderbarsten Zeiten mit dir geträumt – diese gestohlenen Momente – und jede Nacht hast du mir versprochen, dass wir eine Liebe haben, die alle Zeiten überdauert", sagte Grace. Sie war nicht fähig, ihm zu sagen, dass er ermordet und ihr fortgenommen wurde. „Weißt du, wo diese Träume stattgefunden haben?"

Dylan schüttelte misstrauisch seinen Kopf.

„Das Bild des Hauses, das du gemalt hast. Das war unser Zuhause für eine Weile und wir haben uns dort wild geliebt", sagte Grace, lächelte ihn an und hoffte, dass er die Verbindung sah.

„Aber wie?", fragte Dylan. Sein Gehirn suchte immer noch eine logische Antwort. „Ich glaube, ich habe das einfach gemalt nach..." Er hielt inne.

„Nach einem Traum, den du hattest", beendete Grace den Satz für ihn.

„Ich weiß nicht, ob ich das glauben kann. Ich versuche immer noch, alles, was in den letzten Tagen passiert ist, in meinen Kopf zu bekommen", sagte Dylan. „Versteh bitte, dass ich es nicht von der Hand weise. Es ist nur...eine Menge zu verarbeiten."

„Ich kann es dir zeigen", flüsterte Grace.

„Du kannst auch durch die Zeit reisen?", fragte Dylan.

Grace lachte amüsiert über ihn gegen seine Brust. „Nein, ich kann mit dir im Traum wandeln. Würdest du mit mir mitkommen? In unseren Traum?", fragte Grace. „Dann zeige ich es dir."

Dylan dachte einen Moment nach, dann nickte er und drückte einen Kuss auf ihren Kopf.

„Wenn du einen Traumwandel willst, bekommst du einen Traumwandel."

KAPITEL NEUNUNDDREISSIG

Dieses Mal, als sie zu ihm an den Strand ging, wo er angelte, war es, als wären sie im Jetzt.

„Grace."

„Dylan", sagte Grace, lächelte zu ihm hoch und schwang sie ihre Arme herum, um den Strand, das kleine Steinhaus und die wunderbare Privatsphäre zu umfassen.

„Du bist so schön", sagte Dylan, watete aus dem Wasser und lächelte auf sie herunter. „Ich mag diese Hosen an dir."

„Danke, mein schöner Mann", sagte Grace und lachte, als er sie auf seine Arme nahm und zum Haus trug, wo er sie so liebte, wie ihre Seele sich danach sehnte. Hinterher, in seinen Armen zusammengerollt, sah sie an ihm hoch.

„Ich verstehe meine Gefühle nicht", sagte Dylan und überraschte sie. Grace strich seine Haare aus der Stirn und blickte in seine wunderbaren blauen Augen.

„Wie meinst du das?"

„Wenn das hier der glücklichste Moment meines Leben sein soll, mit einer Liebe, die alle Zeit überdauert, warum fühle ich mich..." Dylan seufzte frustriert und verengte seine Augen, als er nach dem Wort suchte. „...traurig? Ein Teil von mir hier in diesem Moment mit dir fühlt sich unglaublich traurig. Warum ist das so? Es macht keinen Sinn für mich." Er drückte ihr gedankenverloren einen Kuss auf ihre Stirn und zog sie näher an sich, während seine Gedanken die Antworten suchten, von denen er wusste, dass sie sie hatte.

„Weil du gefragt hast – und weil ich dir gesagt habe, dass du mir vertrauen kannst – werde ich es dir zeigen. Aber Dylan, erinnere dich bitte an unsere Liebe. Hier in diesem Moment. Denn was ich dir gleich zeigen werde, ist traumatisch. Ich musste es noch einmal erleben und ich hasse, dass du das jetzt auch wirst", sagte Grace. Ihre Augen füllten sich mit Tränen. Aber er musste die ganze Geschichte kennen, wenn er die Tiefe ihrer Liebe für ihn verstehen sollte.

„Es ist etwas Schlimmes, oder?", flüsterte Dylan.

„Ja", sagt Grace mit einem Schluchzer in der Kehle.

„Dann lass mich dich noch einen Moment länger so halten. Nur einen Moment. Und dann bin ich bereit für das, was da kommen mag", sagte Dylan. Grace atmete seinen Geruch ein und betete, dass sie überstehen würden, was als nächstes passieren würde – auf der anderen Seite in ihrer Welt jetzt – und schloss ihre Augen.

Es war so schlimm, wie sie es erwartet hatte, sogar noch schlimmer, es ein weiteres Mal mitzuerleben – dieses Mal mit Dylan im Jetzt – und ihn fallen sehen. Das Blut – oh, das Blut schien in ihre Seele einzudringen, als sie noch einmal über ihren Verlust weinte.

Als sie aufwachte, war Dylan weg.

KAPITEL VIERZIG

G race weigerte sich, in Selbstmitleid zu schwelgen. Auch wenn sie den Mord an ihrer Liebe noch einmal erleben musste, ihr Traum hatte sie daran erinnert, wie stark sie war. Sie stand aus dem Bett auf und ging in die Küche, um Tee zu machen.

„Grace."

Grace schrie auf, hielt eine Hand an ihr Herz und drehte sich zu Dylan. Er hatte den Schaukelstuhl wieder vor den Kamin zurückgestellt.

„Ich...ich dachte, du wärst weg", sagte Grace. Ein hoffnungsvolles Lächeln erschien auf ihrem Gesicht. Bis sie zur Kenntnis nahm, dass er voll angezogen war und seine Autoschlüssel in der Hand hatte.

„Ich gehe", sagte Dylan. Scham ging kurz über sein Gesicht, bevor er wegsah. Offensichtlich war er nicht daran interessiert, den Schmerz auf ihrem Gesicht zu sehen.

„Du bist der Typ, der Spaß im Bett hat und dann

abhaut, hm?", sagte Grace leichthin und überkreuzte ihre Arme über ihrer Brust. Dylan stand auf und kam zu ihr.

„Nein, und wenn es so rüberkam, tut es mir leid. Ich hätte ganz sicher nie mit dir geschlafen, wenn ich all das gewusst hätte...alles, was du mir gezeigt hast", sagte Dylan mit angespannter Stimme.

„Ich verstehe nicht ganz. Du meinst, wenn du gewusst hättest, dass wir in einem vergangenen Leben Liebhaber waren, hättest du mich in diesem nicht geliebt?", sagte Grace. Feuer blitzte in ihren Augen.

„Es fühlt sich einfach...ich mag nicht, wie ich mich damit fühle", sagte Dylan. Er strich mit einer Hand über sein Gesicht und ging auf und ab. „Es ist, als hätte ich keine Wahl. Dass dies alles für mich vorbestimmt war oder so. Ich fühle mich machtlos. Als ob all meine Entscheidungen in meinem Leben nicht wirklich meine eigenen gewesen wären, und irgendwie wurde ich hierhergelockt wie eine Art Marionette, um eine magische Bestimmung zu erfüllen, bei der ich kein Mitspracherecht habe."

„Du glaubst, dass ich deinen Hintern hierher gezaubert habe, um dein von mir vorbestimmtes Schicksal zu verwirklichen?", sagte Grace und sprach die Worte betont sorgfältig aus, während Wut sie erfüllte. Die Unverschämtheit dieses Mannes.

„Ich habe nur das Gefühl, als wäre das alles für mich entschieden worden. Wo kann ich was dazu sagen? Nichts ist so gelaufen, wie ich es wollte, seit ich dich kennengelernt habe. Ich habe komplett die Kontrolle verloren, und jetzt habe ich dies erfahren. Was glaubst du, wie ich mich dabei fühle? Meinen eigenen Tod so zu erleben? Dich zu

verlieren und die Liebe, die ich für dich fühlte?" Dylan
schrie fast und sein Gesichtsausdruck war total verstört.

„Was meinst du, wie ich mich dabei fühle, wenn ich
zusehen muss, wie du stirbst? Immer und immer wieder?",
erwiderte Grace.

„Ich weiß nicht, Grace. Du hast es mir nicht gesagt.
Wie fühlst du dich dabei?"

„Furchtbar! Ich liebe dich und muss das in meinem
Kopf jede Nacht wiederholen, wenn ich schlafe", sagte
Grace unter Tränen.

„Nein, Grace, da liegt ein Missverständnis vor. Du hast
jenen Mann vor Jahrhunderten geliebt. Du liebst nicht
diesen Mann. Du überträgst nur deine Erwartungen einer
anderen Zeit auf mich", sagte Dylan.

„Das ist eine Lüge. Ich habe versucht, dich nicht zu
lieben. Ich habe dich abgewiesen, oder? Ich habe dir
gesagt, du sollst mich in Ruhe lassen. Du bist immer
wiedergekommen. Ich habe nichts von all dem fabriziert.
Ich wollte dich nicht noch einmal so lieben, verstehst du
das nicht? Ich weiß nicht, ob ich es ertrage, noch einmal so
verletzbar zu sein", weinte Grace, wütend, dass er nicht
sehen konnte, was direkt vor ihm war.

Wovon er sich abwenden wollte.

„Ich bin auch nicht gern verletzlich. Und ich mag es
überhaupt nicht, wenn ich das Gefühl habe, ich wäre eine
Schachfigur in irgendeinem magischen Spiel", sagte
Dylan.

„Du bist keine Schachfigur. Du hattest die ganze Zeit
deinen freien Willen. Ich hatte keine Kontrolle darüber,
wann oder wie ich dich in diesem Leben sehen würde",

sagte Grace. Tränen liefen ihre Wangen herunter. Rosie kam herüber, setzte sich auf Graces Füße und winselte.

„Es fühlt sich an, als hätte ich überhaupt nichts zu sagen zu alldem. Das gefällt mir nicht, Grace. Ich möchte mich nicht so fühlen, oder glauben, dass mir meine Wahlmöglichkeit weggenommen wurde", sagte Dylan. „Dass ich nicht gehen kann oder meinen eigenen Weg auswählen."

Unerträglich müde, ihr Herz erneut in Stücke gebrochen, zeigte Grace auf die Tür.

„Da ist die Tür", sagte Grace ganz leise.

Als er ohne ein weiteres Wort ging, glitt Grace auf den Boden und legte ihre Arme um Rosie. Sie weinte, bis sie nicht mehr weinen konnte.

Am Ende wischte sie sich über ihre Wangen und stand auf. Sie schwor, dass sie es nie wieder zulassen würde, dass jemand sie so verletzte. Denn am Ende war sie die ganze Zeit über die Schachfigur gewesen. Und obwohl sie gewusst hatte, wie sehr es schmerzen würde, Dylan zu lieben und ihn in diesem Leben wieder zu verlieren, hatte sie ihre Mauern nicht hoch genug gebaut.

Eine Lektion, die sie kein weiteres Mal lernen musste.

KAPITEL EINUNDVIERZIG

D ylan fand seine Mutter im Garten kniend, wo sie vor sich hin summte, während ihre Katze nach einer der Blumen schlug, die sie pflanzte.

„Also wir haben das diskutiert. Du kannst zuschauen, aber nicht anfassen. Dies sind nicht deine Spielzeuge. Wenn ich sehe, dass du sie ausgräbst, werde ich dich nicht mehr füttern. Dann kannst du für dich selbst sorgen."

Die dicke orangefarbene Katze rollte sich auf den Rücken und sah Catherine an, ein Bild von pummeliger Unschuld. Dylan dachte, es würde der Katze nicht schaden, hier und da mal eine Mahlzeit auszulassen.

„Mama", sagte Dylan und Catherine fiel rückwärts, ihre Hand auf ihrem Herz.

„Dylan! Oh, ich habe dich nicht erwartet. Bist du schon zu Hause? Oh, Schatz, ich habe dich vermisst", sagte Catherine und eilte zu ihm herüber. Eine kleine Frau mit leuchtenden blauen Augen, begrüßte sie ihn immer voller Überschwang, so wie sie alles im Leben begrüßte.

In mancher Hinsicht hatte sie ihn oft an eine Fee erinnert, die fröhlich voller Elan und Begeisterung herumsprang.

„Ist Papa auch zu Hause?"

„Er ist bei einem Golfwochenende mit den Jungs. Ich nehme es ihm nicht übel bei diesem Wetter. Es ist ein paar Wochen her, seit wir die Sonne gesehen haben." Catherine schnatterte weiter und zog ihn an der Hand ins Haus. Seine Eltern leben in einem schönen zweistöckigen Farmhaus, worüber Dylans Vater immer noch gern grummelte, aber von dem Catherine komplett entzückt war, als sie es das erste Mal sah. Jetzt hatte sie es in ein Vorzeigeobjekt verwandelt mit atemberaubenden Gärten, einer kleinen Hobbyfarm und sogar einem Bereich für Rasenspiele. Da sie seinen Vater jedes Mal beim Boccia schlug, dachte Dylan, dass Catherine die Oberhand hatte.

„Ich gehe und setze Wasser auf", rief Catherine über ihre Schulter. Er wand seinen Weg durch eine kuriose Ansammlung von Möbeln, vermischt mit Blumentöpfen, die irgendwie alle zusammen Sinn ergaben, und ging in die helle Küche mit einer schönen Marmorinsel in der Mitte. Nur weil es ein Farmhaus aus dem 18. Jahrhundert war, bedeutete das nicht, dass sie nicht einen modernen Geschmack haben könnte, hatte Catherine gesagt und die Küche sofort renoviert, um sie zu einem modernen und einladenden Platz zu machen. Viele ernste Gespräche waren hier geführt worden und Dylan zog einen Hocker hervor, setzte sich darauf und legte sein Gesicht in seine Hände, während er seine Mutter beobachtete, die in der Küche hantierte. Er war froh, dass er zu Hause war.

Als sie sich mit einem Teller Kekse umdrehte und ihn genau ansah, hielt sie inne.

„Oh, Schatz, sag mir, was nicht stimmt. Ist es die Meerjungfrau?"

„Woher hast du das gewusst?", fragte Dylan.

„Nur so ein Gefühl. Erzähl mir alles", sagte Catherine, goss den Tee auf und zog einen Hocker neben ihn.

Also tat er das. Als er fertig war, hatte Catherine ihren Tee ausgetrunken und öffnete eine Flasche Wein.

„Lass uns ein Glas im Garten trinken, während die Sonne untergeht ", sagte Catherine und Dylan lächelte sie an. Wenn er bei seiner Mutter war, schien es kein Problem zu geben, das nicht über Wein und einem Besuch bei ihren Blumen gelöst werden konnte.

Dylan trug ihre Gläser zu einem seiner Lieblingsplätze im Garten, wo hier und da Weinreben rankten. Er ging zu dem schönen kleinen Mosaiktisch mit zwei Stühlen und die dicke Katze folgte ihnen, vermutlich in der Hoffnung, dass sie Kekse mitbrachten.

„Sláinte", sagte Catherine und sie stießen an. Dylan lächelte sie an und wartet darauf zu hören, was sie zu sagen hatte.

„Ich muss sagen, ich schäme mich etwas dafür, dass ich einen kompletten Idioten als Sohn großgezogen habe", begann Catherine und nagelte ihn mit ihrem Blick fest. Dylan verschluckte sich an seinem Wein, als er sie schockiert ansah.

„Ich habe langsam die Nase voll davon, als Idiot bezeichnet zu werden", sagte Dylan mit stählerner Stimme. „In anderen Teilen dieses Landes scheinen die Leute mich für meine Intelligenz und meinen Geschäftssinn zu schätzen."

„Ja klar, da bist du clever." Catherine tat alle seine

Errungenschaften mit einer kleinen Handbewegung ab. „Aber wenn es um Herzensangelegenheiten geht? Da bist du nicht sehr helle."

„Ich glaube nicht, dass du sehr fair bist, Mama", sagte Dylan bissig. „Kannst du nicht verstehen, was für ein Schock das alles für mich war? Es hat mein Leben geändert – meine Sichtweise der Welt, wie ich sie kenne – und ich fühle mich, als ob ich gar nichts verstehe."

„Ich glaube, das ist eine sehr passende Beschreibung von Liebe", sagte Catherine und nickte zustimmend. „Vielleicht bist du doch gar nicht so dumm."

„Ich bin nicht...ich habe nicht über Liebe geredet." Dylan stand frustriert auf und fing an, vor ihr hin- und herzugehen. „Ich habe über Magie und Schicksal und all das Zeug geredet."

„Und du meinst nicht, dass Liebe Magie ist?", entgegnete Catherine.

„Naja, nein, nicht wirklich. Ich meine, es kann sich vielleicht magisch anfühlen, aber es ist nicht wirklich lebensechte Magie", sagte Dylan.

„Dann verstehst du Liebe nicht richtig. Sie kann Berge bewegen, mein Liebling."

„Jaja", sagte Dylan verstört.

„Oh, mein lieber, präziser und logischer Sohn. Ich hatte mir das so sehr für dich gewünscht", lachte Catherine.

„Du hast dir gewünscht, dass ich mich miserabel fühle?", fragte Dylan und drehte sich mit einem bösen Blick zu ihr.

„Ich habe mir gewünscht, dass du mehr Magie in

deinem Leben hast. Liebe und Lachen, Frust und Streit, und die Essenz davon, wirklich lebendig zu sein. Die Tatsache, dass Grace richtige Magie hat, ist nur das Sahnehäubchen, so wie ich das sehe. Du hast so viel Glück, dass du eine Frau gefunden hast, die so fantastisch ist wie sie", sagte Catherine, ihre sanften Augen voller Liebe für ihn.

„Und das ist es? Akzeptier alles und reih dich ordentlich ein bei dem, was das Schicksal für uns will?", fragte Dylan, stur bis zum Ende.

„Es geht nicht darum, was das Schicksal will", sagte Catherine. „Siehst du das nicht? Es geht darum, was du willst. Du bist hier, oder? Du hast deine Frau am Boden zerstört zurückgelassen. Und wenn ich es richtig sehe, bezweifle ich, dass sie darauf warten wird, dass du zurückkommst. Daher wiederhole ich meine Beurteilung deiner Intelligenz. Aber niemand sagt dir, was du machen musst, Dylan. Nur du kannst auf dein Herz hören und darauf vertrauen, was du willst. Also was ist es?"

„Ich will mit ihr zusammen sein", sagte Dylan automatisch und war überrascht, als er merkte, dass es die komplette und unerklärliche Wahrheit war.

„Warum hast du sie dann zurückgelassen?", fragte Catherine.

„Ich...ach, Scheiße. Weil ich ein Idiot bin", sagte Dylan und schob seine Hand durch sein Haar.

„Ich hoffe, du weißt, wie man zu Kreuze kriecht, weil ich den Verdacht habe, dass diese schöne Piratenkönigin keine Gefangenen nehmen wird", rief Catherine hinter ihm her, aber Dylan rannte schon zu seinem Auto, sein Gesicht voller Panik darüber, was er verlieren könnte.

Catherine sah hinunter auf die dicke Katze, die sich an ihre Beine schmiegte.

„Ich glaube, das ist nicht schlecht gelaufen, oder?"

Als Antwort biss die Katze in eine Blume und Catherine sah sie aus verengten Augen an.

„Wie ich sehe, möchte jemand kein Abendessen."

KAPITEL ZWEIUNDVIERZIG

„Das war das beste Geschenk überhaupt", sagte Fi, als sie Mimosas tranken und das glitzernde blaue Wasser des Mittelmeers vor ihnen schimmerte.

Nachdem Dylan gegangen war, hatte Grace eine Auszeit gebraucht. Erst hatte sie kurz in Erwägung gezogen, zur Hütte zu gehen, wo ihre Träume zerschmettert worden waren. Aber das schien zu selbstbezogen oder vielleicht zu verdrießlich, also gab sie stattdessen nach und folgte Fis Aufforderung, sie in Italien zu besuchen. Rosie war fröhlich mit Margaret und Sean mitgegangen, die für eine Woche in Keelin und Flynns Haus wohnten, das nicht weit von ihrem Haus war. Ihre Arbeit für New York stand derzeit still, da alle Produkte versandt worden waren. Da sie nichts anderes zu tun hatte, als Trübsal zu blasen, konnte Grace Fis Angebot eines Urlaubs nicht ausschlagen.

Es war genau das, was sie brauchte.

Grace und Fi hatten eine Woche richtigen Frauenurlaub gemacht, mit Bootsfahrten und Nachmittagen, an denen sie

mit charmanten Italienern lachten, die zum Flirten geboren
waren. Grace hatte in den kleinen Boutiquen alles gekauft,
was ihr Herz begehrte, von hübschen blauen Hängeohr-
ringen zu einer wunderbaren weichen Lederhandtasche.
Und ein Paar Schuhe oder zwei. Es wäre ein Verbrechen,
nach Italien zu gehen und keine Schuhe zu kaufen, hatte
Grace gedacht und strich mit ihrer Hand über das butter-
weiche Leder ihrer neuen Stiefel.

Fi hatte ihr Bestes getan, Grace mit jedem gutausse-
henden Mann zu verkuppeln, der ihr über den Weg lief,
aber Grace war nicht aufgelegt dafür. Als sie einen Tag
hatten, an dem sie nur am Wasser faulenzten, beschloss Fi,
dass es genug war.

„Du liebst ihn wirklich, oder?", fragte Fi und sah sie
durch ihre gepunktete Sonnenbrille an. Sie lagen auf
Liegestühlen, obwohl es noch ein bisschen kühl für die
Jahreszeit war, aber wärmer als in Irland. Der Garten war
wunderschön, mit kletternden Weinranken, einer niedrigen
Steinmauer und einem atemberaubenden Blick auf das
Meer. Solange Grace das Wasser sehen konnte, war sie
besänftigt.

„Ja, das tue ich."

„Das habe ich mir gedacht und habe etwas angestellt.
Es war keine Absicht. Mama schimpft mit mir, dass ich
besser damit umgehen muss", sagte Fi und trommelte
nervös mit ihren Fingern auf ihrem Bein. Grace starrte auf
ihre zierliche Freundin.

„Was hast du gemacht?"

„Ich habe etwas in deine Gedanken gelugt. Ich wusste,
wie sehr du ihn liebst. Aber ich musste sicher sein",
sagte Fi.

„Warum musstest du sicher sein, Fi? Hätte ich dir das nicht zu einer für mich richtigen Zeit erzählen können? Du weißt, wie ich darüber denke. Ich versuche, mich bei dir zurückzuhalten", grummelte Grace. Auch wenn sie Gedanken nicht vollständig lesen konnte, konnte Grace hier und da Fetzen auffangen, aber sie versuchte immer, ihren Freunden gegenüber respektvoll zu sein.

„Ich weiß. Es ist nur, dass...ich habe dich noch nie so zerstört gesehen. Ich weiß, dass du eine Fassade für mich aufgesetzt und versucht hast, Spaß zu haben. Aber ich kann sehen, dass du nur zu Hause sein willst. Mit ihm", sagte Fi.

„Das tue ich. Aber das ist nicht wirklich eine Option für mich, Fi. Das weißt du. Daher das ganze Drama mit dem gebrochenen Herzen", sagte Grace, trank von ihrem Glas und starrte aufs Wasser. „Es wird nur etwas dauern, bis ich wieder auf die Füße komme und nach vorne schauen kann."

„Oder du müsstest nicht nach vorne schauen", schlug Fi vor.

„Du willst, dass ich zu ihm zurückschaue?", sagte Grace und sah Fi überrascht an.

„Ich glaube, dass wahre Liebe eine Chance verdient", sagte Fi gelassen.

„Ich kann nicht mit jemandem streiten, der mich verlassen hat", sagte Grace.

„Ja, was das angeht", sagt Fi, und ihr hübsches Gesicht errötete leicht.

„Was hast du gemacht?", fragte Grace, setzte sich auf und starrte ihre Freundin an.

„Naja, du weißt, wie du mir gesagt hast, ich soll dein

Telefon wegnehmen?", sagte Fi und Grace spürte, wie ihr übel wurde.

„Du hast ihm keine SMS geschickt, Fi. Das wäre unverzeihlich", zischte Grace und fühlte sich von ihrer Freundin betrogen.

„Hör mir zu. Er hat angerufen. Und angerufen. Und angerufen. Und SMS geschickt. Immer wieder. Also habe ich am Ende etwas angestellt", sagte Fi achselzuckend und sah nicht so schuldbewusst aus, wie sie Graces Meinung nach aussehen sollte.

„Was hast du gemacht?", fragte Grace und tat ihr Bestes, ihr Temperament ihrer besten Freundin gegenüber zu kontrollieren.

„Hallo, Grace."

KAPITEL DREIUNDVIERZIG

Beim Klang von Dylans Stimme sprang Grace auf und versuchte, von der Terrasse wegzulaufen, aber es ging nirgends hin außer über die Klippen und hinunter ins Meer. Wütend über Fi und unvorbereitet, um mit Dylan zu sprechen, starrte sie auf die See und zwang sich zu atmen.

Ein Atemzug zurzeit.

Als sie sich endlich umdrehte, hatte Fi sich aus dem Staub gemacht. Schlaue Frau, dachte Grace, während sie über all die Arten nachdachte, wie sie ihre beste Freundin bestrafen würde.

Ihr erster Gedanke, als sie endlich in der Lage war, Dylan anzusehen, war, dass er müde aussah. Und dass er etwas abgenommen hatte. Nicht, dass ihr das etwas ausmachte, erinnerte Grace sich selbst, als sie ihre Arme über ihrer Brust verschränkte.

„Ich bin zum Haus zurückgegangen. Am nächsten Tag", sagte Dylan mit emotionaler Stimme. „Aber du warst schon weg."

„Und? Hast du gedacht, ich wäre da und würde dich

mit offenen Armen begrüßen?" Grace zuckte mit den Schultern und sah zur Seite. Sie war so frustriert mit sich selbst, weil sie zu ihm rennen und ihn umarmen wollte.

„Nein, das habe ich nicht erwartet. Ich hatte aber auch nicht erwartet, dass du ein Feigling bist", sagte Dylan und Grace sah ihn wütend an.

„Feigling? Ich bin nicht derjenige, der weggegangen ist", sagte Grace und kam auf ihn zu, um ihn mit ihrem Finger in die Brust zu stochern. „Ich bin nicht derjenige, der nicht stark genug war, um zu uns zu stehen. Uns eine Chance zu geben."

„Ich weiß, Grace. Ich bin der Feigling. Ich konnte nicht sehen, was du gesehen hast. Aber du musst wissen, dass ich einfach etwas Zeit brauchte, um es zu verarbeiten", sagte Dylan mit einem kläglichen Gesichtsausdruck. „Du hast viel Zeit gehabt, um dich mit Magie, Schicksal, verrückten Träumen und vergangenen Leben auseinanderzusetzen. Ich hatte Tage. Ich weiß, dass ich es vermasselt habe, aber kannst du nicht etwas Nachsicht haben? Es ist verdammt viel auf einmal so auf die Schnelle, ganz abgesehen davon, dass du dein ganzes Leben für jemanden ändern willst."

„Dein ganzes Leben ändern? Was änderst du denn? Oh...das Kulturzentrum? Es tut mir so leid, dass du das woanders bauen musst", wetterte Grace. „Ich habe nicht gesagt, dass du es nicht bauen kannst. Es ist nicht das Ende der Welt, es woanders hinzuverlegen."

„Das ist es nicht, worüber ich rede", sagte Dylan und zog ein Päckchen aus seiner Schultertasche. Er hielt es ihr hin, bis sie es nahm und misstrauisch von ihm zu der Mappe schaute.

„Was ist das?"

„Öffne es und schau nach", sagte Dylan.

Grace öffnete es und sah den Inhalt. Ihr Herz erblühte mit Hoffnung, als sie feststellte, was er gemacht hatte.

„Du hast das Richtige gemacht", sagte Grace mit gebrochener Stimme.

„Ja, das Land ist deins. Ich habe es dir überschrieben. Du hast recht. Es sollte in deiner Familie bleiben", sagte Dylan.

„Das...das ist unheimlich nett von dir", sagte Grace und streckte ihren Rücken gerade. „Und es ist das richtige. Dafür muss ich dich loben."

„Ich brauche aber noch deine Unterschrift zu Klausel 39", sagte Dylan und nickte zur Akte.

„Klausel...was? Ich bin sicher, dass wir das ein andermal arrangieren können", grummelte Grace, frustriert und aufgewühlt bei dem Gedanken, Papiere lesen zu müssen, wenn der Mann, den sie liebte, ihre Emotionen aus dem Gleichgewicht brachte.

„Nein, es kann nicht warten. Du musst das jetzt entscheiden", sagte Dylan mit einem strengen Gesichtsausdruck. Verärgert beugte Grace ihren Kopf über die Papiere und blätterte, bis sie Klausel 39 fand.

„Die Pacht des Landes wird auf Ms Grace O'Brien übertragen, wenn sie das unwiderrufliche Recht eines Mieters akzeptiert, das Haus bei Grace's Cove zu teilen", las Grace, dann schoss ihr Kopf hoch und sie starrte ihn an. „Ein Mieter? Das glaube ich doch wohl eher nicht."

„Lies weiter", schlug Dylan vor.

„Die Miete ist ausschließlich für Mr Dylan Kelly..." Graces Stimme brach und sie sah von den Papieren hoch.

Ihre Kinnlade fiel nach unten, als sie Dylan vor sich knien sah.

„Was...was bedeutet das?", keuchte Grace.

„Und ich werde die ganze Zeit dumm genannt", witzelte Dylan und dann sah er zu ihr hoch, sein Herz in seinen Augen. „Bevor du entscheidest, die Klausel zu akzeptieren, habe ich noch etwas anderes für dich."

Grace nahm das Päckchen, das er ihr anbot. Es war viel schwerer als erwartet von einem Mann, der auf dem Boden kniete. Sie steckte die Papiere unter ihren Arm und wickelte das Päckchen schnell aus. Als sie sah, was es war, flossen ihre Tränen ungebremst.

Mein Herz für deins.

„Du hast die Hütte gefunden", flüsterte Grace und hielt den Stein in der Hand, den sie vor all diesen Jahren sorgfältig eingraviert hatten.

„Ich habe die Hütte gefunden. Und dir das hier gebracht, um zu zeigen, dass ich dir glaube. Ich glaube an unsere Liebe und ich war ein Idiot, dir meinen Rücken zuzukehren, nur weil ich es nicht verstehen oder akzeptieren konnte. Wirst du mich akzeptieren, Grace, meine Liebe? Mit all meinen Fehlern und Schwächen, nimmst du mich als deinen Liebhaber, deinen Ehemann, deine Liebe für alle Zeiten? Ich wäre ohne dich verloren – ich habe erst gemerkt, dass ich ohne dich nichts bin, als ich dich in diesem Leben wiedergetroffen habe. Jetzt passen alle Stücke zusammen und ich weiß mit jeder Faser meines Seins, dass du die Einzige für mich bist."

Dylan hielt noch ein Päckchen hoch, was Grace gleichzeitig lachen und weinen ließ. Sie legte die Papiere ab und den eingravierten Stein obendrauf, bevor sie das Kästchen von ihm nahm. Als sie es öffnete, jubelte ihr Herz.

„Es sieht aus wie die Bucht", flüsterte Grace und sah in Dylans Augen. Der Ring, ein brillanter blauer Saphir mit einem perfekten Halbkreis aus Diamanten in einem goldenen Band, schimmerte mit Leben und Liebe.

„Und?", fragte Dylan, Hoffnung in seinen Augen. „Wirst du Klausel 39 akzeptieren? Es ist unwiderruflich, nur, dass du das weißt."

„Ja, ich weiß. Mit Fehlern, Sturheit, einem großen Herz und allem", lachte Grace und sprang in seine Arme.

„Wir sind wieder für immer verbunden. Mein Herz für deins...", flüsterte Dylan gegen ihre Lippen.

„Für alle Zeiten", stimmte Grace zu.

EPILOG

„Du willst mir weismachen, dass du noch kein Wort gesagt hast?", fragte Dylan und lachte, als Grace ihn die Straße hinunter zum Pub zog. Es war ein geschäftiger Samstagabend einige Tage später, da sie Schwierigkeiten hatten, eine erfreute Fi zu verlassen, die schon ihre Hochzeit plante.

„Das habe ich nicht. Und da Fi Geheimhaltung geschworen hat, wird es für alle eine Überraschung sein", sagte Grace. Sie hatte nur angerufen, um den Leuten zu sagen, dass sie wieder zu Hause sein würden. Sie hatten die zweite Dorfversammlung verpasst, aber nach der Anzahl von E-Mails, Anrufen und SMS, die auf beiden Telefonen ankamen, war es klar, dass das Dorf einstimmig abgestimmt hatte, das Design und die Vision des Kultur-zentrums zu genehmigen. Zu aller Erstaunen hatte Mr Murphy sein Haus für das Zentrum zur Verfügung gestellt, das nah am Hafen stand und einen großen Garten und kleine Außengebäuden hatte. Er war hocherfreut darüber, etwas Nützliches aus seinem Elternhaus zu machen und Liam hatte eine E-Mail geschickt, um zu erklären, dass es wirklich der perfekte Platz war für das Zentrum.

„Wenn wir nur zu dem Schluss gekommen wären, bevor wir das ganze Drama und Kopfschmerzen durchmachen mussten", hatte Grace gemeckert, aber Dylan hatte nur gelacht und sie zurück ins Bett gezogen.

„Dann hätte ich nicht gewusst, was für ein willensstarkes und perfektes Gegenstück du für mich bist, mein Liebling", sagte Dylan und küsste sie atemlos.

„Von meiner Warte aus würde ich eher sagen, dass du stur bist", sagte Grace und lachte, als er sie in die Rippen piekste.

„Wir schulden Mr Murphy einen Drink", sagte Dylan und zog die Tür zum vollen Pub auf. Die Nachricht ihrer Rückkehr hatte sich verbreitet und alle im Dorf wollten sehen, wer nach dem Kampf noch stand.

Stille erfüllte den Raum, als sich alle Blicke auf sie richteten. Selbst die Musiker, die in der Nische ein fröhliches Lied spielten, kamen zu einem abrupten Halt.

„Und? Habt ihr beide jetzt alles geklärt?", fragte Cait, ihre Hände auf ihren Hüften.

„Ja, das haben wir", sagte Grace und hielt ihre Hand hoch, um den Ring zu zeigen, der in den Lichtern des Pubs glitzerte. Jubel brach aus und innerhalb von Sekunden waren sie von Gratulanten umringt, die Grace und Dylan küssten und umarmten.

„Warte, wir haben noch was zu regeln", rief Liam Cait zu und es wurde wieder ruhig im Pub.

„Ich arbeite schon daran, kannst du das nicht sehen,

Liam?", grummelte Cait und blätterte durch ein dickes ledergebundenes Buch, das sie auf die Theke gelegt hatte. Sie schob ihre Haare aus ihren Augen und warf Dylan einen Blick zu.

„An welchem Tag hast du um ihre Hand angehalten, junger Mann?"

„Vor drei Tagen", sagte Dylan.

Cait nickte, ging durch die Seiten und prüfte ihre Eintragungen.

„Und der Gewinner der Wette darüber, an welchem Tag sie ihre Köpfe aus ihren Hintern zogen und sich ineinander verliebten...", sagte Cait lächelnd.

„Ihr habt eine Wette auf uns abgeschlossen?", sagte Grace mit ihren Händen in den Hüften, als sie ärgerlich durch die Menge blickte.

„Natürlich haben wir das. Du bist nur wütend, weil du nicht mitgewettet hast", sagte Cait.

„Wer ist der Gewinner, Cait?"

„Es ist unser guter Mr Murphy – der Held in dieser Geschichte, wie es aussieht", strahlte Cait. Mr Murphy klatschte und war so erfreut, dass er fast von seinem Barhocker fiel. „Er gewinnt 1039 Euros."

„Getränke gehen auf mich!", rief Mr Murphy und der Pub jubelte.

„Also, wie konnte ich das nicht erwarten in einer Stadt, die nach dir benannt ist?", lachte Dylan an ihrem Ohr und Grace lehnte sich an ihn, froh, wieder in seinen Armen zu sein nach all diesen Jahrhunderten.

Fiona lächelte von ihrem Platz hinter Cait. Sie war immer eine Präsenz in ihren Leben und zufrieden, dass ihre Familie glücklich und versorgt war. Sie drehte sich und schlüpfte in Johns wartende Arme.

„Eine Liebe für alle Zeiten...so wie unsere, meine hübsche Fiona."

„Ja, John, das ist es. Mein Herz für deins."

WILDE IRISCHE TRÄUMERIN

KAPITEL 1

Du hast ihn fast verloren.

Fi wachte in zerwühlten, verschwitzten Laken auf, ihr Herz hämmerte in ihrer Brust und ihre Gedanken steckten im Zwielicht zwischen Erwachen und Schlafen. Nachdem sie von der Stimme in ihrem Traum hochgerissen worden war, fiel sie jetzt wieder auf ihre Kissen zurück, keuchte und versuchte, die Bilder zu sortieren, die drohten, aus ihrem Kopf zu verschwinden. Es war die Bucht, da war sie sich sicher, da keine Träume lebendiger zu ihr sprachen als die, die aus dem verwunschenen Gewässer stammten. Das Problem war, dass es nicht das erste Mal war – und bestimmt nicht ihr letztes – dass sie prophetische Träume hatte, in denen es um ihre Heimatstadt ging.

Es war schließlich ihre Blutlinie, die das Wasser dort verwünscht hatte.

Es war wahrscheinlich einfach nur ein dummer Tourist, der den Rat der Einheimischen ignoriert hatte. Fi seufzte, rieb sich mit der Hand über ihr Gesicht und zwang sich, ihren Atem zu beruhigen. Jedes Jahr wurde jemand in der Bucht ernsthaft verletzt. Trotz der aufgestellten Warnungen, trotz der Einheimischen, die die Besucher über die gefährlichen Strömungen unterrichteten, gab es immer jemanden, der darauf bestand, den steilen Pfad zum trügerisch friedlichen Strand herunterzugehen. Sie lernten schnell von ihrem Fehler, sie lernten *immer*, aber manchmal zu einem hohen Preis.

Die Bucht war verzaubert, genau wie ihr Blut, ein Geschenk, das Fi oft versuchte zu unterdrücken. Es war nicht so, dass sie verabscheute, was ihr durch die Blutlinie vererbt worden war – es war eher, dass Fi einfach alles allein machen wollte. Sie war so gewesen, seit sie schreiend aus dem Bauch ihrer Mutter kam, bereit, die Welt einzunehmen, und niemand konnte ihr etwas anderes weismachen. Manchmal waren die magischen Gaben, die von der großen Grace O'Malley selbst stammten, nützlich für Fi, aber meistens versuchte sie, sie zu ignorieren; es war ungemein wichtig für sie, dass sie die Welt ohne fremde Hilfe erobern konnte.

Aber die Träume – das war etwas ganz anderes.

„Wen verliere ich?", fragte Fi laut, schloss ihre Augen und zwang sich, es vor sich zu sehen. Natürlich, dieses eine Mal, wenn sie *wollte,* dass ihre Gaben funktionierten, konnte sie nichts anderes ausmachen als grobe Bruchstücke der Bucht und jemand mit furchtbarem Schmerz. Besorgt, dass es jemand war, der ihr nahestand, sah Fi auf die Uhr und nahm ihr Telefon hoch.

„Und was habe ich diese Ehre zu verdanken? Meine eigene eigensinnige Tochter, die durch die Welt rennt, ohne einen Moment, um ihre Mutter anzurufen."

Fi grinste über Caits Worte, da sie gerade erst vor zwei Tagen mit ihr gesprochen hatte.

„Ich bin praktisch eine Fremde. Was für eine Schande ich über die Familie bringe", stimmte Fi zu.

„Dein Vater ist davon überzeugt, dass du Groupie bei einer Band geworden bist und dich den Drogen zugewandt hast."

„Ein Groupie? Das ist eine Beleidigung. Ich würde meine eigene Band gründen ", sagte Fi, entrüstet darüber, dass ihr Vater glaubte, sie würde blind irgendwelchen gammligen Musikern durch die Welt folgen.

„Ach, also sind es nur Drogen", sagte Cait.

„Natürlich. Aber ich verkaufe sie nur. So finanziere ich meinen extravaganten Lebensstil. Aber ich nehme sie selbst nicht. Man soll sich niemals mit seinem eigenen Vorrat berauschen, heißt es", sagte Fi, streckte ihre Beine aus und ließ die Stimme ihrer Mutter ihr pochendes Herz beruhigen.

„Das ist klug. Deswegen nehme ich auch nur ein oder zwei Schluck Whiskey, wenn ich arbeite", stimmte Cait zu.

„Ist...alles okay?", fragte Fi und schloss ihre Augen, damit sie die Stimme ihrer Mutter lesen konnte.

„Ich glaube schon. Hattest du wieder einen Traum?"

„Ja, über die Bucht. Vielleicht sollte jemand nachschauen und sichergehen, dass nicht wieder ein Tourist da unten gelandet ist?"

„Shane, deine Tochter sagt, du sollst die Bucht überprüfen. Ruf doch mal an, bitte."

„Sag ihr, sie soll nach Hause kommen."

„Sie kommt, wenn sie dazu bereit ist."

„Sag ihm, ich bin bald für Graces Junggesellinnenabschied daheim", versprach Fi.

„Oh, stimmt. Hast du dafür Ideen?"

„Die habe ich..."

Fi verbrachte die nächste halbe Stunde damit, gemütlich mit ihrer Mutter zu schwatzen, während die Anspannung aus ihrem Nacken und den Schultern wich. Alles schien bei der Bucht in Ordnung zu sein, also tat Fi es achselzuckend als komischen Traum ab und beließ es dabei. Es gab keinen Grund, nach zusätzlichem Ärger zu suchen – sie hatte schon genug um die Ohren. Das erinnerte sie daran, dass sie ihr Projekt heute beenden sollte, damit sie den restlichen Tag damit zubringen konnte, alles Nötige für Graces Feier einzukaufen. Aber erstmal Kaffee.

Seit sie an der Amalfiküste lebte, hatte Fi eine Vorliebe für starken Kaffee entwickelt wie ihre italienischen Nachbarn, obwohl sie es vorzog, ihn bei schönem Wetter in aller Ruhe auf ihrer kleinen Terrasse mit Blick aufs Wasser zu genießen, statt ihn wie einen Schuss Schnaps an der Theke im Café unten zu trinken. Trotz aller Versuche hatte Fi es nie geschafft, schnell aufzuwachen und hatte gelernt, sich morgens Zeit zu nehmen, um den Tag behutsam angehen zu lassen und ihren Verstand aufzuwecken. Fi hatte inzwischen eine Routine und saß an ihrem Fenster, wo sie die Zeitung lesen – ja, eine richtige Zeitung – und ihren morgendlichen Espresso genießen konnte.

Als Übersetzerin mit Spezialisierung auf Italienisch, Spanisch und Französisch hatte Fi es als notwendig erachtet, sich in die Sprache zu vertiefen, an der sie arbeitete. Daher die italienische Zeitung, die sie jeden Morgen von vorn bis hinten las. Es half ihr, ihre Gedanken zu lockern und auf italienisch zu denken. Danach konnte sie sich hinsetzen und mit Selbstvertrauen den Vertrag übersetzen, an dem sie arbeitete.

Aber heute hatte sie Schwierigkeiten, sich zu konzentrieren. Unerklärlicherweise wurde sie zurückgezogen zu der Erinnerung eines Mannes, dessen Bild regelmäßig durch ihren Kopf ging. Liam Mulder. Sie fragte sich, wo er inzwischen war.

Sie war noch nicht lange mit dem Studium fertig gewesen, als sie ihn das erste Mal traf. Fi dachte daran zurück, schloss ihre Augen und hielt ihr Gesicht in die Sonne, die damit kämpfte, durch die Wolken zu brechen.

Sie war unerfahren gewesen, gierig nach Arbeit und bereit, die Welt in Angriff zu nehmen. Sean Burke, Margarets Mann und mit Fi verwandt, hatte sie angeheuert, um einen Vertrag für seine Reederei in Dublin zu übersetzen. Fi erinnerte sich an ihren ersten Tag: in einem schicken schwarzen Anzug und mit superhohen roten Stilettos ging

sie in die Besprechung und merkte, wie schrecklich übertrieben sie angezogen war. Um den Tisch herum saßen
etliche Männer in Jeans und Hemd, die Ärmel lässig über
die Ellbogen aufgerollt. Sean hatte sofort ihre Bestürzung
erkannt, hieß sie willkommen und nahm ihr die Nervosität, während er die anderen warnend ansah. Nur Liam
hatte sie breit angelächelt, trotz der selbsteingebrockten
peinlichen Situation, in der sie sich fand. Sie mochte ihn
auf Anhieb.

Während der Verhandlungen – Sean war dabei, zwei
neue Schiffe von einer italienischen Reederei zu kaufen –
lachte Fi und plauderte mit Liam. Da war etwas an dem
lässigen Selbstvertrauen, das er ausstrahlte, das Fi anzog.

Als er sie auf einen Drink nach der Arbeit einlud, hatte
Fi begeistert akzeptiert. Aber als sie an Seans Haus ankam,
wo sie übernachtet hatte, um ihn und Margaret zu sehen,
hatte Liam angerufen und abgesagt.

„Probleme mit der Arbeit", hatte Liam gesagt und sich
höflich entschuldigt.

„Es hat wohl noch nicht sein sollen", hatte Fi geantwortet, dann hatte sie das Telefon von sich gehalten, um
schockiert darauf zu starren. Wo war das hergekommen?

„Wirklich? Na ja, sag mir Bescheid, wenn es so weit
ist", hatte Liam gesagt und Fi hatte aufgelegt, ihre Wangen
vor Scham errötet. Was war mit ihr los?

„War das Liam?", hatte Sean gefragt und sie
aufmerksam über den Tisch hinweg beobachtet.

„Ja, das war er. Er hat unsere Verabredung für heute
Abend abgesagt", sagte Fi achselzuckend.

„Der Junge hat recht. Er mag Arbeit und Vergnügen
nicht vermischen", hatte Sean gesagt und dann schroff das

Thema gewechselt. In dem Moment wurde Fi klar, dass Sean Liam abgeschreckt hatte.

Göttin behüte sie vor einer herrischen Familie. Fi schwor sich auf der Stelle, unabhängig zu sein und die Welt zu bereisen und hatte begierig das nächste Kunden-projekt akzeptiert, das es ihr erlaubte zu reisen. Sie war weg und Liam war in der Vergangenheit verblasst.

Nur eine Erinnerung...so dachte sie jedenfalls.

Buch 8 - Wilde irische Träumerin

NACHWORT

Irland hat einen besonderen Platz in meinem Herzen – es ist ein Land der Träumer und für Träumer. Es gibt nichts Schöneres, als es sich in einer Kneipe am Kaminfeuer gemütlich zu machen und einer Musiksession zuzuhören oder eine Tasse Tee zu trinken, während der Regen vor dem Fenster die Sicht vernebelt. Ich werde für immer von diesen felsigen Ufern verzaubert sein und hoffe, dass Ihnen das Lesen dieser Serie genauso viel Spaß macht, wie ich es genossen habe, sie zu schreiben. Danke, dass Sie an meiner Welt teilnehmen.

Ich bin überglücklich, dass meine Geschichten ins Deutsche übersetzt werden. Die Übersetzungen meiner Romane nehmen ein bisschen Zeit in Anspruch. Melden Sie sich also für meinen Newsletter an, um zu erfahren, wann das nächste Buch erscheint.

http://eepurl.com/hLxHBz

Ich hoffe, meine Bücher haben in Ihrem Leben ein wenig Zauber hinterlassen. Wenn Sie einen Moment Zeit haben, um mir davon etwas zurückzugeben, würde ich mich freuen, wenn Sie Ihren Freunden davon erzählen und eine Bewertung hinterlassen. Mundpropaganda ist die wirkungsvollste Methode, um meine Geschichten zu teilen. Danke schön.

BÜCHER VON TRICIA O'MALLEY

DIE WILDSONG SERIE

Buch 1 - Das Lied der Feen

Buch 2 - Die Melodie der Flammen

Buch 3 - Der Chor der Asche

Buch 4 - Die Lyrik des Windes

Jetzt verfügbar

Eine komplette Serie mit vier Romanen von

Tricia O'Malley

DIE INSEL DES SCHICKSALS

Wollen Sie mehr darüber erfahren, wie Bianca & Seamus sich verliebten und auf der Suche nach den vier Schätzen im Kampf gegen die dunklen Fae behilflich waren? Lesen Sie die komplette Insel des Schicksals Serie auf Kindle Unlimited!

Buch 1 - Das Lied des Steins

Buch 2 - Das Lied des Schwerts

Buch 3 - Das Lied des Speers

Buch 4 - Das Lied des Schatzkessels

Jetzt verfügbar

Eine komplette Serie mit vier Romanen von

Tricia O'Malley

"Ein tolles Buch, es greift irische Mythen auf und verbindet diese mit einem spannenden undgefühlvollen Roman. Ich freue mich schon auf das nächste Buch dieser Serie" - Amazon Review

GEHEIMNISVOLLE BUCHT

Von New York Times Bestsellerautorin Tricia O'Malley kommt eine Serie fesselnder Liebesromane, die den Leser zu den felsigen Küsten Irlands entführt.

Buch 1 - Wildes irisches Herz*

Buch 2 - Wilde irische Augen*

Buch 3 - Wilde irische Seele*

Buch 4 - Wilde irische Rebellin*

Buch 5 - Wilde irische Wurzeln: Margaret & Sean*

Buch 6 - Wilde irische Hexe*

Buch 7 - Wilde irische Grace*

Buch 8 - Wilde irische Träumerin*

Buch 9 - Wilde irische Weihnachten

* * *

*Jetzt verfügbar

ENGLISH TITLES BY TRICIA O'MALLEY

ENGLISH EDITIONS

Tricia O'Malley has over 30 english speaking titles available in paperback, audio, e-book and Kindle Unlimited.

The Siren Island Series*

The Althea Rose Series*

The Isle of Destiny Series*

The Mystic Cove Series*

The Wildsong Series*

The Enchanted Highlands Series

*Complete Series

Love books? What about fun giveaways? Nope? Okay, can I entice you with underwater photos and cute dogs? Let's stay friends, receive my emails and contact me by signing up at my website

www.triciaomalley.com

Or find me on Facebook and Instagram.

@triciaomalleyauthor

DANKSAGUNG

Ein tief empfundenes und herzliches Dankeschön geht an diejenigen in meinem Leben, die mich kontinuierlich auf diesem wunderbaren Weg als Autorin unterstützt haben. Manchmal kann dieser Job sehr stressig sein, daher ich bin dankbar für meine Freunde, die immer ein offenes Ohr haben und mir durch die kniffligeren Momente der Selbstzweifel helfen. Ein ganz besonderer Dank geht an The Scotsman, der an erster Stelle mein großartigster Unterstützer ist und es immer schafft, mich zum Lächeln zu bringen. Ein weiterer besonderer Dank geht an Ulrike Bartz und Annette Glahn für die Hilfe bei der Übersetzung dieses Buches. Ihre Liebe zum Detail und ihre sorgfältige Arbeit haben mein Buch zum Leben erweckt - danke!

Jedes Buch, das ich schreibe, ist ein Teil von mir und ich hoffe, dass Sie die Liebe spüren, die ich in meine Geschichten stecke. Ohne meine Leser bedeutet meine Arbeit nichts, und ich bin dankbar, dass Sie bereit sind, Ihre wertvolle Zeit mit den Welten zu teilen, die ich erschaffe. Ich hoffe, jedes Buch zaubert Ihnen ein Lächeln ins Gesicht und lässt Sie für einen Moment dem Alltag entfliehen.

Slainté, Tricia O'Malley

www.ingramcontent.com/pod-product-compliance
Lightning Source LLC
Chambersburg PA
CBHW021508240626
47154CB00002B/545